白鹭洲书院诗选注

BAILU ZHOU SHUYUAN SHI XUANZHU

龚希健◎编注

江西人民出版社
Jiangxi People's Publishing House
全国百佳出版社

图书在版编目(CIP)数据

白鹭洲书院诗选注 / 龚希健编注. —南昌 :江西人民出版社, 2022.9

ISBN 978-7-210-13967-6

Ⅰ. ①白… Ⅱ. ①龚… Ⅲ. ①古典诗歌-诗集-中国 Ⅳ. ①I222.72

中国版本图书馆 CIP 数据核字(2022)第 085171 号

白鹭洲书院诗选注 龚希健 编注

责任编辑:李鉴和 郑志青
书籍设计:游 珑

江西人民出版社 全国百佳出版社 出版发行

地 址:江西省南昌市三经路 47 号附 1 号(邮编:330006)
网 址:www.jxpph.com
电子信箱:jxpph@tom.com
编辑部电话:0791-86892125
发行部电话:0791-86898893
承 印 厂:南昌市红星印刷有限公司
经 销:各地新华书店

开 本:720 毫米×1000 毫米 1/16
印 张:21.5
字 数:330 千字
版 次:2022 年 9 月第 1 版
印 次:2022 年 9 月第 1 次印刷
书 号:ISBN 978-7-210-13967-6
定 价:78.00 元
赣版权登字-01-2022-253

目录

前言

古代诗词，浩如烟海。若以内容分类，有我们熟悉的山水诗词、田园诗词、边塞诗词、庙堂诗词、宫廷诗词、送别诗词等等。可是，您听说过书院诗词吗？我们祖国的疆域那么辽阔，各地的古代书院星罗棋布，而传统诗词的历史又那么悠久，有多少书院诗词等待我们去挖掘、整理。但由于大多数书院没有连续办学至今以及其他的原因，这一巨大的诗词宝库并没有引起人们足够的注意。

江西吉安白鹭洲，坐落在吉安市吉州区东北面的赣江中。洲长约2公里，宽约0.5公里，形状如梭。因洲上多栖白鹭，古人便取唐朝诗人李白“二水中分白鹭洲”诗句的意境给洲命名。洲上茂林修竹，青翠雅静，碧水环绕，景色怡人。

白鹭洲书院为南宋淳祐元年(1241)吉州太守江万里所创立，书院的鼎盛时期是在宝祐四年(1256)，书院生童文天祥高中状元，同榜吉州进士39人，占全国录取390名进士的十分之一，居全国首位。宋理宗亲书“白鹭洲书院”匾额，悬挂于书院大门，以示褒奖。从此，书院名声大振，与庐山白鹿洞书院、铅山鹅湖书院、南昌豫章书院并称江西四大书院。该书院培养造就了文天祥、刘辰翁、邓光荐等著名人物。至清光绪三十一年（1905）改制为吉州中学堂，以后名称屡易，直至今日，为吉安白鹭洲中学。因历史悠久，人才辈出，蜚声全国。

白鹭洲书院是庐陵文化“文章节义”的核心体现，自南宋后期创办，近八百年来，一直是吉安人才培养中心，是教育高地，理学传播、学术研究高地和人才高地。白鹭洲中分赣水，洲上茂林芳草，环境清幽，山光水色，相互辉映，优美的自然风光和厚重的历史文化，引得无数名师大儒登临其境，或讲学论道，或优游怀古。书院学子，文人骚客，相互唱和，吟咏不绝，为书院和芳洲留下了诸多优美诗篇。

《白鹭洲书院诗选注》收集整理了保存在《白鹭洲书院志》《吉安府志》《庐陵诗存》《江西通志》《江西诗征》以及吉安各县县志和古代诗家个人诗集中吟咏白鹭洲书院及其周边景物的诗作，共得80多位诗人的220余首佳作。又将每个作者、每首诗，逐一作出作者简介、题解、注释，让读者可从诗作和注释中了解白鹭洲书院昔日的风光和辉煌。

书中所收集的宋、元、明、清六百余年中，四个朝代文人骚客、名师大儒在白鹭洲留下的乐章，尽管风格各异，但都凝聚了文章节义之邦独特的文采和风骨，典雅而又刚正。观诗人所咏，于为学之要，言之谆谆；而于风物之美，亦形容曲尽。故感人也弥深，有符兴观群怨之旨。

一、所选作者极具代表性，大致可分为三类

（1）蜚声诗坛，名垂后世的大手笔。如宋代的刘过（南宋著名

词家，人称天下奇男子）、何中（宋末进士，元至顺间为龙兴学师），元代的郭钰（元末著名诗人）、陈谟（元末明初人，隐居不仕，世称海桑先生。屡应聘为江广考试官），明代的邹元标（明万历进士，累官至刑部右侍郎）、赵进美（明崇祯进士，授行人。入清，任江西按察司副使），清代的施闰章（清顺治进士，官至侍读。诗与莱阳宋琬齐名，号“南施北宋”。曾巡视吉安，讲学于白鹭洲）、李绂（清康熙进士，累迁左副都御史，内阁学士、广西巡抚。理学家）、李调元（清乾隆进士，历任广东典试、直隶通永道。戏曲理论家、文学家）、郭仪霄（清嘉庆举人，官内阁中书，工诗）。

（2）投簪逸归、献身教席的宿学硕儒。如王世业（清乾隆岁贡，家贫，资馆谷养亲）、孔兴浙（进士，约乾隆二十年聘为白鹭洲书院山长，主讲六年）、徐湘潭（江西永丰才子，清代拔贡生。暮年主讲莼湖书院）、刘绎（清道光十五年状元，授翰林院修撰，入直南书房。加三品京堂，提督山东学政。同治间以亲老乞归里，主讲白鹭洲书院三十余年）等等。

（3）过境寻幽览胜或登坛讲学的国士儒师。如冯景隆（明万历进士，官提督学校副使）、李锡（太学生）、王懿修（乾隆进士，内阁学士，广东典试）、王昑（举人，乾隆户部主事，人称为旷达逸才）、冯询（进士，永丰知县，后累官知府）等等。

能读到这么多古代名人的生平介绍和他们的不朽诗篇，是多么难得！

二、所选诗作内容丰富，风格多样。其内容主要包括写景、咏物、怀古、唱和、纪事等。名人题咏的清词丽句为白鹭洲增添了风采，使之成为赣江中的文化之洲

（1）登高临水，吟咏风光。书中有大量的作品描绘、赞美了白鹭洲的自然景观。如孔兴浙《鹭洲即事》：“水绕沙堤碧草芊，春光

流转鸟声先。神山添翠逢新霁，字水传薪愧昔贤。半榻青檠江外寄，一帘红雨日中鲜。融融户牖含生意，云阁重修道味研。”晏璧《白鹭洲》：“鹭洲南下水溶溶，上有修筠绿满丛。万个琅玕春雨后，一林翡翠午阴中。寒涛似卷潇湘雨，天籁犹鸣嶰谷风。拄杖敲门无俗客，时招白鹤下瑶空。”邹元标的《春日赴白鹭洲》更是这类诗作的代表：“春水引行舟，桃花夹岸流。沙明群鹭白，雨过万峰幽。浊酒浇孤兴，青山笑晚愁。萋萋芳草绿，无语对江洲。”白鹭洲的秀丽风光，潺潺春水，岸边盛开的灼灼桃花，沙堤上的白鹭，雨后愈发青幽的山峰，青山隐隐，芳草萋萋，构成一幅美丽的图画。

这一类的上乘诗作、优美诗句数不胜数。它们从不同角度、不同侧面描绘、赞美了白鹭洲的自然景观。就是今天读来，仍不由人心驰神往。从这些诗作中我们可以感到这个地方确有独特的育人环境，确实是个办学的好地方。白鹭洲书院真不愧为江西四大书院之一，连续办学数百年，至今弦诵不绝，不仅是吉安名胜，还是省重点中学，得天独厚的育人环境不能不算是个重要的因素。

（2）临风怀古，凭吊先贤。这一类诗最多。如汪璀《白鹭洲怀古》：“卜筑堤台烟雨秋，古心遗迹宛然侔。回澜二水萦青廓，如黛诸峰映碧流。门挹风帆江树隐，阁撑星汉舄云浮。闲来凭眺追芳躅，六子三贤恣讨搜。”又如刘绎《鹭洲书院即事四首》中第一首：“遥从章贡抱潆洄，忽到中流异境开。二水何人别泾渭，三山有路近蓬莱。文章波折须看势，风景流连也要才。为忆师川题咏始，凭栏瞻瞩几徘徊。”白鹭洲书院最吸引人的是自然景观和人文景观。二水潆洄，堤岸烟雨，风帆江树，楼阁亭台，难得的读书胜地。闲来凭眺，怎不引发思古之幽情。以上二首中提到的江公万里（字古心），六君子（周敦颐、张载、邵雍、程颢、程颐、朱熹），三乡贤（欧阳修、杨万里、文天祥为众多乡贤的代表），以及最早题诗吟咏白鹭洲的宋朝诗人徐俯（字师川），都是书院奉祀的前贤，他们的道德、学说可任令后人研讨和探求。为数甚多的这一类诗句，充分说明书院一贯的办学思想是以前贤为楷模，注重德育，树立崇尚文章节义的学风。而这种思想一直延续至今，与今日的“依法治校，以德育人”的思想遥相呼应，堪称白鹭洲的优良传统。

(3)切磋道艺，砥砺行操。《洲志》中记载了广东何根云、龙输臣两位典试官来访白鹭洲书院之盛事，山长刘绎还为此赋诗《何龙两典试过访鹭洲，少年贵显，人争艳之，子畲太守因题楹以勖诸生，感而有赋》：“萍踪偶尔聚芳洲，争羡神仙李郭舟。士为文翁都雀起，人因卢肇识龙头。升堂试仰前贤在，题柱须看太守留。更有一言质吾党，励名要向古人求。”白鹭洲书院办学历史悠久，经验积累丰富，名声远扬，还非常重视与各地的学术交流。这首诗不仅生动记录了两位广东主考官来访时受到热烈欢迎的盛况，而且向诸生提出了莫羡人之贵显，应学古人刻苦求学之精神的劝告。

又如施闰章《岁杪归临江，闻吉州诸子仍集鹭洲讲业，欣然成咏》：“寒江落照片帆分，别绪千重鹭渚云。实恐残年虚荏苒，遥怜诸子共殷勤。鱼龙泽畔章逢集，雨雪声中弦诵闻。黾勉心期良不改，百年何处是离群。”作者勉励和期望青年成才的心愿表露得真真切切。

(4)讲会课士，开放教学。白鹭洲书院有一副别有深意的对联：“鹭飞振振兮不与波上下，地活泼泼也无分水东西。”这副对联集中体现了白鹭洲书院的办学理念：既具有坚定的原则性，又有灵活的开放性和包容性。上联告诫学生应如大鹏展翅，志向高远，不随波逐流。下联要求学生为文治学应灵活机敏，无分流派，兼容并蓄，汇涓涓细流入江河。

白鹭洲书院时有重要胜会，比如外地学者来访或讲学，上级官员视察课士，对生员考核嘉奖等。这类教学活动，正是我们今天所提倡的开放性教学方式，早在几百年前的白鹭洲书院就出现了。

白鹭洲书院在阳明学说传播的历史大潮中，顺势成为重要讲会（理学家学术论辩的集会）之所。据《吉安书院志》记载，从嘉靖十二年（1533）至康熙年间，阳明弟子及后学在白鹭洲书院召开大规模讲会有九次之多。清康熙二年（1663），湖西道守施闰章主持讲会于白鹭洲书院，各地学者赴会者近千人。施闰章《鹭洲讲会歌》记载了一次盛大的讲会活动，诗前序云“西江讲学之会，吉州最盛，中辍者四十年矣。余以癸卯十月复修旧事，布衣野老，皆许以客礼相见，与会者近千人”。从诗中亦可感受其活动之盛。

课士，即考核士子的学业，也是白鹭洲书院的一项重要活动，在诗中亦有记载。如徐联奎《鹭洲书院课士有作》：“志须规远大，文莫务艰深。居近欧阳里，薪传尚可寻。”表达的是对士子的期待，黄宫《太守罗公课士书院，感赋古体》是作者对吉安知府罗京亲自到白鹭洲书院主持考核士子学业一事有感而赋的一首古体诗。可见白鹭洲书院对士子和教学的重视。刘绎的《重至白鹭洲书院感事》：“负米勉期循子职，论文仍孔愧师资。读书学古诚何事，仰对先贤试静思。”写士子学习之努力，这些都是白鹭洲书院活动的记录。

（5）品评人物，讽议朝政。如邵延龄在五言排律《罗郡守重建白鹭洲书院志喜》中写道：“蜀郡文翁教，洪都范守功。储才皆栋木，异赏试焦桐。何啻江公在，恍如汪守逢。追思螭陛侍，曾与鹓班同。言语皆敦厚，持行但肃恭。果复文成学，西江赖越中。”

作者以汉景帝时蜀郡守文翁、晋朝豫章太守范宁在任中崇教化、兴学校、振文风之业绩，况郡守罗京重建书院之功德。又借东汉蔡邕焦桐为琴的故事，赞誉罗京培育人才的远见卓识，并把他比作创建书院的江万里、重建书院的汪可受两位太守。最后，还对罗京的为人大加赞扬，对有助于江西文事的越中贤达极力称颂（罗京、王守仁均为绍兴人）。

又如孔兴浙《白鹭洲书院杂咏·复古亭》："江汪开大业，胡尹亦功臣。复古亭何在，苍茫气象真。"

白鹭洲原为沙门所有，南宋淳祐元年（1241）吉州太守江万里创立书院，与佛家并存洲上。至元时山长余天民请示元朝的州官撤浮屠居（和尚庙）而改立复古亭。作者在这首诗中不但对创立书院的江万里、重修书院的汪可受大加赞扬，对蒙古（胡）州官（尹）为书院所作的贡献也予以肯定。

而明朝死于国难的李邦华在《白鹭洲舟中夜大风雷》中写道："子夜天风动，迅雷震太空。孤松摇睡鹤，沸鼎搅归鸿。生死依君国，是非付史公。拥衾高卧稳，举首日曈曈。"对于国家时局的动荡表示忧心和不安，而对个人生死、是非功过则表明付之君国，让历史去评说，一切听其自然的态度。

（6）推己及人，奖掖后进。比如郭仪霄《鹭洲书院即目并勖及门诸同学》四首中的后两首："六一风流古，文山节义尊。后来森棫朴，先正足渊源。书带香生几，桃花水到门。青毡晨夕数，好继十三元。""老马岂云智，深惭未识途。读书怀利济，吾道重廉隅。旧学功谁邃，新知德不孤。莫辜贤太守，相勉是真儒。"作者自注："明代吉安得殿撰（即状元）者共十三人。"他在诗中希望书院学子继承优良传统，不断发扬光大，同时勉励大家习诵文章，以自磨砺，使成廉隅。

书中还有不少注重人才激励与培养的好诗句。比如：为庆祝吉安知府罗京重建白鹭洲书院，潘秉元、徐儒达都作了《白鹭洲书院成见而志喜》的同题七律。潘诗云："不将白鹭埋荒草，自有新桃发旧条。”徐诗云：“大地人才储一渚，相看次第上兰台。”表示喜悦和祝贺的同时，对鹭洲学子寄予殷切的期望。又如施闰章《云章阁》：“鹅湖鹿洞寻常事，不信风流限古今。”李调元《题逢原堂》：“诸生幸际菁莪化，休让当年甲第雄。”徐盛持《白鹭洲书院留别诸友》其一：“名邦况是钟灵地，莫让前贤独迈群。”等等。

读着这样的诗句，确实令人振奋。白鹭洲书院乐育贤材、擅育贤材，形成了教书育人，激励成材的好风气。着力人才培养，这便是书院的办学宗旨。希望人才辈出，果然人才辈出。以文天祥、刘辰翁、邓光荐为代表的优秀学子的不断涌现，便是最好佐证。

三、体现白鹭洲书院精神

作为江西古代四大书院之一，白鹭洲书院在引领庐陵文化的漫长的发展过程中形成了独特的书院精神，这种精神集中体现在崇文兴教和推崇节义，在书院诗作中多处可见。如李振裕的《闻罗郡伯复修白鹭洲书院喜赋》：“吾郡学风庆历起，文章称宗欧阳子。倡明理学至巽斋，吉州盛与邹鲁比。后来名臣相继多，姓字旗常勒不磨。名世传来无他术，经纶但本致中和。”罗京的《课士偶成》“江右名贤地，横经旧所论”，赖晋的《游白鹭洲书院赠符山长》“千年令范拜文忠，化雨维新起继同”，徐盛持的《白鹭洲书院留别诸友》“讲院宏开白鹭洲，文忠遗迹亘千秋”等诗句都强调了白鹭洲书院在庐陵文化传承上起到极其重要的作用。

白鹭洲书院从开创起，就非常注意在教学中推崇儒家理学，强调气节。洲上先后建有六君子祠、先贤祠和理学、忠节、名臣三坊。重祠祀是白鹭洲书院的传统，其目的则是培养学子的浩然正气。《罗太守馆规十三则》中则明确指出“本府属望诸生，不独以文章取科名而已，愿以行己有耻为第一义”，将道德修养置于文章科名之上。这种推崇气节的精神在白鹭洲诗歌中也得以体现，如吴云《白鹭洲咏怀五首》“昔年三祀意如何，前辈精神不可磨。虽是文章明代盛，可怜节义宋朝多”，徐盛持《白鹭洲书院留别诸友》“名臣理学知多少，高阁云章踞上头”，郭仪霄《鹭洲书院即目并勖及门诸同学》其三“六一风流古，文山节义尊”。这些诗句，都在对鹭洲学子进行气节教育。

读先贤咏鹭洲的诗作，使我们对白鹭洲书院的办学历史有了进一步的了解，对白鹭洲书院优美的自然环境、名胜古迹有了进一步的感受，对白鹭洲书院的办学思想、办学宗旨可进行更深层次的研究。白鹭洲书院诗词的挖掘整理，对于研究吉安古代教育的渊源、发展，以及对现代教育的影响都具有重要的意义。这正是编注者编注本书的目的之一。

徐俯

徐俯(1075—1141),字师川,自号东湖居士。原籍洪州分宁(今江西修水县),后迁居德兴。宋给事中徐禧之子,诗人黄庭坚的外甥。因父死于国事,授通直郎,累官右谏议大夫。宋宣和五年(1123)为吉州通判(知州佐官)。绍兴二年(1132),赐进士出身。三年,迁翰林学士,擢端明殿学士,签书枢密院事,官至参知政事。后因与宰相赵鼎政见不合,出朝提举洞霄宫。工诗词,江西派著名诗人之一。著有《东湖集》,不传。

白鹭洲

山光浓复淡,江面落还收①。
不见飞凫舄②,空看白鹭洲。
台城久蔓草③,宋玉又悲秋④。
却羡释门秀⑤,早从方外游⑥。

题　解

江西吉安白鹭洲位于吉安市区东面的赣江中,为一梭形绿洲,由江水挟带泥沙沉积而成。洲上茂林修竹,绿荫如盖,成为百鸟栖息之所。前人取唐代大诗人李白的"三山半落青天外,二水中分白鹭洲"诗句而名之。宋淳祐元年(1241),吉州太守江万里在此创办白鹭洲书院,集吉州八邑俊秀攻读其间。宝祐四年(1256),金榜601名进士,其中吉州占44名,且大多数为白鹭洲书院学生,文天祥高中状元，震动朝野，宋理宗亲赐御书“白鹭洲书院”匾额，悬挂书院大门。从此，书院名声大振，与白鹿洞、豫章、鹅湖同为江西四大书院。按，徐俯判吉州在宣和五年（1123），其诗云“空看白鹭洲”，可知洲名白鹭由来已久。

注　释

①**“山光”二句**：意为山光忽浓忽淡，江水忽散忽聚。言山光水色变化无穷。

②**飞凫舄（fúxì）**：会飞的仙鞋。典出《后汉书·方术传上·王乔》：“王乔者，河东人也。显宗世，为叶令。乔有神术，每月朔望，常自县诣台朝。帝怪其来数，而不见车骑，密令太史伺望之。言其临至，辄有双凫从东南飞来。于是候凫至，举罗张之，但得一只舄焉。乃诏尚方诊视，则四年中所赐尚书官属履也。”南朝梁沈约《和谢宣城》：“王乔飞凫舄，东方金马门。”后亦借指官员。唐卢照邻《于时春也慨然有江湖之思寄此赠柳九陇》诗：“寄言飞凫舄，岁晏共联翩。”凫，野鸭子；舄，鞋子。

③**台城**：六朝时的禁城。宋洪迈《容斋续笔·台城少城》：“晋宋间谓朝廷禁省为台，故称禁城为台城。”按，晋之“台城”，在今南京市鸡鸣山南乾河沿北，其地本三国吴后苑城，东晋成帝时改建作新宫，遂为宫城。历宋、齐、梁、陈，皆为台省（中央政府）和宫殿所在地，因专名台城。如诗中台城系实指其地，则诗中白鹭洲者当是金陵白鹭洲。《吉安府志》《白鹭洲书院志》编者俱将此诗收入，当另有所据，姑存之。

④**宋玉悲秋**：宋玉，战国时楚人，辞赋家。或称是屈原弟子，曾为楚顷襄王大夫。在其名作《九辩》中云：“悲哉秋之为气也！”开篇以万物逢秋而衰败，寄寓自己怀才不遇的感慨之情。后用为咏伤别离或咏伤秋寄悲怀之典。唐羊士谔《暇日适值澄霁江亭游宴》诗：“振卧淮阳病，悲秋宋玉文。”

⑤**释门**：释迦之门，佛门也。《俱舍论》卷七：“不越释门，因缘正理。”按，白鹭洲自古为禅林之所。大约从南北朝时期，洲上开始有僧人修行布道，后为佛教净土庵道场。

⑥**方外游**：谓寻仙访道。唐王武陵《宿慧山寺》诗序：“赋诗道意，以纪方外

之游。”方外，世外，此指僧道。唐张翚《游栖霞寺》诗：“一从方外游，顿觉尘心变。”

白鹭洲

金陵与庐陵[①]，俱有白鹭洲[②]。

相望万里江[③]，中同二水流[④]。

题　解

此首与前一首同题，录自《大明一统志·卷五十六·吉安府》“白鹭洲”词条，《吉安府志》《白鹭洲书院志》俱不载。前两句，诗人超越空间局限，将金陵与庐陵联系起来，而关联之处就在于都有白鹭洲。后两句，紧承前脉，诗人站在庐陵白鹭洲上，思绪飞扬，仿佛看到了滔滔赣江之水，与遥远的秦淮河水最终汇入长江，体现出诗人海纳百川的开阔胸襟。

注　释

①**金陵**：古邑名，今南京市的别称。庐陵：庐陵郡，现在江西省吉安市。

②**白鹭洲**：金陵白鹭洲在秦淮河口，庐陵白鹭洲在赣江江心。

③**万里江**：万里江水，形容两地相隔很远。

④**“中同”句**：谓两地的江水都被白鹭洲一分为二。暗用李白“二水中分白鹭洲”诗句。

周必大

周必大(1126—1204),字子允(《宋史》本传作充),一字洪道,号省斋居士,又自号平园老叟。原籍郑州管城(今河南郑州),至祖辈时居吉州庐陵(今江西省吉安县)。宋绍兴二十一年(1151)进士,官至左丞相,封许国公、益国公。卒赠太师,谥文忠。南宋著名政治家、文学家。著有《玉堂类稿》等八十一种,共一百三十四万余言。后人将其遗作辑为《益国周文忠公全集》,计二百卷,其中包括《省斋文稿》《平园续稿》《省斋别稿》《二老堂诗话》等。

简提刑吴大卿宗旦

其二

堆胜横看白鹭洲①,青原稳著钓台幽②。

鲁公翰墨师川句③,访古何妨与一游④。

题　解

这首诗作于宋绍熙辛亥年(1191)。题下作者自注:“辛亥六月二十五日。”简:书信,此活用作动词。提刑:提点刑狱公事,简称提刑官,是中国宋代特有的一种官职名称。相当于现在的法官兼检察官。提点刑狱公事是提点刑狱司(简称提刑司)的长官,由朝廷选派,三年一换。大卿:宋代俗称中央各寺的正职长官为大卿,此处用来称提刑官。吴宗旦:宜兴(今属江苏)人。高宗绍兴三十年

(1160)进士。孝宗乾道七年(1171),除大理评事。淳熙元年(1174),知开州。八年,入为刑部员外郎。十年,迁大理少卿。光宗绍熙中出为广西提刑、江西提刑。宁宗庆元元年(1195)召为中书舍人兼侍讲。三年,以刑部侍郎兼直学士院。

注释

①**堆胜**:优美的景致聚集成堆。又,古吉州白鹭洲对岸有名楼曰堆胜楼,久废。**横看**:从江岸看白鹭洲是横向而看。宋苏轼《题西林壁》:"横看成岭侧成峰,远近高低各不同。"

②**"青原"句**:青原山为江西文化名山,位于今吉安市青原区河东镇东,是集佛教文化、名人文化和秀丽风景于一身的省重点风景名胜区之一,被南宋著名诗人杨万里誉为"山川第一江西景"。吉安青原山净居寺西侧,有传说中的钓台,巨石屹立如矶,可容十余人。下有水潭,深不见底,相传曾有隐士在石上垂钓。有黄庭坚诗《古钓台》和方以智题字"钓台"尚存。

③**鲁公翰墨**:鲁公即唐朝大书法家颜真卿,因封鲁郡公,人称"颜鲁公"。翰墨,笔墨,借指文章书画。此指颜真卿任吉州司马时为青原山山门所题"祖关"二字,今尚存。**师川句**:指北宋徐俯(字师川)任吉州通判时所作《白鹭洲》诗,见前。

④**访古**:探寻古迹。唐杜甫《玉台观》诗之二:"浩劫因王造,平台访古游。"

赵蕃

赵蕃(1143—1229),字昌父,号章泉,原籍郑州,南渡后侨居信州玉山(今属江西)。以祖恩入仕,授饶州浮梁尉,福建连江簿,皆不赴,为吉州太和(今江西泰和县)主簿。理宗绍定二年(1229),以直秘阁致仕,同年卒,年八十七。谥文节。赵蕃是南宋中期著名诗人,他和当时居住在上饶的韩淲(号涧泉),是很要好的朋友,二人齐名,号称"上饶二泉",同为江西诗派的殿军人物。著有《乾道稿》《淳熙稿》《章泉稿》。

题重修堆胜楼

白鹭洲前堆胜楼,相望前后几监州①。
枝梧合付陶谢手②,啸傲亦须嵇阮流③。
怪得江山还旧观④,只应栏槛有新修⑤。
登临愧我焉能赋⑥,假日空成半日留。

题解

堆胜楼:吉州古楼名,在白鹭洲对岸。宋代曾重修,久已不存。宋周必大《益公题跋·跋东坡帖》:"今庐陵阛阓中有楼甚伟,江山满眼,徐师川以堆胜名之。"

注 释

①**监州**:指监察州县之官。宋代于诸州置通判,亦称监州。作者自注:“东湖尝为是州别驾,有《赠洪承奉诗》。”东湖,宋吉州通判徐俯,自号东湖居士。别驾,州刺史的佐官,通判即是。

②**枝梧**:斜而相抵的支柱。引申为对抗,抵挡。小柱为枝,邪柱为梧。唐杜甫《夜听许十一诵诗爱而有作》诗:“陶谢不枝梧,风骚共相激。”谓陶、谢二人的诗不能与许氏对垒。**陶谢**:晋末南朝宋初诗人陶潜、谢灵运的并称。陶善写田园诗,谢长于山水诗,两人都擅长于描写自然景物。

③**啸傲**:放歌长啸,傲然自得。形容放旷不受拘束。晋郭璞《游仙》诗之八:“啸傲遗世罗,纵情在独往。”**嵇阮**(jīruǎn):三国魏嵇康与阮籍的并称。两人诗文齐名,皆以嗜酒、孤高不阿著称。宋苏辙《林笋》:“嵇阮欲来从我饮,开门一笑亦逢迎。”

④**怪得**:难怪。唐曹唐《小游仙诗》之四四:“怪得蓬莱山下水,半成沙土半成尘。”**旧观**:原先的印象、观感。《晋书·王羲之传》:“(庾翼)与羲之书云:‘吾昔有伯英章草十纸,过江颠狈,遂乃亡失,常叹妙迹永绝。忽见足下答家兄书,焕若神明,顿还旧观。’”

⑤**栏槛**(lánjiàn):栏杆。**新修**:重修。

⑥**登临**:登山临水,也指游览。语本《楚辞·九辩》:“憭慄兮若在远行,登山临水兮送将归。”

登愚卿无尽藏再用韵呈愚卿

白云故绕青原寺[①],青竹深藏白鹭洲[②]。

物外未能穷往迹[③],眼中欣复对诗流[④]。

功名邂逅何嗟晚[⑤],岁月侵寻直漫遒[⑥]。

拟尽崎岖仍窈窕[⑦],几时扶策更挐舟[⑧]。

题　解

这首和前一首都选自清人从《永乐大典》所辑《淳熙稿》。愚卿，周愚卿，宋人，与赵蕃、周必大等交好，履迹不详。无尽藏：本佛教语，谓佛德广大无边，作用于万物，无穷无尽。亦泛指事物之取用无穷者。此处应是周愚卿家楼名，赵蕃还有《再登愚卿无尽藏时已重修》诗。

注　释

①**故绕：**仍然萦绕。故，副词，仍，还是。**青原寺：**青原山的寺庙。古代青原山有很多寺庙，最著名的为净居寺。

②**"青竹"句：**谓茂密的青翠竹丛把白鹭洲深深隐藏起来。

③**物外：**世之外。汉张衡《归田赋》："苟纵心于物外，安知荣辱之所如！"**往迹：**人或车马行进所留下的踪迹。晋陶潜《桃花源诗》："往迹浸复湮，来径遂芜废。"

④**诗流：**指诗人。唐杜甫《送长孙九侍御赴武威判官》诗："樽前失诗流，塞上得国宝。"

⑤**功名：**功业和名声。**邂逅**（xièhòu）：不期而遇。宋刘子翚《云际赠施子》："功名邂逅有快意，岂在今日无人哉。"

⑥**"岁月"句：**谓人生渐渐迫于尽头。宋陆游《齿发》："暮境侵寻岁月遒，齿摇发脱又经秋。"**侵寻：**渐进，渐次发展。**遒**（qiú）：遒尽，迫近于尽头，终了。《楚辞·九辩》："岁忽忽而遒尽兮，恐余寿之弗将。"朱熹集注："遒，迫也，尽也。"

⑦**"拟尽"句：**意为要走尽高低不平的道路，探寻幽深的奥秘。语出东晋陶渊明《归去来兮辞》："或命巾车，或棹孤舟。既窈窕以寻壑，亦崎岖而经丘。"**崎岖：**形容地势或道路高低不平。**窈窕**（yǎotiǎo）：深远貌，秘奥貌。

⑧**扶策：**拄杖，手持拐杖。《三国演义》第五十回："此时人皆饥倒，马尽困乏。焦头烂额者扶策而行，中箭着枪者勉强而走。"**挐**（rú）**舟：**用桨划船。宋宋祁《张生南归》："江步挐舟双打桨，酒亭横帜一持螯。"

刘过

刘过（1154—1206），字改之，号龙洲道人。南宋文学家。吉州太和（今江西泰和县）人，长于庐陵（今江西吉安），去世于江苏昆山，今其墓尚在。性疏狂，宋子虚称之为天下奇男子。四次应举不中，流落江湖间，布衣终身。曾为陆游、辛弃疾所赏识，亦与陈亮、岳珂友善。词风与辛弃疾相近，抒发抗金抱负、狂逸俊致，与刘克庄、刘辰翁享有“辛派三刘”之誉，又与刘仙伦合称为“庐陵二布衣”。有《龙洲集》《龙洲词》《龙洲道人诗集》。

观白鹭洲风涛

一声雷鼓挟风威[①]，顷刻风涛没钓矶[②]。
行客惊看银汉落[③]，阳侯擎起玉山飞[④]。
蛟龙便尔争先化[⑤]，鸥鹭茫然失所依。
安得长江入吾手，翩翩东海钓鳌归[⑥]。

题解

风涛，风浪也。白鹭洲地处赣江之中，春夏之交常遇洪水。洪水来时，波涛汹涌，白浪滔天，景象十分壮观。诗写在白鹭洲观看赣江风浪的感受，气势磅礴，撼人心魄。尾联表现出作者的远大抱负和豪迈气魄。

注　释

①**雷鼓**:鼓名,又称八面鼓。古代祭祀天神时所用。《周礼·地官·鼓人》:"以雷鼓鼓神祀。"郑玄注:"雷鼓,八面鼓也。神祀,祀天神也。"此处用以比喻风声涛声大如雷鼓。

②**没钓矶**:淹没了水边的石矶。钓矶,钓鱼时坐的岩石。

③**银汉**:天河,银河。此处比喻波涛汹涌。南朝宋鲍照《夜听妓》诗:"夜来坐几时,银汉倾露落。"

④**阳侯**:古代传说中的波涛之神。《淮南子·览冥训》:"武王伐纣,渡于孟津,阳侯之波,逆流而击。"高诱注:"阳侯,陵阳国侯也。其国近水,溺水而死。其神能为大波,有所伤害,因谓之阳侯之波。"**玉山**:古代传说中的仙山。《山海经·西山经》:"玉山,西王母所居也。"郭璞注:"此山多玉石,因以名云。"玉山飞,形容浪花如群玉飞舞。

⑤**蛟龙**:古代传说的两种动物,居深水中。相传蛟能发洪水,龙能兴云雨。《礼记·中庸》:"今夫水,一勺之多,及其不测,鼋鼍蛟龙鱼鳖生焉,货财殖焉。"**便尔**:形容一下子,突然。形容时间极短。宋苏辙《宛丘二咏》之一:"秋雨连渠添积润,春风吹冻忽生波。虫鱼便尔来无数,凫雁犹疑未肯过。"**争先化**:用《三秦记》鱼登龙门化为龙的典故。此句意谓群鱼争先迎风而上欲化为龙也。

⑥**钓鳌**:《列子·汤问》载:古代渤海的东面有五座山,常随波涛漂流。上帝命十五只巨鳌用头顶着山,才固定不动。"而龙伯之国有大人,举足不盈数步而暨五山之所,一钓而连六鳌……于是岱舆、员峤二山流于北极,沉于大海。"后常用"钓鳌"比喻豪迈的举止或远大的抱负。李白《赠薛校书》诗:"未夸观涛作,空郁钓鳌心。"作者借以喻自己的抱负。

尹直卿

尹直卿，字德邻，江西永丰人。宋光宗绍熙五年(1194)入太学。余事不详。

贺周益公归休

六一先生薄吉州①，归田去作颍昌游②。
我公不向螺江住③，羞杀青原白鹭洲④。

题解

此诗作于宋宁宗庆元元年(1195)周必大致仕时。周益公，即周必大，详《简提刑吴大卿宗旦 其二》的作者简介。周必大长年在外为官，但时刻眷恋家乡永和。他在朝从政不如意时，几次都选择归居永和，并住在本觉寺中。他晚年退休时更是毫不犹豫地选择回到永和。

注释

①**六一先生**：对六一居士(欧阳修的自号)的敬称。宋欧阳修《六一居士传》："客有问曰：'六一何谓也？'居士曰：'吾家藏书一万卷，集录三代以来金石遗文一千卷，有琴一张，有棋一局，而常置酒一壶。'客曰：'是为五，一尔奈何？'居士曰：'以吾一翁老于此五物之间，是岂不为六一乎？'"宋苏轼《寄黎眉州》：

"治经方笑《春秋》学,好士今无六一贤。"**薄**:薄待。意为轻视,亏待。**吉州**:古称庐陵。隋开皇十年(590),改庐陵郡为吉州,天宝元年(742),改吉州为庐陵郡。乾元元年(758),复改庐陵为吉州。宋太宗淳化三年(992)改为吉州军。按,欧阳修自葬母郑夫人之后,不复归故乡,乐颍昌山水,作《思颍诗》,终老于颍。为此一些后学对他颇有非议,也有人为他辩冤。本诗的首句就是对欧阳修不思故乡的不理解,这种不理解的议论亦常见于宋以后的多种文献之中。

②**归田**:谓辞官回乡务农。晋鲁褒《钱神论》:"谚曰:官无中人,不如归田。"金段成己《送冯资深西归》诗:"萧萧华发老书生,久欲归田计未成。"**颍昌**:欧阳修曾任颍州(今安徽省阜阳市)知州,退休后居住在颍州。颍州在宋置颍昌军,政和中改颍昌府,治汝阴县,金复为颍州。见《正德颍州志》卷之一。作者作此诗时颍州名颍昌。

③**螺江**:即螺川。赣江流经吉安境内的一段古称螺川。据同治《庐陵县志·卷三·水》:"螺川水在府城东,即赣水也。赣水入庐陵境,既汇明德、王江、禾、泸诸水于县南,绕城而东北流经螺子山,故邑境之赣水古称螺川。"古人又以螺水、螺川代指庐陵(吉安)。

④**青原白鹭洲**:青原山和白鹭洲,均为庐陵名胜。后两句大意:周必大不以名胜为意,而以家乡(永和)为重,适与六一相反。

刘克庄

刘克庄(1187—1269),字潜夫,号后村。福建莆田人。南宋词人、诗论家。辛派词人的重要代表,词风豪迈慷慨。初名灼,师事真德秀。宁宗嘉定二年(1209)补将仕郎,调靖安簿,始更今名。知建阳县,因咏《落梅》诗得罪朝廷,闲废十年。后通判潮州,改吉州。理宗端平二年(1235)授枢密院编修官,兼权侍郎官,被免。后出知漳州,改袁州。淳祐三年(1243)授右侍郎官,再次被免。六年(1246),理宗以其"文名久著,史学尤精",赐同进士出身,秘书少监,兼国史院编修、实录院检讨官。景定三年(1262)授权工部尚书,升兼侍读。五年(1264)因眼疾离职。度宗咸淳四年(1268)特授龙图阁学士。第二年去世,谥文定。著有《后村先生大全集》。

送方善夫赴鹭洲山长二首

其　一

奎画煌煌天上来[①],遥知系马向堂阶[②]。
官衔怪得清如许[③],文馆虽然冷亦佳[④]。
尚论乡先宜合祀[⑤],旧传潮学各分斋[⑥]。
未应久作诸侯客[⑦],帝有薰琴待汝谐[⑧]。

题　解

此二首为送别友人赴任白鹭洲书院山长而作。方善夫:即方至,字善夫,福建莆田人,为刘克庄同乡和门人。刘克庄《跋蒋广诗卷》云:“友人方善夫示余以蒋君子充诗卷……善夫名至。”他是莆田进士方子容之后,刘克庄《题方至诗卷》原注:“君上世南圭使君有万卷楼。”方子容,字南圭,莆田人,仁宗皇祐五年(1053)进士,出知惠州,与贬谪到此的苏轼有交往唱和。山长,即书院主讲,为礼部学官之一。按,方善夫何年出任鹭洲山长,无史料记载。

注释

①**奎画**:指帝王的墨迹,此指宋理宗亲赐御书“白鹭洲书院”匾额。元李冶《敬斋古今黈拾遗》卷一:“世以秘监为奎府,御书为奎画,谓奎宿主文章也,故宋有奎文阁、宝奎楼之称。”**煌煌**:明亮辉耀,光彩夺目貌。《诗·陈风·东门之杨》:“昏以为期,明星煌煌。”

②**系马**:拴马。堂阶:厅堂前的台阶。句谓方善夫将走马上任,担任书院山长。

③**官衔**:官员的职位名称。**怪得**:难怪。**清如许**:这样的清苦。句谓书院山长是个清苦的差使。

④**文馆**:指书院。宋赵蕃《送交代吴共叔师礼》:“圣朝开文馆,政为时育才。”

⑤**尚论**:古论。尚,通“上”,古也。**乡先**:乡里先贤。**合祀**:合于一处祭祀。

⑥**潮学**:疑为“湖学”之误。“宋初三先生”之一胡瑗执教湖州,分经义与事务两科,其弟子多至数千人,时称“湖学”。**分斋**:胡瑗创办苏湖教法,即分斋教学制度,其法是设立经义斋、治事斋,根据学生专长和爱好分斋而教。

⑦**诸侯客**:诸侯国的宾客。唐杜甫《暮冬送苏四郎徯兵曹适桂州》:“早作诸侯客,兼工古体诗。”刘克庄作有《诸侯客》诗:“犬吠鸡鸣者,皆为席上珍。如何弹铗客,亦有窃弓人。”

⑧**薰琴**:亦称“薰弦”“舜弦”,指古雅的乐曲。唐许浑《登尉佗楼》:“越人未必知虞舜,一奏薰弦万古风。”**谐**:和,调和。按,末两句大意为:今日未必得志,屈居山长,总有一天会受到帝王的重用。

其　二

柴门病后少曾开①，今日人扶出郭来②。
君奉潘舆贫亦乐③，我贪汉橐老犹呆④。
明师不患无高弟⑤，大匠何尝有弃材⑥。
若见蓬仙烦问讯⑦，掉头一去几时回⑧。

注　释

①**柴门**：用柴木做的门，言其简陋。三国魏曹植《梁甫行》："柴门何萧条，狐兔翔我宇。"

②**人扶出郭来**：化用南北朝无名氏《木兰辞》："爷娘闻女来，出郭相扶将。"出郭，出城的意思。内城叫城，外城叫郭。这里借指出门。

③**潘舆**：晋潘岳《闲居赋》："太夫人乃御版舆，升轻轩，远览王畿，近周家园。体以行和，药以劳宣，常膳载加，旧痾有痊。"后因以"潘舆"为养亲之典。唐杜甫《奉贺阳城郡王太夫人恩命加邓国太夫人》诗："卫幕衔恩重，潘舆送喜频。"

④**汉橐(tuó)**：汉臣的橐笔，借指朝中侍臣。橐笔，古代书史小吏，手持囊橐(袋子)，簪笔于头，侍立于帝王大臣左右，以备随时记事，称作持橐簪笔，简称"橐笔"。语本《汉书·赵充国传》："印家将军以为安世本持橐簪笔事孝武帝数十年。"唐张九龄《使至广州》："人非汉使橐，郡是越王台。"

⑤**明师**：贤明的老师。《韩非子·五蠹》："文学习则为明师，为明师则显荣。"**不患**：不用担忧。《左传·襄公二十三年》："为人子者，患不孝，不患无所。"**高弟**：谓门弟子之成绩优良者。

⑥**大匠**：称学艺上有大成就而为众人所崇敬的人。**何尝**：用反问的语气表示未曾或并不。**弃材**：废材，无用之材。指物或人。三国魏曹植《当欲游南山行》："大匠无弃材，船车用不均。"

⑦**问讯**：打听。宋姜夔《惜红衣》词："墙头唤酒，谁问讯、城南诗客。"

⑧**掉头**：转过头，多表示不顾而去。唐杜甫《送孔巢父谢病归游江东》："巢父掉头不肯住，东将入海随烟雾。"句谓你此去不知何时能回，惜别语。

何中

何中（1265—1332），字太虚，一字养正。元初文学家、诗人、学者。抚州乐安（今江西省乐安县）人。南宋末年进士，因社会动乱，曾隐居乡间，致力古学。藏书万卷，手自校勘。其学弘深赅博，对《易》《书》有深入研究，广平程钜夫，清河元明善，柳城姚燧，东平王构，同郡吴澄、揭傒斯，皆推服之，何中独无意仕途，以布衣讲学终老。至顺二年（1331），江西行省平章全岳柱聘其为龙兴路东湖书院、宗濂书院山长。次年六月，以疾卒，年六十八。著有《易类象》三卷、《书传补遗》十卷、《吴才老叶韵》一卷、《六书纲领》一卷、《补六书故》三十二卷、《苏邱述游录》一卷、《堵颐录》十卷。今仅存《知非堂稿》六卷、《通鉴纲目测海》三卷、《通书问》一卷。

白鹭洲

淡淡薰风起[1]，江明天影开。
竹荫侵水碧[2]，草色近人来。
诸老心犹在，十年首独回。
非无李供奉[3]，却欠凰凰台[4]。

题解

这首诗应是作者重回白鹭洲时所作。诗中通过对白鹭洲初夏风光的描写，抒发旧地重游的感受和思古之幽情。

注　释

①**薰风**:和暖的风,指初夏时的东南风。《吕氏春秋·有始》:"东南曰薰风。"唐白居易《首夏南池独酌》诗:"薰风自南至,吹我池上林。"

②**侵**:渐染。唐昙域《怀齐己》:"峨眉山色侵云直,巫峡滩声入夜长。"

③**李供奉**:指李白。唐天宝元年(742),玄宗看了李白的诗赋,即召进宫,令供奉翰林,陪侍左右,草拟文告。明代文学家王世贞《登太白楼》:"昔闻李供奉,长啸独登楼。"

④**欠**:缺少。按,《白鹭洲书院志》卷四此字为"久",今从光绪《吉安府志》卷五十一为"欠"。**凰凰台**:指金陵凤凰台,在金陵凤凰山上。李白有《登金陵凤凰台》诗,中有"三山半落青天外,二水中分白鹭洲"诗句,吉安白鹭洲由此得名。但吉安自古没有凰凰台,现在白鹭洲头的凤凰台是近年所建。

刘诜

刘诜(shēn)(1268—1350),元庐陵(今江西吉安)人,字桂翁,号桂隐。性颖悟,幼失父。年十二,能文章。成年后以师道自居,教学有法。江南行御史台屡以遗逸荐,皆不报。为文以"六经"为根本,融汇古今精华,四方来请他写文章的人塞满门庭。至正十年卒,年八十三,门人私谥曰文敏。所著有《桂隐集》。

鹭渚断烟

金牛寺前江水黄①,大洲横陈江中央②。
人家夕炊起篁竹③,一段两段青迷茫④。
去帆点点春雨暗⑤,孤鸟漠漠秋空长⑥。
高楼书罢遥指顾⑦,仿佛官赋来连樯⑧。

题解

这首七言古体诗选自清胡友梅编纂的《庐陵诗存》卷四《庐陵十景》之四,《吉安府志》及《白鹭洲书院志》俱不载。诗写金牛寺、白鹭洲江边暮景。鹭渚:指白鹭洲。断烟:不连续的、片段的烟云。亦谓人家分散,炊烟连不成片。

注释

①**金牛寺**:白鹭洲渡口旁的古寺,详后王尔康《重过金牛寺》题解。

②**大洲**:指白鹭洲。**横陈**:横卧,横躺。语本战国楚宋玉《讽赋》:“内怵惕兮徂玉床,横自陈兮君之旁。”

③**夕炊**:晚饭,此指做晚饭的炊烟。**篁竹**:竹名,此指竹丛。唐韩愈《送区册序》:“夹江荒茅篁竹之间,小吏十余家。”

④**迷茫**:模糊不清。宋梅尧臣《答泰州王道粹学士》:“欲随轻风挹君袂,满野春雨生迷茫。”

⑤**去帆**:远去的帆船。南北朝何逊《赠韦记室黯别诗》:“去帆若不见,试望白云中。”

⑥**漠漠**:迷蒙貌。宋郑侠《烟雨楼》:“群岫西来烟漠漠,大江南去雨蒙蒙。”

⑦**指顾**:手指目视,指点顾盼。《汉书·律历志上》:“指顾取象,然后阴阳万物靡不条鬯该成。”

⑧**官赋**:国家征收的赋税。**连樯**:桅杆相连,形容船多。晋郭璞《江赋》:“舳舻相属,万里连樯。”

陈谟

陈谟(1305—1400),字一德,号心吾,元末明初江西泰和人。幼能诗文,尤精经学,旁及子史百家。隐居不仕,家居教授,一时经生学子多从之游。洪武初,征诣京,请留为国学师,引疾辞归。屡聘为江广考官,著书教授以终,人称海桑先生。著有《海桑集》十卷。

云章阁

一相南来建大藩①,金汤千里虎牙闲②。
彩云腾凤迎科诏③,珠斗垂虹动海关④。
入院恭陪车马盛,序宾愧列鬓毛班⑤。
宁知交广非邹鲁⑥,已有弹冠早出山⑦。

题解

云章阁,白鹭洲书院楼阁名,在洲尾风月楼之南,是原书院藏书、山长讲学和就寝之处。始建于宋淳祐元年(1241)书院创建之初,现存的云章阁,是清光绪十一年(1885)重建,阁内至今保存了晚清刘绎任山长时办公、就寝的山长厅。

注释

①**一相**:指某位知府。相,国之宰相或郡之相国,此做知府的尊称。知府乃

朝臣充任,类似古代郡之相国,故称。**大藩:**古代指比较重要的州郡一级的行政区。《旧唐书 · 卢祖尚传》:"交州大藩,去京甚远,须贤牧抚之。"明何景明《赠刘大参》诗:"自识文翁化,佳声满大藩。"

②**金汤:**"金城汤池"缩语。金属造的城,沸水流淌的护城河。形容城池险固。《汉书 · 蒯通传》:"必将婴城固守,皆为金城汤池,不可攻也。"颜师古注:"金以喻坚,汤喻沸热不可近。"**虎牙闲:**喻时局升平,武将闲着无事。虎牙,古代将军的名号,喻其猛锐。《汉书 · 匈奴传上》:"云中太守田顺为虎牙将军,三万余骑出五原。"唐杜牧诗句:"戍楼吹笛虎牙闲。"

③**迎科诏:**迎接关于科举的诏令。科举是封建时代儒士入仕之途,诏令是皇帝发布命令。宋苏轼《监试呈诸试官》诗:"每闻科诏下,白汗如流沈。"

④**珠斗:**指北斗七星。因斗星相贯如珠,故名。唐王维《同崔员外秋宵寓直》诗:"月迥藏珠斗,云消出绛河。"

⑤**序宾:**排列宾客的位次。《诗 · 大雅 · 行苇》:"序宾以贤。"**鬓毛班:**鬓发斑白,谓年老。"班"通"斑"。宋刘过《水调歌头》词:"人生行乐,何自催得鬓毛斑。"

⑥**宁知:**岂知。**交广:**友人聚会的大殿堂。交,友也;广,殿之大屋也。此指云章阁。**邹鲁:**邹,孟子故乡;鲁,孔子故乡。后因以"邹鲁"指文化昌盛之地,礼义之邦。

⑦**弹冠早出山:**弹去冠上的灰尘,准备及早出仕。弹冠,指准备为官。北齐颜之推《古意》:"十五好诗书,二十弹冠仕。"出山,晋谢安神识沉敏,少有重名,高卧东山,屡辟不出。及桓温请为司马,始出仕治事,终为朝廷重臣。见《晋书 · 谢安传》。后以"出山"比喻出仕或担任某种职务,从事某种事情。

郭钰

郭钰(1316—?),字彦章,江西吉水人。元末遭乱,隐居不仕。明初以茂才征,辞疾不就,年逾六十竟贫死。钰生平转侧兵戈,为诗多愁苦之词,著有《静思集》十卷,于当时盗贼残破郡邑事实,言之确凿,足补历史之缺。

白鹭洲晚泊呈天隐山长

白鹭洲前春水宽,素王宫殿压惊湍①。
风飘坠瓦鸳鸯冷②,雨晴疏篁翡翠寒③。
维翰未能穿铁砚④,叔孙先已改儒冠⑤。
凄凉讲席君仍在⑥,晚岁冰霜独立难⑦。

题解

这首诗在光绪《吉安府志》中题为《白鹭洲晓泊呈天隐兄山长兼柬曹居真》。天隐:姓名、里籍不详,天隐其号。元末任白鹭洲书院山长。此人在《白鹭洲书院志·设教》中并未提到。这位天隐山长晚年不为元末战乱影响,仍坚持在“凄凉讲席”上,纯洁操守,难能可贵。曹居真:元末庐陵人。谨厚有德器,精于治《诗》。著《诗义发挥》行世,多采入《诗经大全》,学者宗之。卢志案云:“《通志》曹居真列明朝人物,兹从县志改列。”《钦定四库全书·静思集》卷七作“曹居贞”。

注释

①**素王宫殿**：指孔庙。汉王充《论衡·定贤》："孔子不王，素王之业在《春秋》。"孔子有王者之道，而无王者之位，故称素王。唐刘沧《经曲阜城》："三千弟子标青史，万代先生号素王。"**惊湍**：犹急流。晋潘岳《河阳县作》诗："山气冒山岭，惊湍激严阿。"

②**鸳鸯冷**：指鸳鸯瓦冷。鸳鸯瓦即成对的瓦，中国传统屋瓦形式，一俯一仰，形同鸳鸯依偎交合，故称鸳鸯瓦。唐白居易《长恨歌》："鸳鸯瓦冷霜华重，翡翠衾寒谁与共？"

③**疏篁**：枝叶扶疏的竹林。扶疏，枝叶繁茂分披貌。**翡翠寒**：指竹子生出的寒意。

④**维翰**：桑维翰（898—947），字国侨，五代十国时期后晋大臣，石敬瑭卖国的帮凶。唐朝河南府洛阳人。后唐同光年间进士及第，后投奔河阳节度使石敬瑭为幕僚。石敬瑭勾结契丹篡国，他极力赞成，并由他办理具体事宜，以贿赂、割让幽云十六州、称"儿皇帝"为条件获得契丹帮助，为石敬瑭灭后唐立下汗马功劳。936年石敬瑭建立后晋以后，桑维翰两度出任宰相，广受贿赂，权倾朝野。契丹灭晋时，被后晋降将张彦泽缢杀。**穿铁砚**：用桑维翰"磨穿铁砚"典。《新五代史·桑维翰传》："（维翰）初举进士，主司恶其姓，以为'桑''丧'同音。人有劝其不必举进士，可以从佗求仕者。维翰慨然，乃著《日出扶桑赋》以见志。又铸铁砚以示人曰：'砚弊则改而佗仕。'卒以进士及第。"诗句意为：维翰终未磨穿铁砚，成为历史罪人。

⑤**叔孙**：复姓，指叔孙何，字通，汉初薛县（今山东省滕州市）人，初仕秦，再归项羽，后降汉，拜博士，自荐为汉王制定朝仪。**儒冠**：古代儒生戴的帽子，借指儒生。此句讥讽叔孙何朝秦暮楚，早已不是儒生了。

⑥**讲席**：高僧、儒师讲经讲学的席位。亦用作对师长、学者的尊称。南朝梁沈约《为齐竟陵王发讲疏》："置讲席于上邸，集名僧于帝畿。"此指天隐清苦的山长之职。

⑦**冰霜**：冰霜操。比喻操守坚贞清白，有如冰霜。**独立难**：谓天隐山长晚年能不为环境影响，单独保持纯洁操守，难能可贵。

周巽亨

周巽(xùn)亨，名巽，字巽亨，号巽泉，以字行。江西庐陵人，元末明初诗人。周巽亨生于元季，曾从征道州、贺州的少数民族，因功授湖南永明县主簿。受知于刘诜、虞集。入明后事迹不详，仅知于洪武九年(1376)写有《拟古乐府》154 首，编为二卷。所著有诗集《性情集》，但原书久已亡佚，仅《文渊阁书目》载有周巽泉《性情集》一部一册。

白鹭洲

洲绵亘吉州六七里，江水分流，萦回此洲，宛然金陵二水中分一洲之势，因以白鹭名之。丞相文忠公建书院其上，种竹万竿，公卿大夫多出此焉，由是白鹭洲之名闻天下。

吉士长怀古①，来游白鹭洲。
波分孤屿出②，沙带一江流③。
渔火枫桥夜④，书声竹院秋。
矶头明月上⑤，冷望意悠悠⑥。

题　解

此诗为周巽亨所作组诗《螺川八景》之二，《白鹭洲书院志》卷四录入，诗写游白鹭洲之所见所闻及诗人的所思所想。

注　释

①**吉士**:男子之美称。《诗·召南·野有死麕》:“有女怀春,吉士诱之。”

②**波分**:江波分流。赣江流至白鹭洲头则一分为二,至洲尾又合而为一,故云。**孤屿**:孤立的岛屿,孤洲。白鹭洲孤立于水中央,旁无连附,故云。

③**“沙带”句**:犹言沙洲以一江流水为腰带。白鹭洲处于赣水包围之中,故云。带,腰带,此指赣江。王勃《滕王阁赋》:“襟三江而带五湖。”

④**渔火枫桥**:唐张继《枫桥夜泊》诗句“江枫渔火对愁眠”略意。

⑤**矶头**:水边或水中突出水面的岩石。此句为“明月上矶头”的倒装句。

⑥**意悠悠**:思绪万千。悠悠,众多,久远。

金牛泉

金牛泉脉远①,飞瀑出江干②。
气接螺川润③,声吹鹭渚寒④。
濯缨临沸石⑤,洗耳听惊湍⑥。
望斗寻源者⑦,龙光此处看⑧。

题　解

此诗为周巽亨所作组诗《螺川八景》之三,《白鹭洲书院志》未录。金牛泉,又名金牛井,位于白鹭洲西侧对岸的金牛古渡旁。相传有仙人骑牛途经此地,口渴不已,牛用尾巴在石崖下一扫,石缝里遂有泉水涌出,甘甜清冽,沁人心脾,水流不竭,为吉安古城第一泉。尤其令人称奇的是此泉水半青半黄,人们用来煮饭熬粥皆为金色,香甜无比。府志有载。清朝初年江西道守施闰章嵌砌挡土墙中的“金井泉香”石刻匾额至今完好无损。

注　释

①**泉脉**:地下伏流的泉水。类似人体脉络,故称。南朝齐谢朓《赋贫民田》诗:“察壤见泉脉,觇星视农正。”

②**江干**:江边,江岸。南朝梁范云《之零陵郡次新亭》诗:“江干远树浮,天末孤烟起。”

③**“气接”句**:谓金牛泉下接赣江之水气。螺川,赣江流经吉安一段的别称。

④**“声吹”句**:江风从白鹭洲送来阵阵寒波声。鹭渚,即白鹭洲,《江西诗征》作“露渚”,误。

⑤**濯缨**:洗濯冠缨。语本《孟子·离娄上》:“沧浪之水清兮,可以濯我缨。”后以“濯缨”比喻超脱世俗,操守高洁。**沸石**:指泉水翻腾中的石头。

⑥**洗耳**:典出古代传说。高士许由,以清节闻。尧欲以天下让,许由以其言不善,乃临河洗耳。见汉蔡邕《琴操·箕山操》、晋皇甫谧《高士传》。此处形容专心地倾听。

⑦**望斗寻源**:根据观测星斗,分析山川形势,寻找水的发源处。

⑧**龙光**:龙身上的光,喻指不同寻常的光辉。此指瑞气。蔡东藩《南北史通俗演义》第一回:“裕(刘裕)微笑道:‘此刻龙光尚在否?’”

邓雅

邓雅，字伯言。元末明初江西峡江县人。明洪武中，以郡举入京，不久辞归。与梁寅方善，讲学石门山中。工诗，有《玉笥集》十卷。

送姚公奖往吉安府学从丁先生读书

螺山云白鹭洲晴[①]，送尔携书赴郡城[②]。
庠序共谈新礼乐[③]，弦歌仍是旧师生[④]。
剑藏宝匣光犹见[⑤]，玉遇良工器始成[⑥]。
老我无庸还拭目[⑦]，图南指日化鲲鹏[⑧]。

题 解

府学：古代官学之一种，由府一级设立。吉州、吉安府学，位于今沿江路与鹭洲东路交汇处南端。始建于宋庆历四年(1044)，由郡守李宽倡建。至民国已破烂不堪。解放后为吉安地区行政公署机关驻地。2000年，吉安撤地设市，为吉安市政府驻地。姚公奖、丁先生：均不可考。

注 释

①**螺山**：吉安螺子山，古为吉安的标志。

②**郡城**：郡治、府治所在地，此指吉安城。唐李德裕《登崖州城作》诗："青山

似欲留人住，百匝千遭绕郡城。”

③**庠序（xiángxù）**：古代的地方学校，后亦泛称学校。**礼乐**：礼仪和音乐。礼乐始自夏商，到周朝初期周公“制礼作乐”形成独有的文化体系，后经孔子和孟子承前启后，聚合前人的精髓创建以礼乐仁义为核心的儒学文化系统，从而得以传承发展至今，是中国古代文明的重要组成部分。

④**弦歌**：依琴瑟而咏歌，指礼乐教化。

⑤**剑藏宝匣**：藏在匣中的宝剑，比喻还未显露的人才。元末明初邓雅《青山有高人》：“龙剑藏宝匣，霞衣住丹丘。”

⑥**“玉遇”句**：谓美玉需经良工雕琢，方能成器。比喻人才需经培养教育和磨炼，才能有所作为。

⑦**老我**：老人的自称。宋刘克庄《贺新郎·送黄成父还朝》词：“老我伴身惟有影，倚遍风轩月榭。”**无庸**：没有用处。南北朝庾信《奉报寄洛州诗》：“无庸奉天眷，驱传牧南秦。”**拭目**：擦亮眼睛，形容殷切期待或注视。

⑧**“图南”句**：用“鲲鹏图南”典。《庄子·逍遥游》载：北冥有鱼，其名为鲲。化而为鸟，其名为鹏。鹏之徙于南冥也，水击三千里，抟扶摇而上者九万里，背负青天而莫之夭阏者，“而后乃今将图南”。后遂以“鲲鹏展翅”“鲲鹏图南”比喻人志向远大、奋发有为、建功立业及其豪迈气概。图南，南飞，南征。指日，犹不日，谓为期不远。

晏璧

晏璧，字彦文，江西庐陵人。明洪武时辟为武昌训导，永乐间参与修撰《永乐大典》。曾任徐州判官，永乐二年（1404）任山东按察司佥事（明制按察使下设佥事，以分领各道）。博学善古文辞，以诗名于时。在济南任职期间作名诗《济南七十二泉诗》，对济南七十二泉，逐一吟咏。著有《史钺》二十卷，又有《彦文诗集》，不传。

白鹭洲

鹭洲南下水溶溶①，上有修�绿满丛②。
万个琅玕春雨后③，一林翡翠午阴中④。
寒涛似卷潇湘雨⑤，天籁犹鸣嶰谷风⑥。
拄杖敲门无俗客⑦，时招白鹤下瑶空⑧。

题　解

此诗描绘了白鹭洲书院清幽的环境，秀美的风光。洲上茂林修竹，绿荫扶疏，如诗如画。赣水奔腾，波光浩渺，令人心旷神怡。

注　释

①**南下：**由南而下。赣江为南北流向，自南向北流。**溶溶：**水流盛大貌。唐李世民《题龟峰山》："试剑石边风拂拂，虎跑泉内水溶溶。"

②**修筠**:即修竹,颀长的竹子。筠,竹子的青皮,借指竹子。

③**万个琅玕(lánggān)**:即万竿美玉般的竹子。竹一枝为个,韩愈《合江亭》:"树兰盈九畹,栽竹逾万个。"琅玕,似珠玉的美石。形容竹之青翠,亦指竹。唐杜甫《郑驸马宅宴洞中》诗:"主家阴洞细烟雾,留客夏簟青琅玕。"

④**翡翠**:本为绿色的美玉,借喻碧绿如玉的竹子。明解缙《翠筠轩》:"光凝翡翠秋偏好,色漾玻璃夏亦寒。"

⑤**潇湘雨**:元杂剧名,又名"潇湘夜雨",剧写崔女翠鸾,夜宿临江驿站遇雨。因其驿在潇湘地界,故名潇湘雨。

⑥**天籁**:自然界的声响,如风声、鸟声、流水声等。唐刘禹锡《武陵北亭记》:"林风天籁,与金奏合。"**嶰谷(xiègǔ)**:昆仑山北谷名,生美竹。宋苏轼《用前韵再和孙志举》:"譬彼嶰谷竹,剪裁待伶伦。"

⑦**俗客**:不高雅的客人,指尘世间人。与神仙或出家、隐逸之人相对。

⑧**白鹤**:仙鹤。**瑶空**:明净的天空,有时指仙境。宋蔡伸《忆瑶姬·南徐连沧观赏月》词:"微雨初晴,洗瑶空万里,月挂冰轮。"

胡俨

胡俨(1360—1443),字若思,江西新淦县人,寄籍南昌。明洪武二十年(1387)举人,授华亭教谕。后历桐城知县,翰林检讨,直文渊阁,迁侍讲,进左庶子。永乐二年(1404)拜国子监祭酒,后兼侍讲,掌院事,朝廷大著作多出其手。重修《明太祖实录》,编纂《永乐大典》《天下图志》,皆充总裁官。洪熙时进太子宾客,仍兼祭酒。后退休回乡。同时擅长书画,著有《颐庵文选》《胡氏杂说》。

金牛渡

昔自五丁凿①,今看临白云。
落花红点点,芳草绿纷纷。
函谷虚引鞘②,华阳空彩文③。
仙家多变化,种玉不耕耘④。

题解

此诗录自光绪《吉安府志》卷五十一,《白鹭洲书院志》不载。金牛渡,即兴贤渡,在吉安古城兴贤门外白鹭洲对岸,为白鹭洲渡口,俗称南门渡。近旁有金牛寺、金井泉。城门久废,渡口遗址今尚存。

注　释

①**五丁**：神话传说中的五个力士。北魏郦道元《水经注・沔水》："秦惠王欲伐蜀而不知道，作五石牛，以金置尾下，言能屎金，蜀王负力，令五丁引之，成道。"泛指力士。此句以五丁开道的传说喻金牛渡很早修建，工程浩大。

②**函谷**：函谷关。唐李白《古风》诗之三："收兵铸金人，函谷正东开。"**引靷（yǐn）**：牵引牲口。"靷"同"纼"，牛鼻绳。此句暗用老子骑青牛出函谷关仙去的故事，事见《史记》。

③**华阳**：地名，为西周时期封国华国的都城，今华阳故城。又指华山之南的广大区域，与今陕西秦岭以南、四川和云南、贵州一带相当。**彩文**：《华阳国志》说蜀人"多斑彩文章"。

④**种玉**：引用晋干宝《搜神记》所载杨伯雍遇仙，种玉得玉，缔结良缘的故事。

李昌祺

李昌祺（1376—1452），名祯，字昌祺，一字维卿，以字行世，号侨庵、白衣山人、运甓居士，明庐陵（今江西吉安）人。永乐二年（1404）进士，选翰林院庶吉士，参与修撰《永乐大典》，擢礼部主客郎中，官至广西布政使。正统四年（1439）告病致仕。著有《运甓漫稿》《剪灯余话》，对小说、戏剧影响颇大。殁后将以乡贤祀学宫，因《余话》遭受批评而不得入。

访鹭洲书院遗址

宋家书院但空名[①]，二水中分草树平。
陵谷变来基亦废[②]，野人耕处草还生[③]。
落花细雨文鱼上[④]，残柳西风白雁鸣[⑤]。
临眺不堪怀往事[⑥]，城头画角更凄清[⑦]。

题　解

白鹭洲书院创建后，元至正二年（1342）毁于洪水，十二年（1352）再毁于兵燹。元末重修后没几年，明初的战火又将白鹭洲书院陷入劫难。清康熙三十年（1691）吉安知府罗京撰写的《重建白鹭洲书院碑记》一文中写道："明初毁于兵，嘉靖丙戌，郡守黄公宗明复之。"由此可知，从明初至嘉靖丙戌（1526）近一百五十年中，白鹭洲书院办学中断。这一状况，在明初文人的诗作中亦有反映，我们从永乐二年（1404）进士、庐陵李昌祺的这首诗中可见一斑。

注　释

①**“宋家”句**：白鹭洲书院创建于宋淳祐元年(1241)，故曰“宋家书院”。**但空名**：作者来访时，正是天灾兵火之后，书院只有空名了。

②**陵谷**：《诗·小雅·十月之交》：“百川沸腾，山冢崒崩。高岸为谷，深谷为陵。”比喻自然界或世事巨变。此喻洲渚迭遭洪水冲圮，如山陵河谷的变异无常。

③**野人**：上古谓居国城之郊野的人，与“国人”相对。后亦泛指村野之人，农夫。《中国通史》：“农夫住在田野小邑，称为野人。”

④**文鱼**：鲤鱼，一说为有翅能飞的鱼。《楚辞·九歌·河伯》：“乘白鼋兮逐文鱼，与女游兮河之渚。”王逸注：“言河伯游戏，远出乘龙，近出乘鼋，又从鲤鱼也。”

⑤**白雁**：候鸟，体色纯白，似雁而小。《左传·哀公七年》：“曹鄙人公孙强好弋，获白雁，献之。”

⑥**临眺**：登高远望。唐杜甫《登兖州城楼》：“从来多古意，临眺独踌躇。”

⑦**画角**：古管乐器，即号角。古时军中多用以警昏晓，振士气，肃军容。帝王出巡，亦用以报警戒严。南朝梁简文帝《折杨柳》诗：“城高短箫发，林空画角悲。”

鹭渚轻鸥

芳洲白鹭名①，无数白鸥轻②。
暖戏桃花水③，晴依柳絮萍④。
飞来兼早雁⑤，散去避秋鹰⑥。
何处忘机客⑦，时于此濯缨⑧。

题解

这首诗选自李昌祺诗词集《运甓漫稿》卷三,《白鹭洲书院志》未载。描写白鹭洲上轻捷飞翔的鸥鸟,悠逸恬淡,体现诗人寄情山水的乐趣和淡泊名利、超脱世俗的心境。鹭渚:指白鹭洲。

注释

①**芳洲**:芳草丛生的小洲,指白鹭洲。《楚辞·九歌·湘君》:"采芳洲兮杜若,将以遗兮下女。"

②**白鸥**:水鸟名。唐李白《江上吟》:"仙人有待乘黄鹤,海客无心随白鸥。"

③**桃花水**:即桃花汛,指桃花盛开时江河里暴涨的水。唐王维《桃源行》:"春来遍是桃花水,不辨仙源何处寻。"

④**柳絮萍**:像浮萍漂荡在水面的柳絮。柳絮是柳树的种子,有白色绒毛,随风飞散如飘絮,因以为称。唐杜甫《绝句漫兴》之五:"颠狂柳絮随风舞,轻薄桃花逐水流。"

⑤**飞来兼早雁**:八月是大雁开始南飞的季节,此时的南飞雁称早雁。兼,兼飞,谓白鸥和早雁一起飞。杜甫《曲江对酒》:"桃花细逐杨花落,黄鸟时兼白鸟飞。"

⑥**秋鹰**:秋日的鹰隼,泛指猛禽。宋刘敞《送升之》:"寒荄待暖律,狡兔避秋鹰。"

⑦**忘机**:消除机巧之心。常用以指甘于淡泊,与世无争。宋司马光《花庵独坐》:"忘机林鸟下,极目塞鸿过。为问市朝客,红尘深几何?"

⑧**濯缨(zhuóyīng)**:见前周巽亨《金牛泉》注释。

欧大任

欧大任(1516—1596),字桢伯,号仑山。因曾任南京工部虞衡郎中,别称欧虞部。明广东顺德人。嘉靖间由岁贡生官至南京工部郎中。工诗。为“广五子”(昆山俞允文、浚县卢柟、濮州李先芳、孝丰吴维岳、顺德欧大任)之一。卒年八十。著有《虞部集》《百粤先贤志》。

送徐别驾赴吉安

监郡多闲见吏能①,安成山水最堪称②。
黄牛石出疑巫峡③,白鹭洲横似秣陵④。
客至高斋悬榻下⑤,诗成燕寝异香凝⑥。
明年地主应携我⑦,骑马青原更一登⑧。

题 解

这是一首赠别诗。徐别驾,履迹不详。别驾是他的官名,为知府的副职。吉安的名称在不同的历史时期有所不同,简介如下:秦置庐陵县。东汉置庐陵郡。隋改庐陵郡为吉州。唐改吉州为庐陵郡,后又复改为吉州。宋改为吉州庐陵郡军事、吉州军。元废吉州军改称吉州路,后又改吉州路为吉安路(吉安之名自此始)。明改吉安路为吉安府。清沿明制,称吉安府。

注 释

①**监郡**:监察郡县,亦指监察郡县之官,此指徐别驾。**吏能**:为政的才能。《后汉书·坚镡传》:"世祖讨河北,或荐镡者,因得召见。以其吏能,署主簿。"

②**安成**:指吉安府所辖的安福县,安成为其别称。

③**黄牛石**:黄牛峡,是巫峡的一段。**巫峡**:长江三峡之一。西起四川省巫山县大溪,东至湖北省巴东县官渡口,因巫山得名。两岸绝壁,船行极险。此句想象路途的艰难,但从句中的"疑"字,可知途经的并非长江三峡。

④**秣(mò)陵**:秣陵是秦代南京的名称,秦始皇三十七年(前210)置,属会稽郡。南京亦有白鹭洲,为古代长江中的沙洲,洲上多集白鹭,故名。今已与陆地相连,位于今南京市江东门外。

⑤**高斋**:高雅的书斋,常用作对他人屋舍的敬称。唐孟浩然《宴张别驾新斋》诗:"高斋征学问,虚薄滥先登。"**悬榻**:《后汉书·徐稚传》:"蕃(陈蕃)在郡不接宾客,唯稚(徐稚)来特设一榻,去则县之。"后以"悬榻"喻礼待贤士。

⑥**燕寝**:泛指闲居之处。亦指公余休息,睡眠。**异香凝**:指休息室内凝聚着焚檀的清香。唐韦应物《郡斋雨中与诸文士燕集》诗:"兵卫森画戟,燕寝凝清香。"

⑦**地主**:当地的主人,相对来往客人而言。唐郎士元《春宴王补阙城东别业》诗:"山下古松当绮席,檐前片雨滴春苔。地主同声复同舍,留欢不畏夕阳催。"此指徐别驾。

⑧**青原**:指吉安青原山。见前周必大《简提刑吴大卿宗旦 其二》注释。尾联大意为:明年我来看你,你作为主人,要带我去登一登青原山了。

陶益

陶益(1520—1600?),字允谦,号练江居士、江门迂客。其祖本为广西郁林人,附籍新会。明世宗嘉靖三十五年(1556)以明经授江西永新训导。读书博学强记,精易通理。尝日集诸生,讲白沙之学于明伦堂;又构樾墩书屋,读书其中。抚按交荐,以目疾辞归,年八十卒。著有《练江子樾墩集》。

寄吉安颜山农

念昔青莲舫①,逢君白鹭洲②。

行藏虽各遇③,气义实相投④。

畎亩躬耕乐⑤,云山力学优⑥。

只今成阔别⑦,千里思悠悠⑧。

题 解

颜山农:即颜铎,原名钧,避万历讳更名铎。字子和,号山农,又号樵夫。江西永新人。少从兄钥闻王守仁立志说,豁然有悟,躬行实践,为族党讲说孝友,使人人感发。尝师事贵溪徐樾,又尝就质于王艮,遂以开来为己任。其弟子最著者有永丰梁汝元、建昌罗汝芳,汝芳事之尤严。晚年乡居,卒年九十三。著有《颜山农集》《耕樵问答》。卒祀乡贤。

注 释

①**青莲舫**:船首画有青莲之舟,泛指船。明文徵明《泛舟》:“暖风初泛青莲舫,斜日轻摇绿玉波。”

②**“逢君”句**:回忆昔日在白鹭洲乘船相逢。

③**行藏**:指出处或行止。语本《论语·述而》:“用之则行,舍之则藏。”此处指仕途得意、失意。

④**气义相投**:谓志趣、情谊互相投合。金王若虚《林下四友赞》:“吾四人者,臭味相似而气义相投也,故不结而合,既合而欢。”亦作“气谊相投”。

⑤**畎亩(quǎnmǔ)躬耕**:亲自在田地中耕种。畎亩,田地,田野。下曰畎,高曰亩。躬耕,亲身从事农业生产。《三国志·蜀志·诸葛亮传》:“臣本布衣,躬耕于南阳。”

⑥**云山**:高耸入云之山,远离尘世的地方,隐者或出家人的居处。北宋范仲淹《严先生祠堂记》:“云山苍苍,江水泱泱,先生之风,山高水长。”**力学**:努力学习。唐杨炯《卧读书架赋》:“儒有传经在乎致远,力学在乎请益。”

⑦**只今**:如今,现在。李白《苏台览古》诗:“只今惟有西江月,曾照吴王宫里人。”**阔别**:远别,久别。唐方干《赠五牙山人洗修白》诗:“先生阔别能轻举,弟子才来学不餐。”

⑧**思悠悠**:无穷无尽的思念,形容思念之深。悠悠,连绵不尽貌。唐白居易《长相思　其一》:“思悠悠,恨悠悠,恨到归时方始休,月明人倚楼。”

张暖

张暧(ài),江西庐陵人。明嘉靖三十一年(1552)举人,官常德同知(即常德府同知府事,为知府副职)。

鹭洲书院

洲回白鹭水天宽①,万竹萧森映急湍②。
胜迹千年开大陆③,中流一柱砥狂澜④。
窗穿树色玲珑碎⑤,枕送涛声曲折寒⑥。
最是文翁遗泽在⑦,只今风月共谁看⑧。

题解

诗写白鹭洲的独特地势、旖旎风光和作者游览书院的感受,缅怀书院的创建者江万里以及众多的书院前辈。

注释

①**“洲回”句**:此为“江水回绕白鹭洲”的变式句。

②**万竹萧森**:形容竹木茂密。北魏杨衒之《洛阳伽蓝记·平等寺》:“堂宇宏美,林木萧森。”**急湍**:犹急流,水势湍急。

③**胜迹**:有名的古迹、遗迹。南朝齐谢朓《游山》:“求志昔所钦,胜迹今能选。”**大陆**:大片的陆地,指白鹭洲。

④**中流一柱**:通常作“中流砥柱”,意为像屹立在黄河急流中的砥柱山一样。砥柱,《水经·河水》注:“砥柱,山名也。昔禹治洪水,山陵当水者凿之,故破山以通河。河水分流包山而过,山现水中若柱然,故曰砥柱也。”在今河南省三门峡市,当黄河中流。今因整治河道,已炸毁。诗中“砥”字作动词,抵挡之意。**狂澜**:汹涌的波浪。

⑤**“窗穿”句**:倒装句,可按“树色穿窗玲珑碎”理解。

⑥**“枕送”句**:倒装句,可按“涛声送枕曲折寒”理解。

⑦**文翁**:汉庐江舒人。汉景帝末,为蜀郡守,“仁爱好教化”,在成都市中起学官,入学者免除徭役,成绩优者为郡县吏,每出巡视,“益从学官诸生明经饬行者与俱,使传教令”。蜀郡自是文风大振,教化大兴。见《汉书·文翁传》。后世用为称颂循吏的典故。此处以文翁指江万里等振兴文教的书院前辈。**遗泽**:前人留下的德泽。

⑧**共谁看**:与谁同看。看(kān),读平声,属十四寒韵。

胡相

胡相，字象皋，江西庐陵人。嘉靖四十三年(1564)乡举，官庆远同知。

汪太守校士鹭洲书院，适巨鱼跃入官舟二首

其一

鹭渚郁葱佳气开①，巨鳌端自禹门来②。
青鲭早避渔人饵③，红尾秋翻平地雷④。
吸水久知无涸鲋⑤，登龙应羡有仙才⑥。
衔鱼漫诧东京事，又见清时刺史台⑦。

题 解

这两首诗录自胡友梅《庐陵诗存》卷七，《吉安府志》《白鹭洲书院志》俱不载。诗写吉安知府汪可受某次乘船前往白鹭洲书院考评士子课业，正好一条红尾大鲤鱼跃入官船。作者觉得这是好兆头，欣然赋诗称颂。汪太守：汪可受。太守，明清时专指知府。校士：考评士子。官舟：官府的船。

注 释

①**鹭渚**：指白鹭洲。**郁葱**：郁郁葱葱，气旺盛貌。宋王安石《南乡子》："自古帝王州，郁郁葱葱佳气浮。"**佳气**：美好的云气。古代以为是吉祥、兴隆的象征。汉班固《白虎通·封禅》："德至八方则祥风至，佳气时喜。"

②**巨鳌**:大型鳌鱼。鳌鱼,神话中生物。相传在远古时代,金、银色的鲤鱼想跳过龙门,飞入云端升天化为龙,但是它们偷吞了海里的龙珠,只能变成龙头鱼身,称之为鳌鱼。雄性鳌鱼金鳞葫芦尾,雌性鳌鱼银鳞芙蓉尾,终日遨游大海嬉戏。《京本通俗小说·错斩崔宁》:"鳌鱼脱却金钩去,摆尾摇头再不回。"**禹门**:地名,即龙门。在山西河津县西北、陕西韩城市东北。相传为夏禹所凿,故名。常借指科举试场。宋辛弃疾《鹧鸪天·送廓之秋试》词:"禹门已准桃花浪,月殿先收桂子香。"

③**鳍(qí)**:鱼类的运动器官,由薄膜和硬刺组成,按所在部位,可分为胸鳍、腹鳍、脊鳍、臀鳍、尾鳍。

④**红尾**:指红尾鲤鱼。唐温庭筠《薛氏池垂钓》:"朱瑀空偷御沟水,锦鳞红尾属严光。"

⑤**涸鲋**:即"涸辙之鲋(hézhézhīfù)",涸,干也;辙,车轮辗过的痕迹;鲋,鲫鱼。水干了的车沟里的小鱼,比喻在困境中急待援救的人。出自《庄子·外物》:"周昨来,有中道而呼者,周顾视车辙中,有鲋鱼焉。"南北朝庾信《拟咏怀诗》:"涸鲋常思水,惊飞每失林。"

⑥**登龙**:同"登龙门",封建时代以进士登科为"登龙门"。唐王季友《酬李十六岐》:"于何车马日憧憧,李膺门馆争登龙。"**仙才**:超凡越俗的才华。宋王得臣《麈史》卷中:"庆历间,宋景文诸公在馆,尝评唐人之诗,云'太白仙才,长吉鬼才',其余不尽记也。"

⑦**清时**:清平之时,太平盛世。《文选·李陵〈答苏武书〉》:"勤宣令德,策名清时。"**刺史**:官名。原为朝廷所派督察地方之官,后沿为地方官职名称。隋以后用指州府长官。

其　二

三载名高雨露边①，恩深到处号慈船②。

春风暖送龙门鲤③，秋水光涵溟海鳣④。

已自阳骄驱毂下⑤，更无冯铗寄歌传⑥。

何来词客标灵异⑦，珍重新诗万古悬⑧。

注　释

①**三载**：汪可受在吉安府任职三年，重建白鹭洲书院。**名高**：崇高的声誉，名声显著。**雨露**：比喻恩泽。唐高适《送李少府贬峡中王少府贬长沙》："圣代即今多雨露，暂时分手莫踌躇。"

②**慈船**：犹"慈航"。佛教语，谓佛、菩萨以慈悲之心度人，如航船之济众，使脱离生死苦海。唐杜甫《上兜率寺》："白牛车远近，且欲上慈航。"

③**龙门**：即禹门口。在山西省河津县西北和陕西省韩城市东北。黄河至此，两岸峭壁对峙，形如门阙，故名。《书·禹贡》："导河积石，至于龙门。"《艺文类聚》卷九六引辛氏《三秦记》："河津一名龙门，大鱼集龙门下数千，不得上。上者为龙，不上者鱼，故云曝鳃龙门。"

④**溟海**：神话传说中的海名。《列子·汤问》："终北之北有溟海者，天池也。"**鳣(zhān)**：鲟鳇鱼的古称。北魏郦道元《水经注·河水四》："鳣，鲔也。出巩穴，三月则上渡龙门，得渡为龙矣。否则，点额而还。"

⑤**阳骄**：阳光炽烈。**驱毂(gǔ)**：驾车。毂，车轮中心的圆木，周围与车辐的一端相接，中有圆孔，可以插轴。泛指车。

⑥**冯铗**："冯驩弹铗"之省。据《战国策·齐策四》载，齐人冯谖（《史记·孟尝君列传》引作"冯驩"）为孟尝君门客，不受重视。冯三弹其铗而歌，一曰："长铗归来乎！食无鱼！"二曰："长铗归来乎！出无车！"三曰："长铗归来乎！无以为家！"孟尝君一一满足其要求，使冯食有鱼，出有车，冯母供养无乏。于是冯全

心为孟尝君谋划,营就三窟。后因以“冯驩弹铗”为怀才不遇或有才华的人希望得到恩遇之典。唐罗隐《投郑尚书启》:“何昔时有殉义之人,而今日无死恩之士,辄复更弹冯铗,上指膺门。”

⑦**词客**:擅长文词的人。唐王维《偶然作》之六:“宿世谬词客,前身应画师。”**灵异**:指神奇怪异之事物。唐孟郊《登华严寺楼望终南山赠林校书兄弟》:“前山胎元气,灵异生不穷。势吞万象高,秀夺五岳雄。”

⑧**新诗**:新的诗作。晋张华《答何劭诗》之一:“良朋贻新诗,示我以游娱。”

刘日升

刘日升（1546—1617），字扶生，号明自。江西庐陵人。万历八年（1580）进士。历湖广永州府推官，尚宝司卿，四川大足县知事，福州知府，应天府尹，工部侍郎，致仕卒。诏赠南京工部右侍郎，祀乡贤，庐陵特建专祠。师事王时槐，与邹元标相友善。著《慎修堂集》四十五卷、《符司纪》等。

云章阁同熊时受山人联句

历历楼台万树苍[1]，新凉六月水中央[2]。（刘）
翠摇菉竹迎晴霭[3]，粉坠红莲媚晚妆[4]。（熊）
木末远分青白练[5]，花间时见往来樯[6]。（刘）
江山不负南州客[7]，河朔争飞北海觞[8]。（熊）

题解

联句为旧时作诗方式之一，由两人或多人各吟一句或几句，相联成篇。旧传始于汉武帝和诸臣合作的《柏梁诗》。本诗系刘日升与熊时受各吟两联，合而成篇的联句。熊时受：明朝诗人，履迹不详。山人：隐居在山中的高人，亦为古代学者士人的雅号。

注 释

①**历历**:清晰可见貌。唐崔颢《黄鹤楼》:“晴川历历汉阳树,芳草萋萋鹦鹉洲。”**楼台**:此指云章阁。

②**新凉**:指夏末秋初凉爽的天气。**水中央**:白鹭洲地处赣江之中,故云。

③**翠摇菉(lù)竹**:“菉竹摇翠”之倒装,意为竹子摇动着翠绿的枝叶。菉,古通“绿”。**晴霭**:清朗的云气。唐李咸用《富贵曲》:“画藻雕山金碧彩,鸳鸯叠翠眠晴霭。”

④**粉坠红莲**:“红莲坠粉”之倒装,意为红莲低垂着粉面。

⑤**木末**:树梢。《楚辞·九歌·湘君》:“采薜荔兮水中,搴芙蓉兮木末。”**青白练**:指赣江。句意为站在云章阁上从树梢的间隙可以看见赣江如练。

⑥**“花间”句**:意为往来船只好像在花木间航行。樯,帆樯,挂帆的桅杆。借指帆船。

⑦**南州**:指豫章郡。《后汉书·徐稚传》:“此必南州高士徐孺子也。”亦泛指南方地区。南州客是作者自指。

⑧**河朔**:河朔饮。三国魏曹丕《典论》:“大驾都许,使光禄大夫刘松北镇袁绍军,与绍子弟日共宴饮,常以三伏之际,昼夜酣饮,极醉,至于无知。云以避一时之暑,故河朔有避暑饮。”后因以“河朔饮”指夏日避暑之饮或酣饮。河朔,古代泛指黄河以北的地区。**北海觞**:又作“北海尊”。东汉末,孔融曾任北海相,人称“孔北海”。融性喜饮酒,常叹说:“坐上客常满,樽中酒不空。吾无忧矣。”后用为咏嗜饮之典。唐李群玉《哭郴州王使君》:“东山妓逐飞花散,北海尊随逝水空。”尾联大意:让我们频频举杯,不要辜负江山美景。

杨 镳

杨镳，江西南城人，履迹不详。

集唐寄怀鹭洲

其 一

春桥南望水溶溶[①]，（韦　庄）
凤有高梧鹤有松[②]。（元　稹）
旱岁天教霖雨作[③]，（王　燧）
好将余润变鱼龙[④]。（温庭筠）

题 解

集句诗，又称集锦诗，就是从现成的诗篇中，分别选取现成的诗句，再巧妙集合而成的新诗。集句诗要求有完整的内容和崭新的主旨，要求符合诗词格律，要求上下一气，浑然天成。“集句”一名，出自宋代陈师道的《后山诗话》，但它的创作，由来已久，现存最早的集句诗，为西晋傅咸的《七经诗》。集句诗广泛出现在文人的笔下，像王安石、苏东坡、文天祥、辛弃疾、黄庭坚、晁补之、杨冠卿等诗词家都有大量的集句诗作。“集唐”是集句诗的一个品种，它所用的每一句都是唐诗。寄怀：寄托情怀或寄托思念。

注 释

①**溶溶**：水流盛大貌。《楚辞·刘向〈九叹·逢纷〉》："扬流波之潢潢兮，体溶溶而东回。"

②**"凤有"句**：言白鹭洲可以栖凤宿鹤。古人诗画中常将凤梧、鹤松联系在一起，如宋赵抃《寄酬蔡州王陶正言》："寒松有唳鹤，高梧有鸣凤。"

③**霖雨**：甘雨，时雨。《书·说命上》："若岁大旱，用汝作霖雨。"唐李白《赠从弟冽》诗："傅说降霖雨，公输造云梯。"霖，久雨三日以上谓之霖。王逖疑为王建，王建原诗为"旱岁天教作霖雨"，但《白鹭洲书院志》中作"王逖"。

④**变鱼龙**：谓鱼变化为龙。《国史补》卷下："旧言春水时至，鱼登龙门，有化龙者。"句意为好使鱼变化成龙，以便一登龙门。比喻科举考试得中。

其 二

云树遥看历几重①，（钱　起）
回潭百丈映千峰②。（朱　湾）
时时引领望天末③，（孟浩然）
雷雨湘江起卧龙④。（刘禹锡）

注 释

①**云树**：高耸入云的树木。

②**回潭**：白鹭洲后有回水潭，深不可测。**百丈**：极言其深。

③**引领**：伸颈远望，多以形容期望殷切。**天末**：天的尽头，指极远的地方。唐杜甫《天末怀李白》："凉风起天末，君子意如何？"

④**湘江卧龙**：当指屈原。屈原，战国楚大夫，因谗不能实现其爱国理想，忧愤之极，投汨罗江而死。汨罗江为湘江支流。句意谓江上雷雨大作，应是卧龙悲愤而起。

其 三

宿雨初收草木浓[1],(李 涉)
回看云壑一重重[2]。(秦 系)
夕阳流水吟诗去,(钱 起)
欲出山门听暮钟[3]。(韦应物)

注 释

①**宿雨**:夜雨,经夜的雨水。隋江总《诒孔中丞奂》诗:“初晴原野开,宿雨润条枚。”

②**云壑**:云气遮覆的山谷。南朝齐孔稚圭《北山移文》:“诱我松桂,欺我云壑。”

③**山门**:佛寺的外门。

其 四

山寺门前多古松[1],(灵 一)
数株临水欲成龙。(赵 嘏)
遥看黛色知何处[2],(韦应物)
山屐经过满径踪[3]。(薛 能)

注 释

①**山寺**:山中寺院。北周庾信《陪驾幸终南山和宇文内史》:“戍楼鸣夕鼓,山寺响晨钟。”

②**黛色**:青黑色,此指山色。

③**山屐**:登山用的木屐。语出《南史·谢灵运传》:“(谢灵运)登蹑常着木屐,上山则去其前齿,下山则去其后齿。”因屐有齿,故经过之处会留下满径踪迹。

万一贯

万一贯，字心源，号汝唯，江西安福县人。明隆庆二年(1568)戊辰科进士，授中书，升御史，巡按两浙盐政，兼理漕政。得罪权贵被贬。任武汉兵备，迁湖南溆州。官至广东按察司副使。丁艰归，年七十五卒，祀乡贤。

步甘雨韵

碧水苍山四望开①，盎然春意满楼台②。
俱言此日堪宜谷③，且对新晴共举杯。
弱柳含风清影合④，疏梅挂月暗香来⑤。
招延幸有江州守⑥，取醉何妨月几回⑦。

题 解

古人常常依照别人的诗所押的韵来作诗，这叫和韵。和韵大致有三种方式：(1)依韵，即韵脚与原诗韵在同一韵部而不必用其原字。(2)用韵，即韵脚用原诗的韵字而不必依照其先后次序。(3)次韵，或称步韵，即不但韵脚用原诗的韵字，而且韵字的先后次序也必须相同。这一首属步韵诗，是按永新甘雨所作《和汪郡守谷日集云章阁》诗之韵脚来写的。

注　释

①**四望**：眺望四方。《楚辞·九歌·河伯》："登昆仑兮四望，心飞扬兮浩荡。"

②**盎然春意**：即"春意盎然"，意思是春天生机勃勃，韵味正浓。春意，春天的气象。盎然，丰满、浓厚的样子。**楼台**：指白鹭洲云章阁。

③**宜谷**：适宜种庄稼。《史记·周本纪》："及为成人，遂好耕农，相地之宜，宜谷者稼穑焉，民皆法则之。"

④**弱柳**：柳条柔弱，故称弱柳。南朝陈张正见《赋得垂柳映斜溪》："千仞青溪险，三阳弱柳垂。"**清影**：清朗的光影。

⑤**疏梅**：稀疏的梅花。**暗香**：犹幽香，多指梅花的香气。此句化用宋林逋《山园小梅》诗句："疏影横斜水清浅，暗香浮动月黄昏。"

⑥**招延**：招请，延请。《史记·梁孝王世家》："招延四方豪杰，自山以东游说之士，莫不毕至。"**江州守**：此指吉州太守。

⑦**取醉**：喝酒致醉。唐杜甫《上白帝城》诗之一："取醉他乡客，相逢故国人。"

冯景隆

冯景隆，浙江绍兴人。明万历五年(1577)进士。历任南京给事中、江西提督学校副使、陕西左参政。曾讼赵世卿冤，且请召用张位、习孔教，申救御史魏允贞。因言辽东巡抚周泳与于应昌共诬陷刘台罪，违上意，贬蓟州判官，后移南阳推官。

云章阁别汪郡守

螺川风物此雄观①，载酒宁辞竟日观②。
槛外烟浮千雉动③，窗前涛涌万松寒。
思乡兴寄羊裘远④，别路心惊马帐残⑤。
何地胜游还再续⑥，坐看新月映清湍⑦。

题　解

此诗作于明万历年间，冯景隆由江西提督学校副使调任陕西左参政之际。题下作者自注：“时余校士吉州(在吉安考评士子)，适有陕右之命。”汪郡守：即汪可受，时任吉安知府。

注　释

①**螺川**：赣江流经吉安的一段古称螺川。**风物**：风光景物。晋陶潜《游斜

川》诗序:"天气澄和,风物闲美。"**雄观**:犹壮观,壮美雄伟之景象。宋叶梦得《石林诗话》卷上:"两山相对,遂为一时雄观。"

②**载酒**:携酒,带着酒。**宁辞**:岂能推辞。**竟日观**:终日观赏。观,观赏,与上句之"观"(景象)有别。

③**槛外**:围栏外。唐王勃《滕王阁》诗:"阁中帝子今何在,槛外长江空自流。"**千雉**:雉,雉堞,城墙上起伏的女墙。千雉,言其长也。宋史浩《同游赏心亭用前韵　其一》:"古堞高千雉,危亭屹巨犀。"

④**羊裘**:汉严光少有高名,与刘秀同游学。后刘秀即帝位,光变名隐身,披羊裘钓泽中。见《后汉书·逸民传·严光》。后因以"羊裘"指隐者或隐居生活。宋陆游《寓叹》:"人怪羊裘忘富贵,我从牛侩得贤豪。"

⑤**别路**:离别的道路。南朝陈徐陵《秋日别庾正员》诗:"青雀离帆远,朱鸢别路遥。"**马帐**:《后汉书·马融传》:"融才高博洽,为世通儒,教养诸生,常有千数……善鼓琴,好吹笛,达生任性,不拘儒者之节。居宇器服,多存侈饰。常坐高堂,施绛纱帐,前授生徒,后列女乐,弟子以次相传,鲜有入其室者。"后因以"马帐"指通儒的书斋或儒者传业授徒之所。

⑥**胜游**:快意的游览。唐刘禹锡《奉和裴侍中将赴汉南留别座上诸公》:"管弦席上留高韵,山水途中入胜游。"

⑦**清湍**:清澈的急流。晋陆机《日出东南隅行》:"遗芳结飞飙,浮景映清湍。"

甘雨

甘雨(1551—1613),字子开,号应溥,又号义麓。江西永新县人。明万历五年(1577)进士,历官南京兵部员外郎、礼部郎中,出为贵州学宪、福建按察副使,升湖广参政,未赴卒。著有《春秋注疏》、《古今韵分注撮要》五卷、《白鹭洲书院志》十二卷、《吉州贡举考》四卷、《督学集》、《翠竹青莲山房集》二十四卷、《翠竹青莲山房续集》、《甘子开翰林文集》等。

和汪郡守谷日集云章阁

烂漫江花霁色开①,相逢谷日共登台。
自非太守能悬榻②,那得高楼数举杯。
柳岸远浮烟景动③,蒲帆长带暮潮来④。
何妨深夜频呼酒,不到春缸不拟回⑤。

题解

此诗作于明万历年间,吉安知府汪可受在重修的白鹭洲云章阁中举行的一次聚会上。汪郡守:即汪可受,时任吉安知府。郡守,郡的长官,主一郡之政事。秦废封建设郡县,郡置守、丞、尉各一人。守治民,丞为佐。汉唐因之;宋以后郡改府,知府亦称郡守。谷日:农历正月初八,称为谷日节,传说这天是谷子的生日。又据《汉语大词典》对谷日的解释为:“吉日,良辰。《书言故事·岁月》:‘言吉日曰谷日。’”

注 释

①**霁色**:晴朗的天色。唐元稹《饮致用神曲酒三十韵》:“雪映烟光薄,霜涵霁色泠。”

②**自非**:倘若不是。《左传·成公十六年》:“唯圣人能外内无患;自非圣人,外宁必有内忧。”

③**烟景**:春天的美景。南朝梁江淹《惜晚春应刘秘书》诗:“烟景抱空意,蘅杜缀幽心。”

④**蒲帆**:用蒲草编织的帆。唐李贺《江南弄》诗:“水风浦云生老竹,渚暝蒲帆如一幅。”

⑤**到**:倾倒。“到”通“倒”。**春缸**:酿制春酒的酒缸。冬季酿造、及春而成的酒,称春酒。宋苏轼《送杨孟容》:“何以待我归,寒醅发春缸。”

邹元标

邹元标(1551—1624),字尔瞻,号南皋,江西吉水县人。万历五年(1577)进士,因反对张居正"夺情",被当场廷杖,发配贵州。万历十一年(1583),回朝廷任吏部给事中,历南京吏部员外郎。以母丧归,居家讲学近三十年,名扬天下。天启初召还任刑部右侍郎,拜右都御史。后因魏忠贤乱政求去。崇祯元年(1628),追赠太子太保、吏部尚书,特谥忠介。有《愿学集》八卷。

春日赴白鹭洲

春水引行舟[①],桃花夹岸流[②]。
沙明群鹭白,雨过万峰幽。
浊酒浇孤兴[③],青山笑晚愁[④]。
萋萋芳草绿[⑤],无语对江洲[⑥]。

题解

这首诗写的是诗人傍晚乘舟上白鹭洲的情形和心情。从诗中的情绪来看,应是晚年辞官归故里后的作品。水暖舟轻,春明景秀,桃花片片,芳草萋萋,却不知一生孤傲的元标先生因何而"无语",为何而忧愁?

注　释

①**引行舟**:犹言引导舟行。引,导也。唐杨思玄《奉和别鲁王》:“函关疏别道,灞岸引行舟。”

②**“桃花”句**:桃花与流水夹着白鹭洲的两岸,形成“桃花夹岸映水流”的动景。

③**浊酒**:用糯米、黄米等酿制的酒,较混浊。三国魏嵇康《与山巨源绝交书》:“时与亲旧叙阔,陈说平生,浊酒一杯,弹琴一曲,志愿毕矣。”亦指较低质的酒。唐杜甫《登高》:“潦倒新停浊酒杯。”**孤兴(xìng)**:兴,兴致,因感受而生的意趣。孤兴,则是因单人春游而触发的不适之意。

④**晚愁**:日将傍晚的感伤愁苦。唐杜甫《耳聋》:“猿鸣秋泪缺,雀噪晚愁空。”

⑤**萋萋芳草**:茂盛的香草。唐崔颢《黄鹤楼》:“芳草萋萋鹦鹉洲。”萋萋,草木茂盛貌。

⑥**“无语”句**:表达诗人的无限感怆都在不言中。**江洲**:江中由泥沙淤积而成的陆地,此指白鹭洲。

鹭洲胜会以病阻赴漫占二首

其　一

懒慢山中学耦耕①,丁丁伐木忆同声②。
天开章贡千年会③,人卧衡庐百感生④。
未许春风分半席,独将明月拥孤城⑤。
从来鹭水澄澄绿⑥,好向江头共濯缨⑦。

题解

白鹭洲书院时有重要胜会，比如外地学者来访或讲学，上级官员视察，对优秀生员的嘉奖等。能够参加书院胜会是何等荣幸，因病无缘赴会又是多么遗憾！胜会，犹盛会。此指万历年间白鹭洲的讲会。漫占：随意口占，作诗不起草曰口占。

注释

①**懒慢**：懒惰怠慢，不求进取之谓。语本三国魏嵇康《与山巨源绝交书》："又纵逸来久，情意傲散，简与礼相背，懒与慢相成。"作者因魏忠贤窃政，不合求去，此时正隐居故乡。**耦耕**：二人并耕。古代一种农具须两人共同操作。后亦泛指农事或务农。《礼记·月令》："（季冬之月）命农计耦耕事，修耒耜，具田器。"

②**丁丁**（zhēngzhēng）：象声词，指伐木声。《诗·小雅·伐木》："伐木丁丁，鸟鸣嘤嘤。"**忆同声**：想念同气相求的友人。同声，志趣相同或志趣相同者。汉贾谊《新书·胎教》："故同声则处异而相应，意合则未见而相亲。"

③**章贡**：章水和贡水的并称，亦泛指赣江及其流域。章水发源于江西崇义，贡水出自福建长汀，二水至江西赣县合流，乃称赣江。

④**人卧**：此指卧病。**衡庐**：衡门小屋，言其简陋。多指隐者之居。晋皇甫谧《高士传·姜岐》："岐少修孝义，栖迟衡庐，乡里归仁，名宣州里。"亦用以谦称自己所居房舍。衡，通"横"。《毛传》："衡门，横木为门，言浅陋也。"

⑤**"未许"二句**：省略主语，意谓大自然不肯分给我半席春风，只让明月拥抱孤城。此为作者因病无缘参加胜会所发出的感喟。

⑥**鹭水**：指白鹭洲周围的赣江水域，因水面上常有很多美丽优雅的白鹭盘旋飞翔，故称。**澄澄**：清澈明洁貌。晋阮修《上巳会诗》："澄澄绿水，澹澹其波。"

⑦**濯缨**：洗帽带子。详前周巽亨《金牛泉》注释。

其　二

东风吹动万回青①，夜送飞花扑满庭②。
野鸟间关能解语③，青山突兀对传经④。
少年碣石高谈麈⑤，老去江湖似客星⑥。
独往独来无一事⑦，大夫不是醉为醒⑧。

注　释

①**“东风”句**：意谓春风送暖，万物回青，一片欣欣向荣的景象。**万回青**：万物回青。

②**飞花**：飘飞的落花。明顾大典《青衫记·茶客娶兴》：“你掩泪含羞辞别去，似飞花逐水悠悠，萧萧孤影向谁投。”

③**间关**：象声词，形容婉转的鸟鸣声。唐白居易《琵琶行》：“间关莺语花底滑。”**解语**：会说话。唐司空图《杏花》诗：“解笑亦应兼解语，只应慵语倩莺声。”

④**突兀**：高耸貌。明龚诩《偶题逸老庵》：“居临流水萦纡，门对青山突兀。”**传经**：传授经学。唐杜甫《秋兴》诗之三：“匡衡抗疏功名薄，刘向传经心事违。”

⑤**碣石**：山名，在河北省昌黎县北。碣石山余脉的柱状石亦称碣石，该石自汉末起已逐渐沉没海中。《汉书·武帝纪》：“行自泰山，复东巡海上，至碣石。”**谈麈（tánzhǔ）**：古人清谈时所执的麈尾（执以驱虫、掸尘的一种工具）。宋黄庭坚《次韵奉送公定》：“每来促谈麈，风生庭竹枝。”亦指清谈。宋陈造《夜宿商卿家》：“更喜良宵共谈麈，几烦亲手剪灯花。”

⑥**客星**：特指东汉隐士严光。《后汉书·严光传》：“（光武帝）复引光入，论道旧故……因共偃卧，光以足加帝腹上。明日太史奏，客星犯御座甚急。帝笑曰：‘朕故人严子陵共卧耳。’”后诗文中常用为典故。此处亦有隐士意。

⑦**独往独来**：指特立独行的人，摆脱万物的挂碍，自由往来于天地间。《庄子·在宥》：“出入六合，游乎九州，独往独来，是谓独有。”

⑧**"大夫"句**:用"灵均独醒"典。**大夫**:指屈原。《楚辞·渔父》:"屈原既放,游于江潭,行吟泽畔,颜色憔悴,形容枯槁。渔父见而问之曰:'子非三闾大夫欤?何故至于斯?'屈原曰:'举世皆浊我独清,众人皆醉我独醒,是以见放。'"

萧近高

萧近高（1555—1630），字损之，又作抑之，号九生，江西庐陵人。万历二十三年（1595）进士，授中书舍人，擢礼部给事中，转刑部给事中，进按察使，以病归。起为浙江布政使司左布政使。官至工部侍郎。天启二年（1622）引疾归，不复出。崇祯初卒于家。赠工部尚书，崇祀乡贤祠。著《九生三草全集》三十卷。

范按院亲临鹭洲书院校士，登楼赋诗，传诵士林，真观风盛举也。敬成二律志感（录一首）

飞阁凭凌二水中①，高秋小队丽晴空②。
星边牛斗遥瞻象③，江上鲸鲵蚤避骢④。
吹角城头霜月白⑤，挥毫天半阵云红⑥。
龙蛇满壁欲飞去⑦，东海疑乘大国风⑧。

题　解

这首诗录自《庐陵诗存》卷七，惜另一首已佚。《吉安府志》《白鹭洲书院志》俱不载。范按院：山东人，名讳履迹均不详。按院是明代巡按御史的别称。明代都察院（类似今之中纪委或监察部）下属有十三道监察御史，可以分为几类：在京城都察院供职的称为内差或常差，奉命出巡盐务的称为巡盐御史，奉命出巡漕运的称为巡漕御史，奉命巡按地方称为巡按御史。校士：考评士子。士林：指文人士大夫阶层、知识界。观风盛举:观察民情的盛大的活动。

注 释

①**飞阁**:高阁。三国魏曹植《赠丁仪》:“凝霜依玉除,清风飘飞阁。”**凭凌**:谓登高凭眺,凌驾其上。宋王安石《秦始皇》:“搏取已扫地,翰飞尚凭凌。”

②**高秋**:天高气爽的秋天。**小队**:人数少的队伍。唐杜甫《严中丞枉驾见过》:“元戎小队出郊坰,问柳寻花到野亭。”

③**牛斗**:即“斗牛”,指牛宿和斗宿。唐杜甫《所思》诗:“徒劳望牛斗,无计劚龙泉。”**瞻象**:观测天象。清陆翰芬《分咏罗汉松七排》:“三千世界同瞻象,十八名中此伏龙。”

④**鲸鲵**:即鲸。雄曰鲸,雌曰鲵。唐卢纶《奉陪浑侍中上巳日泛渭河》:“舟楫方朝海,鲸鲵自曝腮。”**蚤**:通“早”。**避骢**:《后汉书·桓典传》:“是时宦官秉权,典执政无所回避。常乘骢马,京师畏惮,为之语曰:‘行行且止,避骢马御史。’”后以“避骢马”指回避侍御史。唐孟浩然《与黄侍御北津泛舟》:“本欲避骢马,何如同鹢舟。”

⑤**吹角**:吹号角。唐王维《从军行》:“吹角动行人,喧喧行人起。”**霜月**:深秋之月。《礼记·月令》:“孟秋之月寒蝉鸣,仲秋之月鸿雁来,季秋之月霜始降。”

⑥**挥毫**:运笔,谓书写或绘画。**天半**:犹言半空中。**阵云**:浓重厚积形似战阵的云。《史记·天官书》:“阵云如立垣。”

⑦**龙蛇**:指草书飞动圆转的笔势,形容飞动的草书。唐李白《草书歌行》:“恍恍如闻神鬼惊,时时只见龙蛇走。”

⑧**东海**:海名。所指因时而异,明以后所指始与今之东海相当,亦泛指东方的大海。作者自注:“按院齐人。”齐国濒临东海,此句颂扬范按院前程似锦。

汪可受

汪可受(1559—1620),字以虚,号静峰,湖北黄梅人,师从石昆玉、李贽。万历七年(1579)举人,第二年中进士。初任浙江金华县令,旋升礼部主事。历任员外郎、郎中,江西吉安府知府,山西提学副使,江西右参政,山东霸州兵备道,山东按察使,陕西右布政使,擢顺天府尹,大同巡抚,兵部左侍郎等职。总督蓟、辽宁、保定等处。万历四十七年(1619)因病辞职告老还乡。万历四十八年(1620)冬在紫云山挪步园病逝,享年六十一岁。赠兵部尚书,旌表为“天下清廉第一”。万历二十年(1592)知吉安时,兴学校,重建白鹭洲书院。筑古青原台、永堤,以防水患。兴复二程祠,以罗伦、罗钦顺配,更集历代郡人理学忠节名臣,建三坊,立祠祀之。造条鞭法,树碑郡门,云:“官坏此法者官不职,民梗此法者民弗良,书吏舞此法者遣,定为例。”

集云章阁

见说登楼酒量宽[①],况逢春日共盘桓[②]。
四郊山景多游屐[③],两岸江声半去澜[④]。
户外鸟喧高阁静[⑤],窗前风送暮烟寒。
盈门桃李为佳植[⑥],掩映光辉上国观[⑦]。

题解

白鹭洲书院为国家培育了众多人才。自书院兴，庐陵“制科飙举，名硕云蒸，几当宇内之半”。宋宝祐四年(1256)，书院学子文天祥高中状元，震动朝野，宋理宗亲赐御书“白鹭洲书院”匾额。明建文二年(1400)、永乐二年(1404)两榜，吉州举人囊括鼎甲(状元、榜眼、探花)。书院名声大振，与白鹿洞、鹅湖同为江西三大古书院。这首明朝知府的诗，写某次云章阁集会的心情与感受，尾联中对白鹭洲书院为国家培养众多优秀人才，取得举国瞩目的辉煌成绩的喜悦自豪感，溢于言表。

注释

①**见说**：犹听说。**酒量宽**：饮酒的能力大。宋白玉蟾《晚吟》：“山似诗肩耸，江如酒量宽。”

②**盘桓**：指游乐。宋陆游《老学庵笔记》卷四：“予参成都议幕……时凌云山、安乐园皆盛处，纠曹何预元立、法曹蔡迨肩吾皆佳士，日相与同盘桓。”

③**游屐**：出游时穿的木屐，亦代指游踪。典出《宋书·谢灵运传》：“(谢灵运)寻山陟岭，必造幽峻，岩嶂千重，莫不备尽。登蹑常着木屐，上山则去前齿，下山去其后齿。”后以“游屐”指游玩山水。

④**去澜**：指一去不返的流水。

⑤**高阁**：高大的楼阁，此指云章阁。唐王勃《滕王阁》：“滕王高阁临江渚，佩玉鸣鸾罢歌舞。”

⑥**桃李**：《韩诗外传》卷七：“夫春树桃李，夏得阴其下，秋得食其实。”后遂以“桃李”比喻栽培的后辈和所教的门生。**佳植**：犹“嘉植”，美树。比喻俊才。南朝梁武帝《立学诏》：“建国君民，立教为首，不学将落，嘉植靡由。”

⑦**掩映光辉**：交相辉映。**上国观**：全国注目。上国，中国也。春秋时称中原各诸侯国为上国，与吴楚诸国相对而言。

谷日集云章阁

雨后春堤日不同，岁初官阁案犹空①。
且将杯泛江湖上，莫负身居花鸟中。
野老喜晴惊谷日②，舟人迎水识东风③。
思归最爱归来客，乘兴还看月下松。

题解

白鹭洲云章阁，不仅是书院藏书及山长讲学、就寝之处，也是山长会客，当地官员、文人雅士登临聚会、吟诗作赋的场所。古往今来，诗人们留下了许多吟咏云章阁的佳篇。谷日：见前甘雨《和汪郡守谷日集云章阁》题解。

注释

①**官阁**：犹官署。清孙枝蔚《寓句容道观寄简王阮亭扬州》诗："扬州官阁梅开未？正忆新诗远寄看。"

②**野老**：村野老人。唐杜甫《哀江头》诗："少陵野老吞声哭，春日潜行曲江曲。"

③**舟人**：船夫。《诗·小雅·大东》："舟人之子，熊罴是裘。"毛传："舟人，舟楫之人。"

王尔康

王尔康(1564—1601),字道要,号性海居士,江西泰和人。占籍庐陵入试,《碑录》:"江西庐陵。"万历二十三年(1595)进士。授行人司行人,升吏部文选司。绝意仕进。初受戒于云栖袾宏,又得旨于松杏老人。著《起信疏记》《青原山房遗稿》。

重过金牛寺

江回古寺春①,经过不厌频②。
煮茗泉留客③,移床月近人④。
陈隋传旧序⑤,支许愧前身⑥。
愿得金牛度⑦,萧然出世尘⑧。

题　解

金牛寺,建置无考。传说是吕洞宾将一头金仙牛从吉水醪桥乡黄家南山山麓下的黄牛洞引诱到庐陵郡赣江西岸洞内,并建寺以镇风水。洞名"金牛洞",寺曰"金牛寺",寺前有金牛井。它与河东青原山遥遥相对,和江心的白鹭洲隔水相望,好像一座高耸的航标,来往船只航行至此,便知到了江西吉安府城。这座金牛寺古朴幽雅,是庐陵一大名胜。毁于"文革"中。

注　释

①**江回**：谓江势曲折回环。唐宋之问《下桂江县黎壁》诗："江回云壁转，天小雾峰攒。"**古寺**：指金牛寺。

②**"经过"句**：频频经过而不厌常来，可见喜爱之深。作者此为"重过"，故云"频"。宋陆游《樊江》："榜舟不厌频来往，岸帻常须半醉醒。"

③**煮茗**：煎茶。唐岑参《闻崔十二侍御灌口夜宿报恩寺》："然灯松林静，煮茗柴门香。"**留客**：使人流连忘返。唐刘长卿《晦日陪辛大夫宴南亭》："早莺留客醉，春日为人迟。"

④**"移床"句**：移动床位，使月亮与诗人更亲近。唐孟浩然《宿建德江》："野旷天低树，江清月近人。"

⑤**"陈隋"句**：读着陈隋时期流传下来的记叙文章。**陈**：陈朝，朝代名。南朝之一。公元557年陈霸先代梁称帝，国号陈。建都建康（今江苏南京），后被隋所灭。**序**：记叙文辞。

⑥**支许**：晋高僧支遁和高士许询的并称。两人友善，皆善谈佛经与玄理。后以喻僧人和文士的交谊。唐杜甫《西枝村寻置草堂地夜宿赞公土室》诗之二："从来支许游，兴趣江湖迥。"**前身**：佛教语，犹前生。唐白居易《昨日复今辰》诗："所经多故处，却想似前身。"

⑦**金牛**：指金牛寺。**度**：度脱，使人脱离人世苦难，到达仙、佛境界。

⑧**萧然**：潇洒，悠闲。晋葛洪《抱朴子·刺骄》："高蹈独往，萧然自得。"**出世尘**：超脱人世，指出家。世尘，人间。唐王昌龄《题朱炼师山房》："叩齿焚香出世尘，斋坛鸣磬步虚人。"

李邦华

李邦华（1574—1644），字孟暗，一字懋明，江西吉水县人。受业邹元标，万历三十一年（1603）举人，明年，邦华成进士，授泾县知县，有异政，授御史。以敢言闻名。天启时，以右佥都御史巡抚天津。军府新立，庶务草创，极力振饬，津门军遂为诸镇冠。崇祯初，任兵部侍郎，升兵部尚书。锐意改革，戎政大饬，不久罢职。后起为左都御史。李自成入京师，自缢于信国祠。赠太保、吏部尚书，谥忠文。清朝谥忠肃。鹭洲书院忠节坊列名奉祀。李邦华于天启间主讲书院，再创书院讲学盛况。《内阁文库藏明代稀书》中有《皇明李忠文先生集六卷 首一卷》

和解石帆中丞学龙白鹭洲云章阁见怀

登眺欲何往[①]，无如此地佳[②]。
渔舲环急濑[③]，雁阵度空阶[④]。
笑傲凌千古[⑤]，回翔耻众哇[⑥]。
几番歌伐木[⑦]，夙愿遣谁谐[⑧]？

题　解

解石帆，即解学龙（1582—1645），字言卿，号石帆。南直隶兴化（今属江苏泰州市）人。明万历四十一年（1613）进士，历任太子太保、都察院副都御史、江西巡抚。反对阉党魏忠贤专政，支持东林党的主张。南明时，官刑部尚书。南明弘光元年(1645)五月初九日,南京城破,投江殉国。著有《五垣谏草》《抚江奏牍》《用兵纪》等。中丞:明清时对巡抚的称呼。见怀:谓蒙他作诗怀念。

注 释

①**登眺**:登高远望。唐李白《寻高凤石门山中元丹丘》诗:"峰峦秀中天,登眺不可尽。"

②**"无如"句**:没有哪里比此地更好。

③**渔舲**:渔舟。**急濑(lài)**:湍急的水流。唐许浑《泛五云溪》诗:"急濑鸣车轴,微波漾钓筒。"

④**雁阵**:成列而飞的雁群。唐王勃《滕王阁诗序》:"雁阵惊寒,声断衡阳之浦。"**空阶**:楼外可见的登楼之梯,代空阁。

⑤**笑傲**:嬉笑游玩。宋苏辙《次韵孙户曹朴柳湖》:"犹有曲湖容笑傲,谁言与物苦参差。"**凌**:跨越。

⑥**耻众哇**:以俗众的谄媚之声为可羞。哇,《说文》:谄声也。此处为九佳韵。

⑦**伐木**:《诗·小雅》篇名。其诗云:"伐木丁丁,鸟鸣嘤嘤……嘤其鸣矣,求其友声。"后因以"伐木"为表达朋友间深情厚谊的典故。唐骆宾王《初秋于窦六郎宅宴得风字诗序》:"诸君情谐伐木,仰登龙以缔欢。"

⑧**夙愿**:平素的心愿。唐杜甫《昔游》诗:"良觌违夙愿,含凄向寥廓。"**遣谁谐**:谁能使夙愿以偿呢?谐,合也。

避地辞白鹭书院，时珰焰正炽，书院议毁。余不敏，危若朝露，因削夺，遵旨出郡缴诰命。遂集门人、儿子，宿云章阁。讲学三日拜辞。三祀先贤，并谢书院一生登堂入室之缘也

乘桴临白鹭①，辞尔入云烟。
山暗含愁色，泉鸣出苦咽②。
漂摇惊风雨③，翔集避鹰鹯④。
吾道斯文在⑤，寻幽且洗渊⑥。

题　解

古诗词的题目有时很长，实际上起到小序的作用，用以交代写作的背景、经过和意图，概述作品的主要内容，奠定作品的感情基调。这首诗的题目是交代写作的背景。避地：谓迁地以避灾祸。珰焰正炽：宦官魏珰气焰正盛。珰，指宦官魏忠贤，本名魏珰。书院议毁：明代中后期，是我国古代书院发展的鼎盛时期，但也正是在这一时期，出现了我国历史上仅有的四毁书院的事件。嘉靖时期两次，张居正时期一次，魏忠贤时期一次。这里指的是第四次即天启五年（1625）魏忠贤禁毁东林书院，进而殃及其他书院的事件。不敏：犹不才。危若朝露：险得像易于消失的早晨的露水那样，比喻面临灭亡。削夺：削去官职并夺去爵位。诰命：明清时特指皇帝赐爵或授官的诏令。登堂入室：登上厅堂，进入内室。比喻学艺造诣精绝，深得师传。

注　释

①**乘桴**：乘坐竹木小筏。《论语·公冶长》："道不行，乘桴浮于海。"《三国志·魏志·管宁传》："遂避时难，乘桴越海，羁旅辽东三十余年。"后用以指避

世。**临白鹭**:来到白鹭洲。

②**"泉鸣"句**:流泉的声音像是出自苦涩的咽喉。

③**漂摇**:随波浮动。宋文天祥《苏州洋》诗:"一叶漂摇扬子江,白云尽处是苏洋。"

④**翔集**:众鸟飞翔而后群集于一处。语出《论语·乡党》:"色斯举矣,翔而后集。"宋范仲淹《岳阳楼记》:"沙鸥翔集,锦鳞游泳。"**鹰鹯**(yīngzhān):鹰与鹯,俱猛禽。比喻凶残的人。汉刘向《说苑·敬慎》:"臣闻之,行者比于鸟,上畏鹰鹯,下畏网罗。"

⑤**吾道**:指孔子的学说或主张。《论语·里仁》:"子曰:'参乎!吾道一以贯之。'"**斯文**:指礼乐教化、典章制度。《论语·子罕》:"天之将丧斯文也,后死者不得与于斯文也。"

⑥**寻幽**:探究深奥的事理。**洗渊**:"洗日虞渊"之省。意思是迎回落日,喻助废帝复位。此处为挽救危局之意。唐吕温《狄梁公立卢陵王赞》:"取日虞渊,洗光咸池。"虞渊,古代中国神话传说中日没处。《白鹭洲书院志》在此诗后有注曰:"按,忠肃公父名廷谏,《吉水志·儒林传》载有'祀鹭洲三贤祠内'语。"

白鹭洲舟中夜大风雷

子夜天风动①,迅雷震太空②。
孤松摇睡鹤③,沸鼎搅归鸿④。
生死依君国,是非付史公⑤。
拥衾高卧稳⑥,举首日曈曈⑦。

题解

诗写夜泊白鹭洲,风雷大作,诗人的所思所想。时局的动荡,国家的安危,个人的生死,是非的评说,思绪联翩,涌上心来。诗的结尾豁然开朗,蕴含着希望和光明。

注释

①**子夜**:夜半子时,半夜。唐吕温《奉和张舍人阁中直夜思闻雅琴因书事通简僚友》:“凉生子夜后,月照禁垣深。”**天风**:风。风行天空,故称。汉乐府《饮马长城窟行》:“枯桑知天风,海水知天寒。”

②**迅雷**:犹疾雷,谓雷声骤然而起,猝不及防。晋陆机《赠尚书郎顾彦先》诗之二:“迅雷中宵激,惊电光夜舒。”

③**“孤松”句**:因狂风大作,松树摇摆不定,使得栖鹤睡不安稳。唐姚合《过城南僧院》:“松静鹤栖定,廊虚钟尽迟。”**睡鹤**:即栖鹤,喻指隐居的人。

④**沸鼎**:盛着滚水的鼎,喻汹涌的波涛如鼎中沸腾的热水。**归鸿**:即归雁,诗文中多用以寄托归思。“孤松”“沸鼎”两句都暗喻时局的动荡。宋程先《锁寒窗》词:“纷纷沸鼎,负了青阳百五。待何时重睹太平,典衣贯酒相尔汝。”

⑤**“生死”二句**:意谓一切听其自然,生死付之君国,是非让历史去评论。**史公**:即史官。主管文书、典籍,并负责修撰前代史书和搜集记录当代史料的官员。

⑥**拥衾高卧**:抱被而卧。拥衾,谓半卧以被裹护下体。高卧,即安卧,悠闲地躺着。《晋书·隐逸传·陶潜》:“尝言夏月虚闲,高卧北窗之下,清风飒至,自谓羲皇上人。”

⑦**曈曈(tóngtóng)**:日初出渐明貌。唐卢纶《腊日观咸宁王部曲娑勒擒豹歌》:“山头曈曈日将出,山下猎围照初日。”

白鹭洲书院复举学会,余忝司坛坫,喜而有作

后死谁人是,斯文任仔肩[①]。
经营还故址[②],类萃步前贤[③]。
堂奥亲周孔[④],羹墙见峻元[⑤]。
高山流水在[⑥],千载续灯传[⑦]。

题解

据光绪《吉安府志卷十九·学校志》载，崇祯八年，知府林一桂重修鹭洲书院，增建号舍，吉水李邦华捐助膳学，连年主讲。本诗是其中某次讲学盛会，作者有幸应邀主持，喜而所赋。《白鹭洲书院志》在此诗篇末注有"以上从《李忠肃公集》采增"。忝司坛坫(diàn)：我有愧主持这次讲学盛会。忝：谦词，有愧。司：主持。坛坫：原为古代盟会场所，后一般用指诗坛、画坛、讲坛等文人活动场所。

注释

①**"后死"二句**：后死，谓死在后，常用作生者自谦之词。《论语·子罕》："天之将丧斯文也，后死者不得与于斯文也。"后死者，本是孔子自称。这里化用为：今之后死者谁是肩负传授孔道的斯文。斯文，指儒士。仔肩，所担负的任务，责任。语出《诗·周颂·敬之》："佛时仔肩。"

②**经营**：筹划营造。《书·召诰》："卜宅，厥既得卜，则经营。"此指修复书院建筑。

③**类萃**：分类聚集，聚集在一起的同类事物。此指书院师生。

④**堂奥**：厅堂和内室。奥，室的西南隅。引申为深奥的义理，深远的意境。晋枣腆《答石崇》诗："窃睹堂奥，钦蹈明规。"**亲**：近也。**周孔**：周公和孔子的并称。汉张衡《归田赋》："弹五弦之妙指，咏周孔之图书。"

⑤**羹墙**：《后汉书·李固传》："昔尧殂之后，舜仰慕三年，坐则见尧于墙，食则睹尧于羹。"后以"羹墙"为追念前辈或仰慕圣贤的意思。**峻元**：指刘峻、郑玄(元)，俱大儒，门人弟子甚众。

⑥**高山流水**：此指圣贤的高显之德和远大之行，如高山流水。

⑦**续灯传**：师弟辗转相传，使学说发扬光大。灯传，即传灯，佛家指传法。佛教信徒认为，佛法犹如明灯，能破除迷暗，传佛法故曰传灯。

金光弼

金光弼，生卒年不详。字右辰，号天擎，明江西永新县人。年十二补诸生，善诗赋古文词，博通经史百家。游京师，入北雍，颇得阁臣赏识，咸以国士视之。年未五十卒。著有《功臣传》《九边考》《旁观录》，又有《金竺山房诗集》，汤显祖为之序，清朝学士施闰章重刊行世。

春日登云章阁

其　一

揭蘖高甍插紫虚[①]，此方千载盛簪琚[②]。
江东不识文章树[③]，彩女能留宝轴书[④]。
百雉风烟青汉外[⑤]，一樽花坞夕阳余[⑥]。
夜深应共星河宿[⑦]，借得天孙锦作裾[⑧]。

题　解

作者春日登临云章阁，凭高远眺，目睹周边迷人的景色，于是赋诗赞美庐陵人文之盛。诗中想象驰骋，时空转换，具有浪漫主义色彩。

注　释

①**揭蘖**（niè）：高峻的山崖，形容云章阁之高大。唐杜甫《九成宫》："纷披长松倒，揭蘖怪石走。"**高甍**（méng）：高大的房屋。**紫虚**：天空。因云霞映日而天

空呈紫色。句意为:像山崖一样高大的云章阁直插天空。

②**簪琚(zānjū)**:古时显贵所佩戴的饰物,比喻显贵。簪,簪子。古人用来插定发髻或连冠于发的一种长针。琚,古人佩戴的玉。

③**文章树**:柘树的别名。宋陶谷《清异录·文章树》:"张曲江里第之侧,有古柘,尝因狂风发其一根,解为器具,花纹甚奇,人以公之手笔冠世,目之曰文章树。"

④**彩女**:汉代宫女的一种,后泛称宫女。**宝轴**:精致的卷轴。亦借指珍贵的书籍。南朝陈徐陵《谏仁山深法师罢道书》:"听钟声而致敬,寻香馥以生心,朝睹尊仪,暮披宝轴,刹那之善,逐此而生。"

⑤**百雉**:雉,雉堞,城墙上起伏的女墙。百雉,言其长也。**青汉**:天汉,高空。唐贾岛《送穆少府知眉州》诗:"剑门倚青汉,君昔未曾过。"

⑥**花坞**:茶名。宋陆游《兰亭道上》诗:"兰亭酒美逢人醉,花坞茶新满市香。"

⑦**星河**:银河。南朝齐张融《海赋》诗:"湍转则日月似惊,浪动而星河如覆。"

⑧**天孙**:星名,即织女星,亦指传说中巧于织造的仙女。唐柳宗元《乞巧文》:"下土之臣,窃闻天孙,专巧于天。"**裾**:衣服的前后襟。

其　二

咫尺飞霞槛外分[①],天低鹭水共氤氲[②]。
层台隐映金银阙[③],画壁淋漓锦绣文[④]。
夹岸柳阴迷夕浪,空江帆影度春云[⑤]。
白铜鞮后风流尽[⑥],寥落千年一使君[⑦]。

注　释

①**咫尺**:周制八寸为咫,十寸为尺。谓接近或刚满一尺。形容距离近。**槛**

外：围栏外。唐王勃《滕王阁》："阁中帝子今何在，槛外长江空自流。"

②**鹭水**：白鹭洲周围的赣江水域，因水面上常有很多美丽优雅的白鹭盘旋飞翔，故称。**氤氲（yīnyūn）**：迷茫貌，弥漫貌。三国魏曹植《九华扇赋》："效虬龙之蜿蝉，法虹霓之氤氲。"

③**金银阙**：道家谓天上有黄金阙、白玉京，为仙人或天帝所居。形容华丽的建筑物。明王廷相《云台观》："玉台何所拟，方丈海天东。恍惚金银阙，迢遥日月宫。"

④**画壁**：绘有图画的墙壁。**锦绣文**：色彩精美鲜艳的花纹。

⑤**空江**：浩瀚寂静的江面。唐张泌《洞庭阻风》诗："空江浩荡景萧然，尽日菰蒲泊钓船。"

⑥**白铜鞮（dī）**：唐李白《襄阳曲四首 其一》："襄阳行乐处，歌舞白铜鞮。""白铜鞮"当指汉水在襄阳段的堤坝，这是襄阳群体娱乐的地方。唐李涉《汉上偶题》诗："今日汉江烟树尽，更无人唱《白铜鞮》。""白铜鞮"又为南朝梁歌谣名，亦作白铜蹄。

⑦**使君**：汉时称刺史为使君，后亦尊称州郡长官。此指吉安知府汪可受。

赵善鸣

赵善鸣，字凤日，一字和甫，明庐陵人。尝与邹元标往复论学，邹深许之。万历十九年（1591）辛卯科举人。历官彭泽、蒙阴教谕，主教历山书院，迁枝江知县，有惠政。改知宛平，迁刑部，奉命恤刑江北，平反四百余案。累官至刑部郎中。以敢言著名，因忤旨，几不测，释归，里居十年。所著有《巢云馆集》《上丁礼略》。

白鹭洲

江郊岑寂缀行踪[①]，一片流云几叠峰。
正欲看山洲却转[②]，有时到岸树还浓[③]。
闲来访旧停孤棹[④]，世外栖心入定钟[⑤]。
秉烛直须游竟夕[⑥]，羽衣飞梦落高松[⑦]。

题解

《庐陵诗存》题作《夜泊白鹭洲》。诗写鹭洲访友的过程与感受。全篇按时间顺序，对行进途中的见闻感受展开描写。颔联对景物动态的描写中，不写船在动，却把本来不会动的白鹭洲写得运动起来，似无理却又符合相对运动的原理，颇有特色。尾联曰“秉烛直须游竟夕”，与古人“昼短苦夜长，何不秉烛游”有异曲同工之妙。

注　释

①**岑寂(cénjì)：**高而静，亦泛指寂静。《文选·鲍照〈舞鹤赋〉》："去帝乡之岑寂，归人寰之喧卑。"**缀行踪：**行迹连接成行。

②**"正欲"句：**此句写在船上观景的感受。因船的移动，正要看山时，却被"移过来的洲"挡住了。

③**"有时"句：**到岸了，离洲上的树林更近，看起来绿荫更加浓郁。

④**孤棹：**借指孤舟。唐长孙佐辅《杭州秋日别故友》诗："独随孤棹去，何处更同衾。"

⑤**世外：**尘世之外，世俗之外。唐李白《杂题》诗序："乘兴踏月，西入酒家。不觉人物两忘，身在世外。"**栖心：**即息神，使心神摆脱世事纷扰。明王志坚《表异录》："花飞钏动，尽可栖神。"**定钟：**佛寺初更五点后，经少时，鸣钟十八下，名之为定钟。又名十八钟。正当亥时。其后少时，打二更。凡坐禅至定钟而止。两句意为：来访旧友，停舟洲畔，正是寺僧坐禅已毕的时候。

⑥**秉烛：**执烛。**游竟夕：**作终夜游，通宵游。旧时比喻及时行乐。《文选·古诗十九首》："昼短苦夜长，何不秉烛游。"

⑦**羽衣：**以鸟羽为衣，取其神仙飞翔之意。古称道士曰羽衣。宋钱易《南部新书》丙卷："忽有羽衣诣门，延之与语。"**飞梦：**指梦中飞越。宋龚鼎臣《东原录》："夏侯曰：'夜来飞梦到瑶池，借得周王八骏骑。'"

袁年

袁年，字子寿，江苏吴县人。万历庚辰(1580)进士，南兵部郎中。出历青州知府、江西副使、江西湖西道(道为省府之间设置的监察区。其长官负责监督、巡察其所属州、府、县的政治和司法等方面的情况，谓之“分巡道”。明代在江西设立了五个分巡道，分别为南瑞道、湖东道、湖西道、饶南九江道和赣南道。主要职责在于管理该地区的清军、粮储、屯田等具体事务及稳定地方秩序。湖西道辖临江、吉安、袁州三府)、云南参政。有《观槿斋集》。

白鹭洲书院新成

名洲绵亘大江屏①，自昔人才擅地灵②。
太守右文新胜概③，诸生卒业旧传经④。
江涵藻思波萦绿⑤，山拥词峰色倍青⑥。
千载英雄芳躅在⑦，会看接武重明廷⑧。

题解

新成，指白鹭洲书院重新建成。白鹭洲书院始建于宋淳祐元年(1241)，其后经水患兵燹之害，多次修复。明嘉靖十四年(1535)，一次特大洪水，将书院全部冲毁。至明万历二十年(1592)，吉安知府汪可受力集巨资，重建如初。

注 释

①**绵亘**:连接,连续不绝。汉扬雄《蜀都赋》:“东有巴賨,绵亘百濮。”**大江屏**:被大江环抱。大江,指赣江;屏,屏拥,犹环抱。

②**自昔**:往昔,从前。**人才擅地灵**:意谓人才大都出于名胜之地,为“人杰地灵”一语的活用。擅,据有。

③**太守右文**:意思是知府汪可受重视文教。太守,明清专指知府。右,尚也。**新胜概**:景物一新。胜概,美景,美好的境界。

④**诸生卒业**:众弟子完成学业。**旧传经**:世代相传的经学。

⑤**江涵藻思**:谓江水润泽文思。藻,文藻,文采。

⑥**词峰**:文词的峰峦,喻文词造诣高。唐卢照邻《益州至真观主黎君碑》:“词峰云郁,触剑石以飞扬;义壑泉奔,横玉轮而浩荡。”

⑦**芳躅(zhú)**:芳踪,指前贤的踪迹。《史记·万石张叔列传》唐司马贞述赞:“敏行讷言,俱嗣芳躅。”元张嗣德《题叶氏四爱堂》诗:“道人继芳躅,千载有余思。”

⑧**会看**:定能看到的意思。看(kān),平声。**接武重明廷**:继承前人的业迹而受重用于朝廷。武,足迹。《诗·大雅·生民》:“昭兹来许,绳其祖武。”

云章阁

忆昔璇题帝藻雄①,喜今结构更摩空②。
遥看雪浪天南远③,忽讶云梯北斗通④。
俯槛鱼龙成窟宅⑤,环桥桃李笑春风⑥。
经营乐育伊谁力⑦,不数当年鲁闷宫⑧。

题 解

此诗与前一首同时所作,描写与新建书院同时重建的云章阁的雄伟壮观,歌颂吉安知府汪可受重建云章阁的功德。

注　释

①**璇题帝藻：**指天子题写在玉石上富有文采的文字。璇，玉石。帝藻，天子的文笔。此指宋理宗为书院御书的"白鹭洲书院"匾额，今已废。

②**结构：**连结构架，以成屋舍。唐刘禹锡《白侍郎大尹自河南寄示兼命同作》："结构疏林下，夤缘曲岸隈。"**摩空：**犹凌空。摩，迫近。唐李贺《高轩过》："殿前作赋声摩空，笔补造化天无功。"

③**"遥看"句：**极言云章阁之高峻，可远望南天海浪。**雪浪：**白色浪花。按，从一般对仗规律来说，应是"南天"对"北斗"，但《白鹭洲书院志》中确为"天南"。

④**"忽讶"句：**形容云章阁楼梯之长，可直通北斗。

⑤**"俯槛"句：**凭栏俯视，见阁楼倒影，仿佛鱼龙潜藏之所，都已成了窟宅。**窟宅：**动物栖止的洞穴。唐刘恂《岭表录异》卷下："但见鳄鱼极多，不敢辄近，乃是鳄鱼窟宅也。"

⑥**桃李笑春风：**桃李花在和煦的春风中含笑绽放。此句化用唐崔护《题都城南庄》诗句"人面不知何处去，桃花依旧笑春风"，意谓白鹭洲书院春风得意，桃李满天下。

⑦**经营乐育：**修建学舍，作育人才。乐育，乐于教育、培养人才。**伊谁力：**谁之力。伊谁，何人。明张吉《次韵苏提学伯诚游白鹿洞五首 其四》："经营今古伊谁力，检点乾坤第几功。"伊，语助词，常用于句首。《诗·小雅·何人斯》："伊谁云从？维暴之云。"

⑧**不数：**不算。犹言不让前人专美于前。鲁閟(bì)宫：鲁国的神庙。《诗·鲁颂·閟宫》："閟宫有侐，实实枚枚。"閟宫，原为《诗·鲁颂》篇名，颂鲁僖公修葺鲁旧庙故事，此借以颂汪知府重建云章阁之功德。

萧椿

萧椿，字大年，江西永新人，徙居府城火巷，故又作庐陵人。尝师事曾皋，万历二十年(1592)进士，观政吏部，迁通政副使，官至浙江按察副使。致仕归里，建正启堂，设义学，培养子弟。卒祀乡贤，著有《水竹居集》。

云章阁

高阁遥临晴树起[①]，山山朝翠欲飞来[②]。
柳依风岸三眠足[③]，桃向江城半面开[④]。
画里天浮春水棹[⑤]，酒边月冷夜光杯[⑥]。
颓然醉后凭栏望[⑦]，还忆凌云作赋才[⑧]。

题　解

诗写在云章阁眺望到的春天美景。中间对仗工整的两联把白鹭洲、吉安城描写得像是一幅多彩的图画，美不胜收。尾联以登临远眺的心情作结，给读者留下了想象的空间。按，这首诗在《同治庐陵县志》卷六中文字有所不同，诗曰："高阁回临晴树开，山山朝度翠飞来。柳依风岸青连袂，桃绕江城锦作堆。楼上天浮春水棹，桥边月冷夜光杯。颓然醉后倚栏望，还忆凌云作赋才。"

注　释

①**晴树**：晴天下的树木。由唐崔颢《黄鹤楼》诗句"晴川历历汉阳树"化用

而来。

②**山山朝翠**:早晨四面都是青翠的山色。**飞来**:谓四面青翠的山色都向高阁扑来。

③**风岸**:风吹之河岸。唐无可《送韩校书赴江西》诗:“折苇鸣风岸,遥烟起暮蘋。”**三眠**:指柳树的柔弱枝条在风中时时伏倒。《三辅故事》:“汉苑中有柳状如人形,号曰人柳,一日三眠三起。”故称三眠柳。

④**江城半面**:指与白鹭洲隔水相望的吉安城之东面。

⑤**“画里”句**:春水中的舟船在远天浮游,如同画里一般。

⑥**“酒边”句**:清冷的月光照着酒杯。**夜光杯**:美玉所制酒杯,因夜间发光,故名。

⑦**颓然**:颓放不羁貌。宋何薳《春渚纪闻·琴趣》:“如孙登弹琴,颓然自得,风神超迈,若游六合之外者。”

⑧**还忆**:回忆。宋朱熹《督役城楼》诗:“还忆故园日,策杖田中归。”**凌云作赋**:司马相如作《大人赋》,汉武帝称赞它“飘飘然有凌云之气”。**才**:才调,犹才气。多指文才。

刘同升

刘同升(1587—1646),字晋卿,江西省吉水县人。明末爱国诗人。因国家动荡,科举受阻,自小聪颖的他五十岁时才获丁丑(1637)科状元,授翰林院修撰,可谓大器晚成。其父刘应秋探花出身,与大剧作家汤显祖是同年进士,两人曾同朝为官,意气相投,久而久之结成了儿女亲家,汤显祖把小女儿詹秀许给了探花之子刘同升。刘同升不但文才出众,还精通武略。一生只对明朝忠义耿耿,决心与志同道合者共赴国难,反清复明。但在明朝灭亡后,他只好投靠唐王,举起抗清复明之大旗,从赣州起兵,一路收复吉安、临江等地。后因旧病复发,猝死于赣州,享年59岁。赠东阁大学士,谥号文忠。著《锦囊集》十八卷。

登白鹭洲云章阁

青柯玉茗满庭阴①,夏日登临慰重寻②。
风雨独来烟艇夕③,江涛初涨画桥深④。
三年未着东山屐⑤,二水遥逢支遁林⑥。
稍待芙蓉凉露蚤⑦,还期韵客与同斟⑧。

题　解

夏日独自登临云章阁,恰逢风雨来时,江涛初涨。尽管浓荫满庭,难免有孤独之感。诗人期盼秋凉时与文人雅士再度重游。

注　释

①**青柯**:绿树。**玉茗**:白山茶花的别称。句谓山茶树浓荫满庭院。

②**登临**:登山临水,也指游览。语本《楚辞·九辩》:"憭慄兮若在远行,登山临水兮送将归。"

③**烟艇**:烟波中的小舟。唐杜甫《八哀诗·故右仆射相国曲江张公九龄》:"再读徐孺碑,犹思理烟艇。"

④**画桥**:雕饰华丽的桥梁。南朝陈阴铿《渡岸桥》:"画桥长且曲,傍险复凭流。"按,此句当是虚写。当时江上并无桥梁,洲上唯泮池上有一拱桥。

⑤**东山屐**:晋谢安在金陵城东筑别墅,东山为其着屐游憩之地。谢玄等破苻坚,有驿书至,谢安方对客围棋,阅书既竟,了无喜色,棋如故。既罢,还内,过户限,心喜甚,不觉屐齿之折。事见《晋书·谢安传》。后因以"东山屐"为典。明何景明《将游东园以风雨遂止》诗之一:"雨阻东山屐,天留北海杯。"屐(jī),木屐,木底鞋。

⑥**支遁(314—366)**:人名。字道林,世称支公,亦曰林公,别号支硎。东晋高僧,陈留人。尝隐于余杭山沉思佛道。善草隶,好畜马。宋释永颐《寄姚赣州》:"晋士有遗风,爱寻支遁林。"

⑦**凉露**:秋露。唐白居易《赠内》:"漠漠暗苔新雨地,微微凉露欲秋天。"**蚤(zǎo)**:通"早"。

⑧**韵客**:风雅有韵味的客人,诗人。明李维桢《游如意寺　其二》:"地僻昼常阴,流泉韵客吟。"

赵进美

赵进美(1620—1692),字韫叔,一字韫退,号清止,山东益都人。明崇祯九年(1636)乡试第一,崇祯十三年(1640)成进士,授行人(掌传旨、册封等事)。入清,任江西按察司副使,广东、陕西、河南布政使司参政,终于福建按察使。其诗清真绝俗,得王维、孟浩然之趣,有《清止阁集》八卷,《诗余》一卷,另有《瑶台梦》《立地成佛》诸传奇行于世。

九日云章阁

高秋云物动霜城[1],出郭余霞映客明[2]。
远岸烟林摇夕照[3],微风箫鼓入江声[4]。
樽前烛冷黄花湿[5],槛外山回白鸟横[6]。
欲插茱萸同北望[7],旅怀岂为授衣惊[8]。

题 解

这首诗作于顺治十三年(1656)至顺治十七年(1660),赵进美出任江西按察司副使期间。诗写重阳佳节登临云章阁,眺望吉安城外秋日风光的感受。尾联化用王维“遍插茱萸少一人”诗意,表达对遥远家乡亲人的怀念。九日:指农历九月九日重阳节,古称登高节,现代演变为“老人节”。

注　释

①**高秋**：天高气爽的秋天，亦指深秋。南朝梁何逊《赠族人秣陵兄弟》诗："萧索高秋暮，砧杵鸣四邻。"**云物**：云气、云彩。**霜城**：霜天下的城池。明韩邦奇《秋旅》："江阁风高悲旅笛，霜城日暮急秋砧。"

②**出郭**：出城。内城叫城，外城叫郭。**余霞**：残霞。南朝齐谢朓《晚登三山还望京邑》诗："余霞散成绮，澄江静如练。"

③**烟林**：烟雾笼罩的树林。唐刘禹锡《和窦中丞晚入容江作》："莎岸见长亭，烟林隔丽谯。"**夕照**：傍晚的阳光，犹夕阳。

④**箫鼓**：箫与鼓，泛指奏乐。宋陆游《游山西村》："箫鼓追随春社近，衣冠简朴古风存。"

⑤**黄花**：指菊花。宋李清照《醉花阴·重阳》："莫道不销魂，帘卷西风，人比黄花瘦。"

⑥**槛外**：围栏外。**白鸟横**：白色的鸟横空飞过。白鸟，白羽的鸟。鹤鹭之类。《诗·大雅·灵台》："麀鹿濯濯，白鸟翯翯。"

⑦**茱萸**(zhūyú)：植物名。香气辛烈，可入药。古俗农历九月九日重阳节，佩茱萸能祛邪辟恶。**北望**：作者家乡山东，在江西以北，故云。

⑧**旅怀**：羁旅者的情怀。唐祖咏《过郑曲》："旅怀劳自慰，淅淅有凉风。"**授衣惊**：犹言惊秋。授衣，谓制备寒衣，古代以九月为授衣之时。《诗·豳风·七月》："七月流火，九月授衣。"此句意谓：旅人心中岂止是惊秋之感，还有更加复杂的感情。

白鹭洲晚眺

草明沙远披襟地[①]，时有渔歌入座闻。

渚路乱帆开晓郭[②]，风原高叶暗秋云[③]。

日侵山气寒犹浅[④]，碛拥江流细渐分[⑤]。

但制荷衣归未得[⑥]，何妨常对鹭鸥群[⑦]。

题解

《白鹭洲书院志》只录赵进美《九日云章阁》诗一首,此首见于光绪《吉安府志》卷三,写作时间应与前一首相同。诗写傍晚时分在白鹭洲眺望秋日风景,诗的结尾暗示诗人不恋官场、有心隐居鹭洲与鸥鹭为伴,但又官身不能由己而无可奈何。

注释

①**“草明”句**:草色明媚,沙滩宽阔,真是令人心怀舒畅之地。**披襟**:敞开衣襟,多喻舒畅心怀。战国楚宋玉《风赋》:“有风飒然而至,王乃披襟而当之曰:‘快哉此风!’”

②**“渚路”句**:描写城外的日暮江景。

③**“风原”句**:描写秋日的原野风光。

④**“日侵”句**:夕阳下的山中云雾,使人感到浅浅的秋凉。

⑤**“碛拥”句**:沙石拥堵,江水被分成许多细流。**碛(qì)**:浅水中的沙石,沙石浅滩。

⑥**荷衣**:传说中用荷叶制成的衣裳。亦指高人、隐士之服。《楚辞·九歌·少司命》:“荷衣兮蕙带,倏而来兮忽而逝。”**归未得**:不能回去。

⑦**常对鹭鸥**:谓与鹭、鸥为友,比喻隐居生活。宋方岳《送史子贯归觐且迎妇也》诗:“久住西湖梦亦佳,鹭朋鸥侣自烟沙。”

龙嘉柱

龙嘉柱，江西泰和人。明崇祯间以子起宏（进士，南京礼部主事）赠礼部郎中。著有《一脔草续草》《白下草》。

白鹭洲病阻

重到知何日，秋江浪不平。
风吹烟雨散，人比鸥鹭轻。
逸兴[①]无今昔，闲愁有死生[②]。
衰残宁不达[③]，独坐晚来情。

题　解

这首诗是作者因病羁留在白鹭洲，观看江景时所作。秋日江上波浪翻涌，水面起伏不平。风把如烟的细雨吹散了，心情似乎比飞翔的鸥鹭还轻松。他一边欣赏着景色，一边思考着人生穷达的问题，在闲愁中悟出一份超然。

注　释

①**逸兴**：超逸豪放的意兴。唐李白《宣州谢朓楼饯别校书叔云》诗："俱怀逸兴壮思飞，欲上青天揽明月。"**无今昔**：不分古今。

②**闲愁**：无端无谓的忧愁。唐张碧《惜花》诗之一："一窖闲愁驱不去，殷勤对尔酌金杯。"**有死生**：关乎死生。

③**衰残**:犹衰老,指衰老的人。唐方干《赠五牙山人洗修白》诗:“箧里生尘是闲药,外沾犹可救衰残。”**不达**:不得志,不显贵。《史记·乐毅列传》:“商容不达,身祇辱焉。”

许焕

许焕，字尧文，江苏太仓人，明末复社“十哲”之一，清顺治四年(1647)进士。曾在福建任知县，顺治八年(1651)任浙江北关监督，顺治十四年(1657)任嘉兴知府至十七年(1660)去任。康熙四年(1665)任吉安府同知。著有《止止楼随笔》十卷。

云章阁

层楼飞槛接浮烟①，极目苍茫叠嶂连②。
岸柳扶疏春涨涌③，檐松偃盖露华鲜④。
隔江百舰承滩急⑤，近郭千村傍塔悬⑥。
携杖跂思登讲席⑦，穹碑犹记昔人贤⑧。

题 解

《白鹭洲书院诗存》云许焕“康熙四年任吉安知府”，不知所据。今从光绪《吉安府志》卷十一《秩官志》，应于康熙四年任吉安府同知(知府的副职)。此诗作于其在任时。诗写登临云章阁的所见所思。

注 释

①**层楼飞槛**：多层的高楼上架设的廊栏。槛，轩前回廊边的栏杆。**浮烟**：飘动的烟气或云雾。晋左思《吴都赋》：“飞焰浮烟，载霞载阴。”

②**极目**:纵目,用尽目力远望。**叠嶂**:重叠的山峰。

③**扶疏**:枝叶繁茂分披貌。**春涨涌**:谓春水如涌。涌,水向上喷出。

④**檐松偃盖**:檐前苍松如盖。偃盖,形容松树枝叶横垂,张大如伞盖之状。唐杜甫《题李尊师松树障子歌》:"阴崖却承霜雪干,偃盖反走虬龙形。"**露华**:露水。

⑤**百舰**:百艘船,泛言船极多。**承滩急**:犹言当急滩,面临河道中水浅流急之处。

⑥**近郭**:城池附近地区。**傍塔悬**:即傍悬塔。悬塔,塔陡立如悬于空际。按,此塔指文塔,在白鹭洲西岸,今吉安宾馆处,因建于古城东门旁,俗名东门塔,已于 1958 年修路时被毁弃。

⑦**跂(qì)思**:提起脚后跟站着,喻思念之切。

⑧**穹碑**:圆顶高大的石碑,用以记载前贤功德。元韦居安《梅涧诗话》卷下:"久无执贽求侯牧,空有穹碑立庙门。"

金牛泉

傍郭泉源石发稀①,潆洄匹练近渔矶②。
春流江畔潜蛟隐③,夜雨村窗宿鹭飞④。
影伴银河悬瀑细⑤,声传玉磬泻珠微⑥。
凭轩眺望千峰里,一掬寒波照落晖⑦。

题解

《白鹭洲书院志》只录许焕《云章阁》一首,此首见于光绪《吉安府志》卷三。描写白鹭洲畔名胜金牛泉之景观。金牛泉,详前周巽亨《金牛泉》题解。

注　释

①**傍郭**:金牛泉在白鹭洲西岸的渡口旁,近傍城郭。**石发**:生于水边石上的苔藻。《初学记》卷二七引晋周处《风土记》:“石发,水苔也,青绿色,皆生于石也。”

②**潆洄匹练**:指环绕白鹭洲的赣江水。匹练,白绢,形容清澄的江面。**渔矶**:可供垂钓的水边岩石。

③**潜蛟**:潜伏的蛟龙。宋苏轼《赤壁赋》:“舞幽壑之潜蛟。”

④**宿鹭**:栖息的鹭鸟。唐郑谷《江际》:“万顷白波迷宿鹭,一林黄叶送残蝉。”

⑤**悬瀑**:即瀑布。瀑布悬于空中,故称。唐韩愈《送惠师》诗:“是时雨初霁,悬瀑垂天绅。”

⑥**玉磬(qìng)**:古代石制乐器名,亦谓石磬,古人于石之美者,多以玉名。

⑦**一掬**:亦作“一匊”。两手所捧(的东西),亦表示少而不定的数量。《诗·小雅·采绿》:“终朝采绿,不盈一匊。”**落晖**:夕阳,夕照。南北朝庾信《拟咏怀诗二十七首　其十七》:“日晚荒城上,苍茫余落晖。”

施闰章

施闰章（1619—1683），字尚白，号愚山，安徽宣城人。清顺治六年（1649）进士，授刑部主事。康熙十八年（1679）举博学鸿词科（封建王朝临时设置的考试科目，为科举名目的一种），授翰林院侍讲，纂修《明史》，典试河南。其诗温柔敦厚，词清句丽，与宋琬齐名，有“南施北宋”之誉。与邑人高咏主持东南诗坛数十年，时称“宣城体”。著述有《双溪诗文集》《愚山诗文集》等十余种。施闰章曾于顺治十八年（1661）调任江西布政司参议，分守湖西道，辖临江、吉安、袁州三府。巡视吉安时，暇日讲学于白鹭洲。

云章阁

曲槛层栏白昼阴①，凭高望远百年心②。
压江城郭山光碧③，破浪帆樯露气深④。
旧蚀残碑犹卧藓⑤，新栽杂树渐成林。
鹅湖鹿洞寻常事⑥，不信风流限古今⑦。

题　解

诗人在云章阁凭栏骋目，远望美丽的江城风景，缅怀先贤的伟业丰功；近看白鹭洲上新木成林，深信昔日的风光必将重现，书院的传统必能得到继承和发扬。

注 释

①**曲槛层栏**：层楼上的回廊栏杆。**白昼阴**：白昼却日光昏暗。

②**百年心**：(对先贤)长远的思念。唐唐暄《赠亡妻张氏》："如何宿昔内，空负百年心。"

③**"压江"句**：此为"城郭压江山光碧"的倒装。

④**"破浪"句**：此为"帆樯破浪露气深"的倒装。**帆樯**：挂帆的桅杆。借指帆船。

⑤**"旧蚀"句**：早已被风蚀的残碑还倒在藓草中。描写书院被洪水冲圮后长年失修的凄凉景象。**残碑**：残缺的碑石。宋王安石《破冢》诗："埋没残碑草自春，旋风时出地中尘。"

⑥**鹅湖、鹿洞**：江西古代的两大书院名。鹅湖书院在江西铅山，山上有湖，晋末有龚氏养鹅于此，称鹅湖。宋淳祐初赐额文宗书院，明正德中改鹅湖书院。白鹿洞书院在江西庐山五老峰下，唐李渤曾隐读于此，养白鹿自娱，人称白鹿先生。由于这里山峰回合，俯视似洞，故取名为白鹿洞。南唐于此建学，称庐山国学。北宋初年改名白鹿洞书院。

⑦**"不信"句**：谓不信鹅湖、白鹿洞、白鹭洲等书院讲学之盛业，限于古有而今不再现。

白鹭书院

螺川依郡郭①，秀绝此芳洲②。
楼阁欢高会③，衣冠想昔游④。
雨来山势动⑤，江暝树声秋⑥。
弦诵千年地⑦，茫茫剩野鸥⑧。

题　解

此诗应作于康熙二年(1663),施闰章主持白鹭洲书院讲会时。参加并主持著名书院的学术会议,欣喜之余,自然联想起书院的昔日风光;但又看到毁于战火的书院虽经重修,元气尚未完全恢复,心中未免有些凄凉。

注　释

①**螺川**:指赣江流经吉安的一段。**依郡郭**:依绕郡城。吉安在汉代为庐陵郡,故称其曰郡城。

②**秀绝**:景色秀美,特出超群。**芳洲**:芳草丛生的小洲。《楚辞·九歌·湘君》:“采芳洲兮杜若,将以遗兮下女。”此指白鹭洲。

③**高会**:泛指大规模的集会,此指施闰章参与的鹭洲讲会。汉王粲《公燕诗》:“高会君子堂,并坐荫华榱。”

④**衣冠**:衣和冠。古代士以上戴冠,因用以指士以上的服装。《管子·形势》:“言辞信,动作庄,衣冠正,则臣下肃。”泛指士大夫。**昔游**:昔日的游览或昔日交游的友人。

⑤**山势**:山的形势或气势。北周庾信《秦州天水郡麦积崖佛龛铭》:“水声幽咽,山势崆峒。”

⑥**江暝**:江暮。**树声秋**:树间发出的秋声,秋风的萧萧声。

⑦**弦诵**:弦歌诵读。《礼记·文王世子》:“春诵,夏弦。”泛指吟哦诵读。

⑧**茫茫**:指宽阔的江面。句意谓千年弦诵之地,如今只剩茫茫江水和水鸟。盖伤书院之凄凉。

鹭洲讲会歌

西江讲学之会,吉州最盛,中辍者四十年矣。余以癸卯十月复修旧事,布衣野老,皆许以客礼相见,与会者近千人[①]。

秋兰被洲渚，霜至皆落英[②]。
春风一夜吹，又见丛兰生[③]。
可怜天地留此洲，潜蛟宿鹭成荒丘[④]。
谁开草昧置讲席，狂澜独障砥中流[⑤]。
哲匠经营相继起，飞甍画栋临江水[⑥]。
弦歌终岁白蘋边，冠盖连镳碧云里[⑦]。
百年聚散等飞蓬，或争腐鼠矜雕虫[⑧]。
今日何日复良会，再陈俎豆考鼓钟[⑨]。
庞眉黄发集耆旧，深岩邃谷来章逢[⑩]。
谈天耻作稷下士，习礼依稀洙泗宫[⑪]。
老夫顾影一何有，皇皇生垢敢开口[⑫]。
先民诱我升此堂，骏奔左右惟恐后[⑬]。
往事销沉四十年，父老重闻皆泫然[⑭]。
蜉蝣旦暮谁不朽，竦身策足追前贤[⑮]。
清光为照远来客，向夕洲前月如雪[⑯]。
请看万古螺江水，日夜长流无断绝[⑰]。

题　解

创办于南宋晚期的白鹭洲书院，会讲（古老的学术研讨方式）曾是书院主要教学方式。至明代中后期，书院会讲迎来又一次兴盛。白鹭洲书院在阳明学说传播的历史大潮中，顺势成为重要讲会（理学家学术论辩的集会）之所。据《吉安书院志》记载，从嘉靖十二年至康熙年间，阳明弟子及后学在白鹭洲书院召开大规模讲会有九次之多。清康熙二年（1663），湖西道守施闰章主持讲会于白鹭洲书院，各地学者赴会者近千人。这首诗记录了这次讲会的盛况与作者的感受。

注释

①**西江**：明清之际，文人墨客对江西的雅称。**中辍**：中止，中断。**癸卯**：指康熙二年（1663）。**布衣野老**：平民百姓。**客礼**：招待宾客的礼节。

②**洲渚**：水中小块陆地，指白鹭洲。**落英**：落花。《楚辞·离骚》："朝饮木兰之坠露兮，夕餐秋菊之落英。"

③**丛兰**：丛生的兰草，比喻品德高尚的人，指参加讲会的人士。

④**潜蛟**：潜伏的蛟龙。

⑤**草昧**：犹创始，草创。晋荀勖《食举乐东西厢歌·时邕》："爰造草昧，应乾顺民。"**砥中流**：屹立在急流之中。

⑥**哲匠**：有高明技术的工匠，亦泛指有高超才艺的文人、艺术家。**飞甍（méng）画栋**：高耸的屋脊，有彩绘装饰的屋梁。形容建筑物富丽堂皇。

⑦**弦歌**：古代传授《诗》学，均配以弦乐歌咏，故称"弦歌"。后因指礼乐教化、学习诵读为"弦歌"。**白蘋**：水中浮草。唐杜甫《丽人行》诗："杨花雪落覆白蘋，青鸟飞去衔红巾。"**冠盖**：泛指官员的冠服和车乘。冠，礼帽；盖，车盖。《史记·魏公子列传》："平原君使者冠盖相属于魏。"**连镳**：谓骑马同行。镳，马勒。南朝宋刘义庆《世说新语·捷悟》："王东亭作宣武主簿，尝春月与石头兄弟乘马出郊，时彦同游者连镳俱进。"

⑧**飞蓬**：指枯后根断遇风飞旋的蓬草。《诗·卫风·伯兮》："自伯之东，首如飞蓬。"**腐鼠**：腐烂的死鼠。典出《庄子·秋水》："鸱得腐鼠，鹓雏过之，仰而视之曰：吓！今子欲以子之梁国而吓我邪？'"后遂用为贱物之称。**雕虫**：指写作诗文辞赋。《北史·薛道衡传》："江东雅好篇什，陈主尤为雕虫，道衡每有所作，南人无不吟诵焉。"

⑨**良会**：美好的聚会。三国魏曹植《洛神赋》："悼良会之永绝兮，哀一逝而异乡。"唐杜甫《送高司直寻封阆州》诗："良会苦短促，溪行水奔注。"**俎豆**：俎和豆，古代祭祀、宴飨时盛食物用的两种礼器。亦泛指各种礼器。**考**：敲也。**鼓钟**：鼓与钟。《淮南子·本经训》："雷霆之声，可以鼓钟写也。"

⑩**庞眉黄发**：眉斑白，头发黄，指老人。《北史·隋纪下·炀帝》："朕永言稽

古，用求至理，是以庞眉黄发，更令收叙，务简秩优，无亏药饵，庶等卧理，伫其弘益。”**耆旧**：年高望重者。唐杜甫《忆昔》之二：“伤心不忍问耆旧，复恐初从乱离说。”**深岩**：崖边水洼曲处。**邃谷**：幽深的山谷。**章逢**：“章甫缝掖”省语。此指青年学生。《礼记·儒行》：“丘少居鲁，衣缝掖之衣；长居宋，冠章甫之冠。”章甫，商代的一种冠。缝掖，大袖单衣，古儒者所服。因孔子青少年时亦是这种穿戴，故作青年学生之代称。

⑪**稷下**：指战国齐都城临淄西门稷门附近地区。齐威王、宣王曾在此建学宫，广招文学游说之士讲学议论，成为各学派活动的中心。**习礼**：学习礼仪。依稀：相像，类似。**洙泗**：即洙水和泗水。古时二水自今山东省泗水县北合流而下，至曲阜北，又分为二水，洙水在北，泗水在南。春秋时属鲁国地。孔子在洙泗之间聚徒讲学。后因以“洙泗”代称孔子及儒家。

⑫**顾影**：自顾其影。有自矜、自负之意。**皇皇生垢**：语出周武王《机铭》：“皇皇惟敬，口生垢，口戕口。”**敢开口**：哪敢说话。

⑬**先民**：古代贤人。《诗·大雅·板》：“先民有言，询于刍荛。”**骏奔**：急速奔走。《后汉书·章帝纪》：“骏奔郊畤，咸来助祭。”

⑭**销沉**：犹消沉，谓衰退没落。《北齐书·文宣帝纪》：“《礼》云《乐》云，销沉俱振。”**父老**：对老年人的尊称。

⑮**蜉蝣**：虫名。幼虫生活在水中，成虫褐绿色，有四翅，生存期极短。比喻微小的生命。**竦身策足**：纵身上跳，乘马疾驰。形容努力加速前进。

⑯**清光**：清亮的光辉，多指月光、灯光之类。南朝齐谢朓《侍宴华光殿曲水》：“欢饫终日，清光欲暮。”**向夕**：傍晚，薄暮。晋陶潜《岁暮和张常侍》诗：“向夕长风起，寒云没西山。”

⑰**螺江**：即螺川，赣江流经吉安的一段。

诸贤重会白鹭洲三日

邹鲁微言远，东南坠绪传[①]。
不徒怜契阔，复此共周旋[②]。
修渚横江出，高楼切汉悬[③]。
衣冠空郡国，耆旧俨神仙[④]。
辨难毫芒析，昭融障累捐[⑤]。
道存言简易，心动泪潺湲[⑥]。
阛阓群瞻听，阶庭竞接联[⑦]。
清欢歌雅什，列坐迭长筵[⑧]。
积雪山城白，留宾地主贤[⑨]。
百年虚荏苒，千里重缠绵[⑩]。
诗说惭匡鼎，经传想服虔[⑪]。
他时魂梦绕，应傍水云边[⑫]。

题解

这首五言排律选自《钦定四库全书·学余堂诗集》卷四十三，又见于《吉安府志》卷十九“鹭洲书院”词条，题为《会讲鹭洲书院》，而《白鹭洲书院志》未载。施闰章承袭明末讲会之风，恢复了白鹭洲书院中断多年的讲会活动，亲自定立讲会章程制度，作此诗以纪。题下自注云：“时讲学言孝弟，有闻之流涕者。”

注释

①**邹鲁**：邹，孟子故乡；鲁，孔子故乡。后因以“邹鲁”指文化昌盛之地，礼义之邦。**微言**：精深微妙的言辞。《逸周书·大戒》：“微言入心，夙喻动众。”朱右曾校释：“微言，微眇之言。”汉刘歆《移书让太常博士》：“及夫子没而微言绝，七

十子卒而大义乖。”**坠绪**：指行将绝灭的学说。唐韩愈《进学解》：“寻坠绪之茫茫，独旁搜而远绍。”

②**不徒**：不独，不但。《晋书·顾和传》：“卿圭璋特达，机警有锋，不徒东南之美，实为海内之俊。”**契阔**：久别。《后汉书·独行传·范冉》：“奂曰：‘行路仓卒，非陈契阔之所，可共到前亭宿息，以叙分隔。’”**周旋**：谓辗转相追逐。《左传·僖公二十三年》：“若不获命，其左执鞭弭、右属櫜鞬，以与君周旋。”杜预注：“周旋，相追逐也。”

③**修渚**：长长的沙洲，指白鹭洲。**横江**：横陈江上。宋苏轼《赤壁赋》：“白露横江，水光接天。”**高楼切汉悬**：形容书院的楼阁高耸，势凌霄汉。

④**衣冠**：见前《白鹭书院》注释。**郡国**：郡和国的并称。汉初，兼采封建及郡县之制，分天下为郡与国。后亦以“郡国”泛指地方行政区划。**耆旧**：年高望重者。《汉书·萧育传》：“上以育耆旧名臣，乃以三公使车，载育入殿中受策。”

⑤**辨难**：辩驳、问难。辨，通“辩”。明顾起元《客座赘语·溪渔子》：“辨难上下古今事，折衷损益，根据理道。”**毫芒**：毫毛的细尖，比喻极细微。汉班固《答宾戏》：“独摅意乎宇宙之外，锐思于毫芒之内。”**昭融**：谓光大发扬。语出《诗·大雅·既醉》：“昭明有融，高朗令终。”毛传：“融，长。朗，明也。”**障累**：佛教语，谓恶业的妨碍和烦恼。南朝梁武帝《断酒肉文》之四：“弟子萧衍敬白诸大德僧尼、诸义学僧尼、诸寺三宫，向已粗陈鱼肉，障累招致苦果。”按，“障累”又作“同异”。

⑥**道存**：语出《庄子·田子方》：“子路曰：‘吾子欲见温伯雪子久矣，见之而不言，何邪？’仲尼曰：‘若夫人者，目击而道存矣，亦不可以容声矣。’”谓一个人具有深厚的道德修养，人们只在略一顾瞻之中便能感受得到。**言简易**：谓语言简练易懂。**潺湲**：水流貌。《楚辞·九歌·湘夫人》：“慌忽兮远望，观流水兮潺湲。”此处形容听讲者感动得泪流不止。

⑦**阛阓**（huánhuì）：街市，街道。《文选·左思〈魏都赋〉》：“班列肆以兼罗，设阛阓以襟带。”吕向注：“阛阓，市中巷绕市，如衣之襟带然。”**瞻听**：犹视听。唐韩愈《答张彻》诗：“赖其饱山水，得以娱瞻听。”**阶庭**：台阶前的庭院。**接联**：接连。唐杜甫《奉赠严八阁老》诗：“客礼容疏放，官曹可接联。”

⑧**清欢**:清雅恬适之乐。唐冯贽《云仙杂记·少延清欢》:"陶渊明得太守送酒,多以春秫水杂投之,曰:'少延清欢数日。'"**雅什**:高雅、优美的诗文。古时文章以十篇为一卷,名曰"什",借指诗文篇章。隋江总《南越木槿赋》:"雅什未名,骚人失藻。"**列坐**:以次相坐,亦指在座的人。**长筵**:排成长列的席位。此句化用三国魏曹植《名都篇》:"鸣俦啸匹侣,列坐竟长筵。"

⑨**地主**:当地的主人。对来往客人而言。唐郎士元《春宴王补阙城东别业》诗:"山下古松当绮席,檐前片雨滴春苔。地主同声复同合,留欢不畏夕阳催。"句末自注云:"时萧孟昉一人供馔费百余金。"按,萧孟昉即萧伯升(1620—1679),字孟昉,号研邻,江西泰和显贵人家子弟。清顺治贡士,授会昌县教谕。白鹭洲书院讲会期间,他一人承担赴会者近千人的膳费。

⑩**百年**:一生,终身。晋陶潜《拟古》诗之二:"不学狂驰子,直在百年中。"**荏苒**:(时间)渐渐过去。常形容时光易逝。汉丁廙妻《寡妇赋》:"时荏苒而不留,将迁灵以大行。"此句化用南朝梁江淹《杂体诗三十首 其十三 左记室思咏史》句:"百年信荏苒。"**缠绵**:情意深厚。晋陆机《文赋》:"诔缠绵而凄怆,铭博约而温润。"此句化用唐姚合《寄陕府内兄郭冏端公》句:"缠绵意千里。"

⑪**诗说**:有关诗的论说。如宋姜夔有《白石道人诗说》;宋吴陵有《诗说》。**匡鼎**:《汉书·匡衡传》:"无说《诗》,匡鼎来;匡说《诗》,解人颐。"后以"匡鼎解颐"谓讲诗清楚明白,非常动听。按,匡鼎即匡衡,西汉经学家,官至丞相。匡衡少时字鼎,长乃易字稚圭。他就是"凿壁偷光"故事的主人公。**经传**:儒家典籍经与传的统称。传是阐释经文的著作。《史记·太史公自序》:"六艺经传以千万数,累世不能通其学,当年不能究其礼。"**服虔**:东汉河南荥阳人,字子慎。东汉经学家,官至尚书侍郎。

⑫**他时**:将来,以后。宋徐铉《送郝郎中为浙西判官》诗:"若许他时作闲伴,殷勤为买钓鱼船。"**魂梦**:即梦魂。古人以为人的灵魂在睡梦中会离开肉体,故称。**水云边**:水云相接之处,此指白鹭洲。南宋杨万里《至永和》:"却到青原望城里,楼台些子水云边。"

岁杪归临江，闻吉州诸子仍集鹭洲讲业，欣然成咏

寒江落照片帆分①，别绪千重鹭渚云②。
实恐残年虚荏苒③，遥怜诸子共殷勤④。
鱼龙泽畔章逢集⑤，雨雪声中弦诵闻⑥。
黾勉心期良不改⑦，百年何处是离群⑧。

题 解

作者在白鹭洲书院讲学结束，返归设于临江的湖西分守道署时，得知吉州学子们仍集中在鹭洲研习学业，欣喜赋诗。岁杪（miǎo）：即年底。杪，末也。临江：临江府，府治江西清江（在今樟树市临江镇），明嘉靖四十一年（1562）至清康熙二十一年（1682），江西布政使司和江西省均先后在临江设湖西分守道署（俗称“道台衙门”）。清末辖清江、新淦、新喻、峡江共四县。1913 年废。

注 释

①**落照**：夕阳的余晖。南朝梁简文帝《和徐录事见内人作卧具》：“密房寒日晚，落照度窗边。”**片帆**：孤舟，一只船。唐李颀《李兵曹壁画山水各赋得桂水帆》：“片帆在桂水，落日天涯时。”此句写作者于岁末某日傍晚乘船从赣江离别鹭洲归临江府。

②**别绪**：离别的情思。唐骆宾王《饯骆四得钟字》：“曲终惊别绪，醉里失愁容。”**鹭渚**：即白鹭洲。此句写离别的心情。

③**残年**：岁暮，一年将尽的时候。唐白居易《雪夜小饮赠梦得》：“小酌酒巡销永夜，大开口笑送残年。”**虚荏苒**：虚度易逝的光阴。荏苒，时间渐渐过去，常形容时光易逝。

④**诸子**：犹诸君，指书院的生员们。**殷勤**：勤奋。《西游记》第二七回：“行者道：‘弟子亦颇殷勤，何尝懒惰？’”

⑤**鱼龙泽畔**:指白鹭洲。鱼龙,鱼和龙。泛指鳞介水族。**章逢集**:指青年学生的集会。章逢,见前《鹭洲讲会歌》注释。

⑥**弦诵**:弦歌诵读。《礼记·文王世子》:"春诵,夏弦。"句意谓岁末的雨雪声中,仿佛还能听到鹭洲学子的读书声。

⑦**黾勉**(mǐnmiǎn):勉励。**心期**:期望。**良**:久也。句谓:勉励和期望青年成才的心愿永远不会改变。

⑧**百年**:指人寿百岁。**离群**:离开众人。句谓人的一生什么时候也忘不了同学的情谊。何处,犹言何时。

金牛泉

仙源出窅冥,仙人去何所①。
泠泠无冬春,澹澹自风雨②。
白云生断岸,幽禽下修渚③。
前山正苍翠,木石坐堪数④。
悠然濠濮间,俯仰久延伫⑤。

题　解

这首诗见于《吉安府志》卷三"金牛泉"词条,《白鹭洲书院志》未载。诗写游览金牛泉的观感。金牛泉,详前周巽亨《金牛泉》题解。

注　释

①**仙源**:道教称神仙所居之处,借指风景胜地或安谧的僻境。**窅冥**(yǎo míng):幽暗貌。**仙人**:施闰章有记云:"金牛泉,不知所自始。其旁有金牛寺,相传仙人骑金牛于此,尾之,则渡江去,故又有金牛渡。"**何所**:何处。

②**泠泠**(línglíng):清凉貌。**澹澹**(dàndàn):荡漾貌。三国魏曹操《步出夏

门行·观沧海》："水何澹澹，山岛竦峙。"

③**断岸**：江边绝壁。宋苏轼《后赤壁赋》："江流有声，断岸千尺。"**幽禽**：鸣声幽雅的禽鸟。唐贾岛《光州王建使君水亭作》："极浦清相似，幽禽到不虚。"**修渚**：长长的沙洲，指白鹭洲。按，白鹭洲与金牛泉隔水相望。修，长。

④**木石**：树木和山石。唐杜甫《水会渡》诗："霜浓木石滑，风急手足寒。"

⑤**濠濮**(háopú)：濠梁、濮水。《庄子》记有庄子与惠子同游濠梁之上和庄子垂钓濮水的事。因以濠濮比喻逍遥闲居、清淡无为的思绪。**俯仰**：低头和抬头，形容沉思默想。**延伫**(yánzhù)：久立，久留。《楚辞·离骚》："悔相道之不察兮，延伫乎吾将反。"

金牛寺和商贤

古寺江烟里①，清泉背郭幽②。
亭空木叶下③，风缓浦云留④。
远色移渔舵⑤，寒光满佛楼⑥。
东流元不住⑦，何事起人愁⑧。

题　解

这首诗见于《吉安府志》卷八"金牛寺"词条，《白鹭洲书院志》未载。诗写游览金牛泉的观感。金牛寺：见前王尔康《重过金牛寺》题解。和商贤：与商贤相唱和。商贤，杨商贤，清初诗人，生卒里居不详。施闰章与之交好，还有《赠商贤》《秦淮水亭集郭汾又杨商贤吴野人汪舟次听苏生度曲》诸诗。

注　释

①**古寺**：指金牛寺。**江烟**：指江上的云气、烟霭。唐徐彦伯《采莲曲》："妾家越水边，摇艇入江烟。"

②**清泉**:指金牛泉。详前周巽亨《金牛泉》题解。**背郭**:背靠城郭。唐方干《思桐庐旧居便送鉴上人》诗:“绿树绕村含细雨,寒潮背郭卷平沙。”

③**木叶**:树叶。《楚辞 · 九歌 · 湘夫人》:“袅袅兮秋风,洞庭波兮木叶下。”

④**浦云**:水滨空中的浮云。唐李商隐《题鹅》诗:“眠沙卧水自成群,曲岸残阳极浦云。”

⑤**远色**:远天的颜色。隋薛道衡《夏晚》诗:“高天澄远色,秋气入蝉声。”**渔舵**:渔船。舵(dìng),船。

⑥**寒光**:指清冷的月光。《木兰诗》:“朔气传金柝,寒光照铁衣。”**佛楼**:供奉大佛或菩萨的佛堂建筑。

⑦**“东流”句**:谓东流之水本不会停止。**元**:同“原”。宋陆游《示儿》:“死去元知万事空,但悲不见九州同。”

⑧**何事**:为何,何故。晋左思《招隐》:“何事待啸歌? 灌木自悲吟。”**起人愁**:使人犯愁。

张贞生

张贞生（1623—1675），字幹臣，号篑山，江西庐陵人。顺治十五年（1658）进士。官编修，以苦节称。累迁侍讲学士，因言事降二级，乞病归。初阐阳明良知之说，后宗朱熹。去官后构我师祠，又捐宅为诚意书院。有《篑山集》三十卷、《庸书》、《王山遗响》、《唾居随录》、《圣门戒律》等。

赴施守愚讲学之约

宣城家学此登峰①，疑义晰时任扣钟②。
主敬褆躬真本领③，存诚立训识儒宗④。
道风甫振尼山铎⑤，紫气遥瞻柱下笼⑥。
寿世箴铭堪不朽⑦，荐觞蚤献岁寒松⑧。

题　解

康熙二年（1663），施闰章主持了自明以后中断多年的白鹭洲书院讲会与会讲活动。在他的主持下，白鹭洲书院进行了一场著名的学术辩论——庐陵辩论。施闰章和乡绅学士张贞生、张自勋、毛奇龄诸人也都讲学其中。此诗为张贞生应施闰章之约，赴书院讲学时所作。

注　释

①**宣城家学：**指施闰章家族世代相传之学，施闰章是安徽省宣城人。**登峰：**

即登峰造极，登上山峰绝顶，喻造诣达到极高的境地。

②**疑义**：犹疑问。**扣钟**：敲钟，喻善于求教。语本《礼记·学记》："善待问者如撞钟，叩之以小者则小鸣，叩之以大者则大鸣。"

③**主敬**：宋代理学家程颐提出的一种道德修养方法。以敬作为修养方法，初见于《论语·子路》"居处恭，执事敬"和《易·文言》"敬以直内，义以方外"。此处"敬"为谨慎的意思。程颐据此发挥为内心涵养功夫。**禔躬**(zhīgōng)：犹禔身。即安身，修身。禔，安。《明史·隐逸传·刘闵》："求古圣贤禔躬训家之法，率而行之。"

④**存诚**：谓心怀坦诚。语本《易·乾》："庸言之信，庸行之谨，闲邪存其诚。"晋陶潜《闲情赋》："坦万虑以存诚，憩遥情于八遐。"**儒宗**：儒者的宗师，汉以后亦泛指为读书人所宗仰的学者。《史记·刘敬叔孙通列传赞》："叔孙通希世度务，制礼进退，与时变化，卒为汉家儒宗。"

⑤**道风**：道德风操。南朝宋谢灵运《庐山慧远法师序》："于昔安公，道风允被。"**尼山**：原名尼丘山，孔子父母"祷于尼丘得孔子"，所以孔子名丘字仲尼，后人避孔子讳称为尼山。**铎**：有舌的大铃。振铎，摇铃。古代宣布政教法令时，振铎以警众。

⑥**柱下**：相传老子曾为周柱下史(周秦官名，掌管中央的奏章、档案、图书以及地方上报的材料。即汉以后的御史。因其常侍立殿柱之下，故名)，后以"柱下"为老子或老子《道德经》的代称。亦借指藏书之所。**笼**：书笼，书箱。

⑦**寿世**：谓造福世人。**箴铭**：文体名。箴是规诫性的韵文，铭在古代常刻在器物上或碑石上，兼用于规诫、褒赞。南朝梁刘勰《文心雕龙·铭箴》："箴铭异用，罕施于代。"又泛指规诫之言。**不朽**：不磨灭，永存。《左传·襄公二十四年》："太上有立德，其次有立功，其次有立言，虽久不废，此之谓不朽。"

⑧**荐觞**：共同举杯欢饮。荐，进献。觞，古代酒器。陆机《吊魏武帝文》："矫戚容以赴节，掩零泪而荐觞。"**蚤**：通"早"。**岁寒松**：寒冬不凋的松树，常用来比喻坚贞的节操。

毛奇龄

毛奇龄（1623—1716），清初经学家、文学家，与兄毛万龄并称为“江东二毛”。原名甡，字大可，又字于一、齐于，号秋晴，又号初晴、晚晴等，浙江萧山人。以郡望西河，学者称“西河先生”。明末诸生，清初参与抗清军事，流亡多年始出。康熙时荐举博学鸿词科，授检讨，充明史馆纂修官。寻假归不复出。治经史及音韵学，著述极富。所著《西河合集》分经集、史集、文集、杂著，共四百余卷。

登白鹭洲值施使君留萧江有怀

石阳城边白鹭洲，萋萋碧草环洲流①。
层楼百尺俯寒潦，有客独登楼上愁②。
楼前寂历众山暮，万里江流自来去③。
天半横吹赣浦帆，云中恍辨虔阳树④。
我来眺望九日余，芳洲犹采红茱萸⑤。
遥山不断故乡雁，沿流时羡清江鱼⑥。
故人乘兴久舒啸，千载南楼鲜同调⑦。
看月宁分佐史床，临风空着参军帽⑧。
相思渺渺萦素波，秋花开映波中螺⑨。
凭栏欲作《登楼赋》，不见夫君奈若何⑩。

题　解

这首诗当作于康熙二年（1663），施闰章主持白鹭洲书院讲会活动期间，毛奇龄也应邀参加此会。施使君：即江西道守施闰章。顺治十八年（1661），施闰章迁江西参议，分守湖西道驻临江，老百姓赞美他任地方官清廉纯净，美誉称为“使君”，将施闰章居住地环城流淌的清江改名为“使君江”。事见《清史稿·卷四百八十四列传二百七十一》。使君：州郡长官的尊称，亦称奉命出使的人，也是对人的尊称。萧江：浙江萧江镇，位于温州市平阳县中南部，与温州市苍南县接壤。

注　释

①**石阳**：石阳县，即庐陵县。庐陵县在历史上曾称石阳县，石阳城即指吉安城。

②**层楼**：高楼。此指白鹭洲上的风月楼。**寒潦**：清冽的江水，此指赣江。宋宋庠《河阳秋思六首　其五》：“久雨收寒潦，层飚荡薄埃。”

③**寂历**：犹寂静，冷清。南朝梁江淹《灯赋》：“冬膏既凝，冬箭未度，悁连冬心，寂历冬暮。”

④**赣浦帆**：赣江边上的帆船。**虔阳**：地名，指江西赣州。

⑤**九日**：指农历九月九日重阳节。唐李白《九日龙山饮》诗：“九日龙山饮，黄花笑逐臣。”**芳洲**：指白鹭洲。**红茱萸**：茱萸，植物名。香气辛烈，可入药。古俗农历九月九日重阳节，佩茱萸能祛邪辟恶。三国魏曹植《浮萍篇》：“茱萸自有芳，不若桂与兰。”红茱萸是茱萸的一个品种。

⑥**故乡雁**：从故乡飞来的大雁。**沿流**：谓顺流而下。

⑦**舒啸**：犹长啸，放声歌啸。晋陶潜《归去来兮辞》：“登东皋以舒啸，临清流而赋诗。”**南楼**：古楼名。在湖北省鄂城县南。又名玩月楼。《晋书》卷七十三《庾亮传》：“亮在武昌，诸佐吏殷浩之徒，乘秋夜往共登南楼，俄而不觉亮至，诸人将起避之。亮徐曰：‘诸君少住，老子于此处兴复不浅。’便据胡床与浩等谈咏竟坐。其坦率行已，多此类也。”**鲜同调**：很少志趣相同。鲜（xiǎn），非常少，很

不多。同调,音调相同,比喻有相同的志趣或主张。

⑧**“看月”句**:用“明月南楼”典,见前注。**床**:胡床,一种可以折叠的轻便坐具。李白《陪宋中丞武昌夜饮怀古》“庾公爱秋月,乘兴坐胡床。”**佐史**:汉代地方官署内书佐和曹史的统称。《汉书·百官公卿表上》:“百石以下有斗食、佐史之秩,是为少吏。”**参军帽**:用晋代孟嘉落帽的典故。《晋书·孟嘉传》:“九月九日,温(桓温)燕龙山 ,僚佐毕集。时佐吏并著戎服。有风至,吹嘉帽堕落,嘉不之觉。温使左右勿言,欲观其举止。嘉良久如厕,温令取还之,命孙盛作文嘲嘉,著嘉坐处。嘉还见,即答之,其文甚美,四坐嗟叹。”后以“孟嘉落帽”形容才子名士的风雅洒脱、才思敏捷。也作为重九登高的典故。唐元稹《答姨兄胡灵之见寄五十韵》:“登楼王粲望,落帽孟嘉情。”参军,官名,即军事参谋。东汉末始有“参某某军事”的名义,谓参谋军事。简称“参军”。晋以后军府和王国始置为官员。沿至隋唐,兼为郡官。明清称经略为参军。

⑨**素波**:白色的波浪。汉武帝《秋风辞》:“横中流兮扬素波,箫鼓鸣兮发棹歌。”

⑩**《登楼赋》**:赋篇名。汉末王粲作。《文选·王粲〈登楼赋〉》:“登兹楼以四望兮,聊暇日以销忧。”王粲,山阳高平人。少而聪慧有大才,仕为侍中。时董卓作乱,仲宣避难荆州,依刘表,遂登江陵城楼,因怀旧而有此作,述其进退危惧之情。旧时常作为文人思乡、怀才不遇的典故。唐刘沧《汶阳客舍》诗:“思乡每读《登楼赋》,对月空吟《叩角歌》。”**夫君**:此处不是称丈夫,而是指友人。南朝齐谢朓《和江丞北戍琅邪城》诗:“夫君良自勉,岁暮忽淹留。”**奈若何**:能怎么办呢?项羽《垓下歌》:“虞兮虞兮奈若何?”

邵延龄

邵延龄，字大年，号静山，浙江平湖人。顺治十八年(1661)登辛丑科进士，由内阁中书历官刑部郎中。康熙间为江西督学，所取多知名士，归里卒。有《耐轩集》。按，督学全名为“提督学政”，清中叶以后，派往各省，按期至所属各府、厅考试童生及生员。均从进士出身的官吏中简派，三年一任。任职期间不问本人官阶大小，与督、抚(省行政长官)平行。

罗郡守重建白鹭洲书院志喜

大雅今当胜，斯文又继宗①。
君能施化雨，谁不仰春风②。
泮水摇新绿，坛花放旧红③。
矧兹多士学，能弗古人从④？
闻说江洲路，咸欣讲席崇⑤。
遥看门庑建，近听诵弦同⑥。
蜀郡文翁教，洪都范守功⑦。
储才旨栋木，异赏试焦桐⑧。
何啻江公在，恍如汪守逢⑨。
追思螭陛侍，曾与鹓班同⑩。
言语皆敦厚，持行但肃恭⑪。
果复文成学，西江赖越中⑫。

题　解

罗郡守，指清康熙间吉安知府罗京。康熙十四年（1675），白鹭洲书院毁于兵火。康熙三十年（1691），知府罗京重建白鹭洲书院并重修《洲志》，作者为此赋诗庆贺。

注　释

①**大雅**：《诗经》的组成部分之一。旧训雅为正，谓诗歌之正声。《诗大序》："雅者，正也，言王政之所废兴也。政有小大，故有《小雅》焉，有《大雅》焉。"后为学人相称的客套语，意为德高而有大才的人。《文选·班固〈西都赋〉》："大雅宏达，于兹为群。"**胜**：任。**斯文**：儒士，文人。唐杜甫《壮游》诗："斯文崔魏徒，以我似班扬。"**继宗**：继为宗工。宗工，又称宗匠，指挥群役之大匠，为群役所宗仰者，故曰宗工。

②**"君能"句**：《孟子·尽心上》："有如时雨化之者。"汉刘向《说苑·贵德》："吾不能以春风风人，吾不能以夏雨雨人，吾穷必矣。"后遂以"春风化雨"比喻良好教育的普及与深入。化雨，长养万物的时雨。比喻循循善诱，潜移默化的教育。

③**泮水**：古代学宫前的水池，形状如半月。《诗·鲁颂·泮水》："思乐泮水，薄采其芹。"后多以指代学宫。

④**矧（shěn）**：况且。**兹**：此，这里。**多士**：众多的贤士。**能弗古人从**：哪能不从学（跟随受学）于古人？

⑤**咸欣**：都感到欣慰。**讲席**：高僧、儒师讲经讲学的席位。亦用作对师长、学者的尊称。南朝梁沈约《为齐竟陵王发讲疏》："置讲席于上邸，集名僧于帝畿。"**崇**：高大。句意为：大家都为有高大的讲坛而欣慰。

⑥**门庑**：与门屋相连接的廊屋。此指书院之高大建筑。**诵弦**：诵读诗歌。语本《礼记·文王世子》："春诵夏弦，大师诏之。"诵，谓歌乐也；弦，谓以丝播诗。**同**：和谐。

⑦**蜀郡文翁**：汉庐江舒人。景帝末，为蜀郡守，“仁爱好教化”，在成都市中起学官，入学者免除徭役，成绩优者为郡县吏，每出巡视，“益从学官诸生明经饬行者与俱，使传教令”。蜀郡自是文风大振，教化大兴。见《汉书·文翁传》。后世用为称颂循吏的典故。**洪都范守**：指晋豫章太守范宁，大设庠序（学校），改革旧制，学生至千余人。作者举此二人况罗郡守重建书院之功德。

⑧**储才**：积聚人才。**异赏**：特别的赏识。**焦桐**：琴名。东汉蔡邕曾用烧焦的桐木造琴，后因称琴为焦桐。诗人借以赞罗郡守培育人才的远见卓识。

⑨**何啻**（héchì）：何异于。**江公**：指书院之创建人江万里（1198—1275），字子远，号古心，都昌县林塘柏树下江村人。宋理宗宝庆二年（1226）进士，为官四十余年，历官九十一任，也曾坐事闲废十二年。官至左丞相兼枢密使。力主抗元。咸淳九年（1273），元兵至，为游骑所执，后伺机脱归。元兵攻破饶州时，江万里率子江镐等投水殉国。著有《宣政杂录》。宋淳祐元年（1241），吉州太守江万里创建白鹭洲书院并亲自讲学。**汪守逢**：即逢汪守。汪守，明吉安知府汪可受，见前《集云章阁》作者简介。逢，遇也。

⑩**追思**：追念，回想。**螭陛**（chībì）：雕有螭形的宫殿台阶。**鹓班**（yuān bān）：鹓和鹭飞行有序，比喻班行有序的朝官。这两句为叙旧，追思同朝为官的往事。

⑪**敦厚**：诚朴宽厚。《礼记·经解》：“其为人也，温柔敦厚，《诗》教也。”**持行**：犹修行。《南齐书·孝义传·吴达之》：“幼玓少好佛法，剪落长斋，持行精苦。”**肃恭**：端严恭敬。《书·微子之命》：“恪慎克孝，肃恭神人。”这两句写罗郡守的为人。

⑫**文成学**：文成讲学之所。文成，王守仁（阳明先生）谥号。正德五年（1510），庐陵县令王阳明常到白鹭洲书院讲学布道，并在里面开辟一个讲会的场所。**西江**：江西。**越中**：古代越州，即今绍兴。诗中称颂的罗京与王守仁均为绍兴人。句意谓江西文学多赖越中贤达之助。

万任

万任，字亦尹，江西新建人。顺治十四年（1657）中举，康熙六年（1667）进士，官直隶宁晋（今属河北省）知县，落职归，耽情著述。巡抚宋荦甚推许之。著有《静园诗文集》。

吉州

城头高望野云闲①，盼得云归人未还②。
章贡春涛浮鹭渚③，庐陵秋色画螺山④。
旧家柱础残烽后⑤，新市渔樵落照间⑥。
极目风帆天际尽⑦，斗牛剑气近乡关⑧。

题解

这首诗选自光绪《吉安府志》卷五十二《艺文志》，《白鹭洲书院志》不载。诗人登上吉安城头极目远望，鹭渚波涛，螺峰山色，尽收眼底。天际风帆，又引发游子的思乡情怀。此诗描写的正是白鹭洲周边的景物。

注释

①**高望**：登高远望。《史记·孔子世家》："有所穆然深思焉，有所怡然高望而远志焉。"**野云闲**：旷野的云悠然飘浮。

②**云归**：云彩由远而近，喻漂流在外的人回家。唐李白《赠徐安宜》："浮人

若云归，耕种满郊岐。”

③**章贡**：章水和贡水的并称，亦泛指赣江及其流域。**鹭渚**：白鹭洲。

④**螺山**：螺子山，古代吉安的标志，在城北外。

⑤**旧家**：犹从前，宋元人诗词中常用。宋杨万里《答章汉直》：“老里睡多吟里少，旧家句熟近来生。”**柱础**：承柱的础石，柱下的基础。**残烽后**：烽烟过后，战后。

⑥**渔樵**：渔人和樵夫。**落照**：夕阳的余晖。唐马戴《客行》：“却羡渔樵侣，闲歌落照中。”

⑦**极目**：纵目，用尽目力远望。**风帆**：船帆，指张帆乘风而行的船。唐韩愈《岳阳楼别窦司直》诗：“严程迫风帆，劈箭入高浪。”

⑧**斗牛**：二十八宿中的斗宿和牛宿。传说晋初时，斗、牛之间常有紫气照射，雷焕以为是宝剑之精上彻于天所致。见《晋书·张华传》。后因以“斗牛”指代宝剑，亦泛指剑。**剑气**：指剑的光芒。常以喻人的才华和才气。宋杨简《张时可惠示甲乙稿》：“石泉竹月风萧萧，斗牛剑气秋空高。”**乡关**：犹故乡。唐崔颢《黄鹤楼》：“日暮乡关何处是？烟波江上使人愁。”

饶宇朴

饶宇朴(1629—1689),字将文,一字蔚宗,号因庵,别号鹿同。江西进贤人。擅诗文,工书法。清顺治十七年(1660),因乐安知县杨之麟的呈荐参加乡试遭遇坎坷,后皈依佛门,与八大山人(朱耷)同为耕庵头陀弟子,曾为《个山小像》作跋。

白鹭洲书院揽胜

讲坛兵后几留遗①,杰构重新似宋时②。
门外源流参道体③,堂前钟鼓振宗支④。
鵷鸾每见翔云表⑤,鸥鹭由来就水湄⑥。
敛棹升堂勤仰止⑦,文章功德总吾师⑧。

题　解

这首诗应作于清顺治十二年(1655)书院重建落成之时。在明末清初的战火中,书院被毁,十余年弦诵无闻。是年,知府李兴元重建书院,“仲春营卜,孟冬落成,凡九阅月,一如前规”。作者游览新书院的喜悦心情流露于诗句间。揽胜:犹揽秀,谓观赏秀丽景色。

注　释

①**讲坛:**讲台,泛指讲演讨论的场所。**兵后:**战后。**留遗:**留存。

②**杰构重新**：重建的屋宇。杰构，杰出的构筑。宋何万选《创建魁星阁》："天开奎壁作灵神，杰构凌霄景运新。"

③**源流**：水的本源和支流，指事物的起源和发展。**道体**：道的本体，道的主旨。《淮南子·人间训》："或明礼义、推道体而不行，或解构妄言而反当。"白鹭洲书院楹联："智水仁山日日当前呈道体，礼门义路人人于此见天心。"

④**钟鼓**：钟和鼓。古代礼乐器。**宗支**：宗族的支派，此指学术的流派。

⑤**鹓鸾(yuānluán)**：比喻贤者。唐王勃《秋日楚州郝司户宅饯崔使君序》："城池当要害之冲，寮寀尽鹓鸾之选。"**云表**：云外。汉张衡《西京赋》："立修茎之仙掌，承云表之清露。"

⑥**由来**：自始以来，历来。**水湄**：水边。《诗·秦风·蒹葭》："蒹葭凄凄，白露未晞。所谓伊人，在水之湄。"

⑦**舣棹**：指船。**升堂**：登上厅堂，比喻学问技艺已入门。《论语·先进》："子曰：'由也升堂矣，未入于室也。'"**仰止**：仰，敬慕。止，作语助。《诗·小雅·车辖》："高山仰止，景行行止。"孔颖达疏："于古人有高显之德如山者，则慕而仰之。"后用为表示对人倾慕之辞。

⑧**文章**：指才学。**功德**：功业与德行。

朱彝尊

朱彝尊(1629—1709),字锡鬯,号竹垞,又号醧舫,晚号小长芦钓鱼师,别号金风亭长,浙江嘉兴人。清朝词人、学者、藏书家,明代大学士朱国祚曾孙。康熙十八年(1679)举博学鸿词科,除翰林院检讨。二十二年,入直南书房。博通经史,参加纂修《明史》。作词风格清丽,为"浙西词派"的创始人,与陈维崧并称"朱陈",与王士祯称南北两大诗宗("南朱北王");精于金石,购藏古籍图书不遗余力,为清初著名藏书家之一。著有《曝书亭集》八十卷,《日下旧闻》四十二卷,《经义考》三百卷;选《明诗综》一百卷,《词综》三十六卷(汪森增补)。所辑成《词综》是中国词学方面的重要选本。康熙四十八年卒,年八十一。

过十八滩六首(选一)

白鹭洲前动客愁①,黄公滩畔驻行舟②。
谁开瘴岭天边路③,唯有青江石上流④。

题　解

这首诗选自《(同治)万安县志卷十九文翰志·诗》,《吉安府志》《白鹭洲书院志》俱不载。作于清顺治十三年(1656),时朱彝尊年二十八岁,受广东高要县知县杨雍建之聘,教授其子。朱彝尊沿着当年客家人迁徙的路线第一次去岭南,乘船途经白鹭洲,溯江而上进入了十八滩。十八滩浪急水险,异常难行,他一口气写下了六首“滩行口号”,表达了他对十八滩的认识。本诗为组诗第一首。诗之大意为:我在吉安白鹭洲就已经听说了上游十八滩的难行,今至惶恐滩,只见瘴岭接天,巨石林立,清江激流。通往岭南之路,多么令人心惊胆战!

注 释

①**客愁**:行旅怀乡的愁思。唐戴叔伦《暮春感怀》诗:“杜宇声声唤客愁,故园何处此登楼。”

②**黄公滩**:即赣江十八滩之“惶恐滩”,在今江西万安县境内赣江中。此滩江水湍急,暗礁林立,令人望而生畏。惶恐滩原名黄公滩,相传苏东坡为了目睹十八滩之真面目,特由赣州雇一舟顺流而下,闯过一滩又一滩,在万安县城西大江口停歇,挥笔写下了抒发自己无限感慨的名诗《八月七日初入赣过惶恐滩》:“七千里外二毛人,十八滩头一叶身。山忆喜欢劳远梦,地名惶恐泣孤臣……”黄公滩从此改为惶恐滩。自古以来文人学士在此留下不少诗文名篇。1275 年,文天祥在赣州起兵北上抗元,路经惶恐滩感慨万千,即赋《万安县》,句云:“遥知岭外相思处,不见滩头惶恐声。”1279 年,他又写下了“惶恐滩头说惶恐,零丁洋里叹零丁。人生自古谁无死,留取丹心照汗青”的千古绝唱。从此,惶恐滩名扬四海,令世人瞩目。自 1990 年万安水电站建成后,惶恐滩已被万安湖淹没。

③**瘴岭**:指南方有瘴气的山岭。唐马戴《送从叔赴南海幕》:“炎州罗翠鸟,瘴岭控蛮军。”

④**青江**:即“清江”,指水色清澈的江河,此指赣江。句谓通往岭南之路,唯有险滩林立的赣江。南朝齐谢朓《拜中军记室辞隋王笺》:“唯待青江可望,候归艎于春渚。”

彭殿元

彭殿元(1641—1698),字上虎,江西庐陵人。清康熙二十七年(1688)进士,由庶吉士授编修,充《明史》分校官。康熙三十二年(1693)任顺天主考,所取录的都是知名人士。既归,构“芗谷小隐”,潜心理学,读书教子,依然儒素家风。卒年五十八。有女,嫁吉水谷村进士李景迪。所著有《芗谷稿》若干卷。

罗公重建白鹭书院遥赋

白鹭原同白鹿尊[①],九重颁赐御书存[②]。
圣人学脉开宗派[③],吾辈心传即子孙[④]。
万里行云常入座,一江流水正当门。
荆榛辟尽追先迹[⑤],遥指中洲桃李繁[⑥]。

题解

此诗作于康熙三十年(1691),吉安知府罗京重建白鹭洲书院时。作者当时在京城为官,闻此喜讯,欣然赋诗,遥祝书院桃李枝繁叶茂,教育事业兴旺发达。罗公,即罗京。遥赋:在远处作诗。

注释

①**白鹭、白鹿**:指白鹭洲书院和白鹿洞书院,俱在古代江西四大书院(九江庐山的白鹿洞书院、吉安的白鹭洲书院、上饶铅山的鹅湖书院、南昌的豫章书院)之列。**尊**:地位尊贵。

②**九重**:指帝王。唐李邕《贺章仇兼琼克捷表》:“遵奉九重,决胜千里。”**颁赐**:赏赐,旧时多指帝王将财物分赏给臣下。**御书**:皇帝书写的字。句意为:宋理宗颁赐的御书“白鹭洲书院”匾额至今尚存。

③**圣人学脉**:指孔子的学派。学脉,犹学派,亦指某学派的真传。明邹元标《赠唐仁卿 其三》:“谁道文编是学陈,陈王学脉定谁真。”

④**心传**:佛教语,犹言以心传心。禅宗谓不立文字,不依经卷,唯以师徒心心相印,悟解契合,递相授受。

⑤**荆榛**:泛指丛生灌木,多用以形容荒芜情景。唐李白《古风》之一:“王风委蔓草,战国多荆榛。”**辟尽**:辟除干净。**追先迹**:追随先贤的踪迹,继承前贤的事业。

⑥**中洲**:洲中。《楚辞·九歌·湘君》:“君不行兮夷犹,蹇谁留兮中洲。”王逸注:“中洲,洲中也。水中可居者曰洲。”**桃李繁**:桃李繁茂,比喻门生众多。

李振裕

李振裕(1641—1707),一作(1642—1709),字维饶,号醒斋,江西吉水人,明末进士李元鼎次子。清顺治十七年(1660)举人,康熙九年(1670)进士,选庶吉士,升翰林院侍讲,历官工、刑、户、礼四部尚书,尝督学江南。因李振裕族曾祖父李邦华任过明朝的兵部尚书,族祖父李日宣任过明朝的兵、吏两部尚书,父亲李元鼎晚年被清廷赠为户部尚书,李振裕又历任四部尚书,所以后人称他家为"一家八尚书"。著有《白石山房集》二十八卷。

闻罗郡伯复修白鹭洲书院喜赋

吾郡学风庆历起,文章称宗欧阳子[①]。
倡明理学至巽斋,吉州盛与邹鲁比[②]。
后来名臣相继多,姓字旗常勒不磨[③]。
名世传来无他术,经纶但本致中和[④]。
堂开道心繇古心,理宗赐额到于今[⑤]。
山水似识江公意,一派清音自瑟琴[⑥]。
云在青原常流响,月照白洲加清爽[⑦]。
我依北阙未能归,夜梦私怀常来往[⑧]。
忽闻罗公兴白鹭,满堂弦歌盛朝暮[⑨]。
江前天晓风不寒,翩翩逢掖连舟渡[⑩]。
岂非江公一再见,清风片片来江面。

养成人才佐国家，圣主已开建章殿⑪。
虽云读书本六经，六经之道爱苍生⑫。
申韩不得混经术，典谟惟尊帝佐英⑬。
题此一诗寄家去，留在垂杨绿深处。

题　解

此诗作于康熙三十年(1691)，吉安知府罗京重建白鹭洲书院时。作者在京为官，闻知白鹭洲书院已经重建，欣喜赋诗。罗郡伯：即吉安知府罗京。郡伯，明清时对知府的称呼。

注　释

①**“吾郡学风”句：**北宋庆历年间，天下广开学风，吉州知州李宽在庆历四年(1044)建成州学，并请欧阳修为家乡撰写《吉州学记》。这是吉州首开官学教育，是吉安官府重视普及教育的第一个里程碑。欧阳修在给李宽的信中说：“乡郡多幸，得贤侯为立学舍。”由州学而县学，吉州之内，各县皆设官学，李宽开官学之风气，功不可没。**庆历：**宋仁宗赵祯的年号(1041—1048)。**文章称宗：**备受尊崇的文章宗伯。**欧阳子：**即欧阳修，宋代文学史上最早开创一代文风的文坛领袖。

②**倡明：**提倡并阐明。清周亮工《书影》卷三：“濂洛诸君子，倡明理学，厥功不细。”**理学：**指宋明儒家周敦颐、邵雍、张载、程颢、程颐、朱熹、陆九渊、王守仁等的哲学思想。巽斋：即欧阳守道(1208—1272)，南宋教育家，字公权，一字迂父，初名巽，晚号巽斋，学者称巽斋先生。吉州庐陵人。少孤贫，无师，自力于学。乡里聘为子弟师，以德行为乡郡儒宗，人称庐陵之醇儒。淳祐进士，授雩都主簿，调赣州司户。淳祐四年(1244)受江万里聘，任白鹭洲书院山长，连任十七年。后应湖南转运副使吴子良聘，宝祐元年(1253)为岳麓书院副山长，发明孟氏正人心、承三圣之说。江万里荐其为史馆检阅，授秘书省正字。迁校书郎兼景宪府

教授，著作郎兼崇政殿说书，兼权都官郎官。于学无所不讲，尤注重前代治乱兴废。文天祥、邓光荐、刘辰翁等皆出其门下。主要著作有《易故》和《巽斋文集》。文集中的《赠了敬序》是岳麓书院历史上最重要的史料之一。**邹鲁**：邹，孟子故乡；鲁，孔子故乡。后因以"邹鲁"指文化昌盛之地，礼义之邦。

③**名臣**：有名的贤臣。**旗常**：王侯的旗帜。唐陈子昂《奉和皇帝上礼抚事述怀》："云陛旗常满，天廷玉帛陈。"**勒**：勒勋，记载功勋。**不磨**：永不磨灭。

④**名世**：名显于世。《孟子·公孙丑下》："五百年必有王者兴，其间必有名世者。"朱熹集注："名世，谓其人德业闻望，可名于一世者。"**经纶**：整理丝缕、理出丝绪和编丝成绳，统称经纶。引申为筹划治理国家大事。《易·屯》："云雷屯，君子以经纶。"亦指治理国家的抱负和才能。**致中和**：中和，中庸之道的主要内涵。儒家认为能"致中和"，则天地万物均能各得其所，达于和谐境界。《礼记·中庸》："喜怒哀乐之未发谓之中，发而皆中节谓之和。中也者，天下之大本也；和也者，天下之达道也。致中和，天地位焉，万物育焉。"

⑤**堂开道心**：道心堂，为书院讲堂。宋淳祐元年（1241），书院创建时所建，在云章阁之后。知州江万里取《书经》"道心惟微"意，命名为道心堂。久废，2013年仿清代形制，复建于书院门首。**繇（yóu）**：从，由，介词。**古心**：不同凡俗的古人的思想。唐韩愈《孟生》诗："孟生江海士，古貌又古心。"又，江万里号古心。**理宗**：宋理宗赵昀（1205—1264），南宋第五位皇帝，宋太祖赵匡胤之子赵德昭九世孙。**赐额**：指宋理宗颁赐的御书"白鹭洲书院"匾额。

⑥**江公**：指江万里。**瑟琴**：瑟与琴。《诗·小雅·鹿鸣》："我有嘉宾，鼓瑟鼓琴。"琴瑟之音和谐，因以喻和合友好。

⑦**流响**：传播响声，亦指传出的声响。晋成公绥《啸赋》："音要妙而流响，声激嚁而清厉。"**白洲**：指白鹭洲。**清爽**：清洁凉爽。

⑧**北阙**：古代宫殿北面的门楼，是臣子等候朝见或上书奏事之处，用为宫禁或朝廷的别称。**私怀**：私自想念。战国楚宋玉《神女赋》："暗然而冥，忽不知处，情独私怀，谁者可语？"

⑨**罗公**：指罗京。**弦歌**：依琴瑟而咏歌。弦，谓琴瑟。歌，依琴咏诗。详前施

闰章《鹭洲讲会歌》注释。

⑩**翩翩**:飘动貌。**逢掖**:宽大的衣袖。《礼记·儒行》:"丘少居鲁,衣逢掖之衣;长居宋,冠章甫之冠。"因指儒生所穿之衣。亦借指儒生。

⑪**养成**:培养而使之形成或成长。《吕氏春秋·本生》:"始生之者天也,养成之者人也。"**建章殿**:汉代长安宫殿名,泛指宫阙。唐王昌龄《青楼曲》:"楼头小妇鸣筝坐,遥见飞尘入建章。"

⑫**六经**:六部儒家经典。《庄子·天运》:"孔子谓老聃曰:'丘治《诗》《书》《礼》《乐》《易》《春秋》六经,自以为久矣,孰知其故矣。'"**苍生**:指百姓。《文选·史岑〈出师颂〉》:"苍生更始,朔风变律。"

⑬**申韩**:战国时法家申不害和韩非的并称。后世以"申韩"代表法家。亦以称申韩之学。**经术**:犹经学。《史记·太史公自序》:"仲尼悼礼废乐崩,追修经术,以达王道。"**典谟**:《尚书》中《尧典》《舜典》和《大禹谟》《皋陶谟》等篇的并称。

徐儒达

徐儒达，江苏金坛人。例监（监生名目之一。明清时，由援例捐纳取得监生资格的称为例监，亦称捐监）。康熙二十五年（1686）任吉安府经历（知府的属官，主管出纳文书事）。

白鹭洲书院成见而志喜

莫言名院久倾颓[①]，棫朴新烦太守栽[②]。
白鹭不随灰劫烬[③]，青原遥送瑞烟来[④]。
文光碧汉摇星斗[⑤]，剑气长空收雨雷[⑥]。
大地人才储一渚[⑦]，相看次第上兰台[⑧]。

题　解

康熙三十年（1691），为庆祝吉安知府罗京重建白鹭洲书院而作。志喜：谓表示喜悦。

注　释

①**倾颓**：倒塌。《宋书·后废帝纪》："尚书省舍，日就倾颓；第宅府署，类多穿毁。"引申为衰亡，衰败。三国蜀诸葛亮《出师表》："亲小人，远贤臣，此后汉所以倾颓也。"

②**棫朴（yùpǔ）**：白桵和枹木。《诗·大雅·棫朴》："芃芃棫朴，薪之槱之。"

毛传:“山木茂盛,万民得而薪之;贤人众多,国家得用蕃兴。”喻贤才众多。

③**灰劫**:佛教语,指大三灾中火劫后的余灰。此指被兵火毁坏后的残迹。宋朱松《辛亥中秋不见月》:“劳生灰劫里,微雨客游边。”

④**青原**:山名,坐落在吉安市青原区南境,距市区 7.5 公里,吉安名胜之一。**瑞烟**:祥瑞的烟气。多为焚香所生烟气的美称。唐杜审言《蓬莱三殿侍宴奉敕咏终南山应制》:“半岭通佳气,中峰绕瑞烟。”

⑤**文光**:绚烂的文采。**碧汉**:银河,亦指青天。隋江总《和衡阳殿下高楼看妓》:“起楼侵碧汉,初日照红妆。”

⑥**剑气**:指剑的光芒,常以喻人的才华和才气。南朝梁任昉《宣德皇后令》:“剑气凌云,而屈迹于万夫之下。”

⑦**渚**:水中高地,此指白鹭洲,鹭洲又称鹭渚。

⑧**次第**:依次,一个接一个。**兰台**:指御史台,汉代的御史中丞掌管兰台,故称。后士子入翰林为学士称太史,故翰林亦称兰台。上兰台,即入翰林。

张善元

张善元，在《白鹭洲书院志》中只注明“山人”，山人为隐士之别称，意为隐居在山中的士人。另，仙家、道士也称山人。生卒里居均不详。

浴沂亭

江头春欲暮①，徙倚浴沂亭②。
点瑟犹堪鼓③，汤盘旧有铭④。
罘罳过渚白⑤，睥睨送山青⑥。
笑我游方外⑦，沧浪窃可听⑧。

题　解

浴沂(yùyí)亭，白鹭洲书院古迹之一。沂，鲁之水名。浴沂，语出《论语・先进》：“浴乎沂，风乎舞雩，咏而归。”谓在沂水洗澡。后多用“浴沂”喻一种怡然处世的高尚情操。

注　释

①**春欲暮**：春末，农历三月。

②**徙倚(xǐyǐ)**：犹徘徊，逡巡。《楚辞・远游》：“步徙倚而遥思兮，怊惝恍而乖怀。”

③**点瑟**：点，孔子学生曾皙的单名。瑟，乐器名。曾点善鼓瑟，故称点瑟。

鼓,奏。句谓曾点的瑟还可以演奏。

④**汤盘铭**:汤盘,上古汤王的沐浴盘。铭,刻在汤盘上的警言。《礼记·大学》:"汤之盘铭曰:'苟日新,日日新,又日新。'"意思是:人要像洗澡去污垢一样,不断自新,不能一日间断。后以"汤盘"为自警之典。

⑤**罘罳(fúsī)**:古代设在门外或城角上的网状建筑,用以守望和防御。**渚白**:白色的沙洲。"渚"字在《白鹭洲书院志》作"堵",今从郭石山《白鹭洲书院诗存》改"渚"。

⑥**睥睨(pìnì)**:斜视,窥视。这两句意为:透过墙孔,近可见白色的沙洲,远可见青翠的山峰。

⑦**方外**:世俗之外,世外。《楚辞·远游》:"览方外之荒忽兮,沛罔象而自浮。"作者为山人,以其不涉世事,故曰"游方外"。

⑧**沧浪(cānglánɡ)**:古水名。《书·禹贡》:"嶓冢导漾,东流为汉。又东为沧浪之水。"本为汉水之别流,此泛指一般河流。**窃可听**:私下觉得好听。

净土庵

净土在何处①,回头便是家②。
译经翻贝叶③,趺坐涌莲花④。
钟应山城近⑤,船通竹径斜⑥。
何时从五马⑦,憩此问三车⑧。

题　解

净土庵:佛寺名。《白鹭洲书院志》载,宋徽宗宣和年间(1123 年前后),其时洲为沙门所有,后百余年江文忠始建书院。据《白鹭洲书院志·汪太守约禁》载:"江洲无烟火之地,特设净土庵旁守书院。"又光绪《吉安府志》载:"(净土庵)在白鹭洲云章阁左。明知府汪可受修葺书院,附建梵宇。国朝康熙五年,知县于藻修复。久废。”明崇祯九年(1636),徐霞客游江右,于十二月初二经过白鹭洲,在洲上净土庵稍作停留,并记录了他的见闻。

注 释

①**净土**:佛教语,佛所居住的无尘世污染的清净世界。一名佛土,多指西方阿弥陀佛净土。

②**回头**:佛家有“苦海无边,回头是岸”之语。意谓人只要觉悟回头,就可以得救。**家**:佛家认为“家”是烦恼的因缘,主张出家。《法蕴足论》谓出家有四类:一、身出家心不出家,心有顾恋;二、身在家心出家,心不沾染;三、身心俱出家,僧徒;四、身心俱不出家,世俗之人。作者主张做第二种人,劝僧徒回头是家。

③**译经**:翻译经典,多指翻译佛经。唐曹松《宿溪僧院》诗:“嵩阳大石室,何日译经还。”**贝叶**:古代印度人用以写经的树叶。亦借指佛经。唐玄奘《谢敕赉经序启》:“遂使给园精舍,并入提封;贝叶灵文,咸归册府。”

④**趺坐**:跏趺坐,佛之坐法。明朱朴《僧有号可山者》:“吟余可高眠,禅定可趺坐。”**莲花**:莲花座,即佛座。唐李商隐《奉寄安国大师兼简子蒙》:“忆奉莲花座,兼闻贝叶经。”

⑤**钟应**:钟声回应。明末清初张岱《蝶恋花·林寺钟声》:“林寺松筠,自有黄钟应。”

⑥**船通**:净土庵在洲上,须乘船前往。**竹径**:由渡船登洲,所经过的竹林中的小径。

⑦**从五马**:跟随太守。五马,汉时太守乘坐的车用五匹马驾辕,因借指太守的车驾。亦为太守的代称。唐白居易《西湖留别》诗:“翠黛不须留五马,皇恩只许住三年。”

⑧**三车**:佛家语,谓羊车、鹿车、牛车。当是以三兽之力有大小,三车之所载有多寡,喻三乘诸贤圣道力之深浅。《法华经·譬喻品》谓:牛车为大乘,能载多人,有普度众生之愿;鹿车为中乘,有愿而力微;羊车为小乘,不愿度人,只欲自度。问三车,谓问度人自度之道。末两句为惜别语,同游者当是一位太守,意谓:什么时候能再与您来此小憩,打听僧人度人自度的消息。

罗 京

罗京，字周师，浙江会稽人。清康熙二十七年(1688)出任吉安知府。康熙三十年(1691)重修白鹭洲书院。守郡六年，士民爱戴。去后，众建罗公祠于督学试院东，祭祀不废。

白鹭洲

其 一

遗泽今何在①，先贤旧迹湮②。
缥缃余劫火③，坛坫没荒榛④。
二水分犹昨⑤，环山老更真⑥。
何时重讲学，同咏绿蕉新⑦。

题 解

这两首诗是罗京来吉安任职后不久所作。作者游览白鹭洲，看到的是劫后一片荒凉的景象，先贤旧迹荡然无存，讲坛学舍没于荒草，心生感慨。他决心重建书院，重开讲堂，让书院重现昔日的风光。

注 释

①**遗泽**：留下的德泽。《宋书·孝武帝纪》："猥以眇躬，属承景业，阐扬遗

泽，无废厥心。”此处指前辈遗留下来的教化之恩泽。**今何在：**如今在哪里？唐杜甫《哀江头》：“明眸皓齿今何在？血污游魂归不得。”

②**“先贤”句：**先世贤人的遗迹都已湮没了。湮，湮没，埋没。

③**缥缃（piǎoxiāng）：**指书卷。缥，淡青色；缃，浅黄色。古时常用淡青、浅黄色的丝帛做书囊书衣，因以指代书卷。**劫火：**佛教语，谓坏劫之末所起的大火，一作劫灰。此指兵火。句意极言书院文物遭灾后已荡然无存。

④**坛坫（tándiàn）：**古人会盟的坛台。后人称诗坛、画坛、讲坛等文人集会之所。**荒榛：**杂乱丛生的草木，引申为荒芜。《旧唐书·哀帝纪》：“洛城坊曲内，旧有朝臣诸司宅舍，经乱荒榛。”

⑤**“二水”句：**二水中分，依然和昔日一样。化用李白诗句：“二水中分白鹭洲。”

⑥**环山：**环绕的群山。宋曹勋《山居杂诗九十首·其八十七》：“时物破百感，环山献明秀。”

⑦**绿蕉：**古人常在窗前种植芭蕉，芭蕉的绿色映照于窗纱之上，很有诗意。蕉叶题诗也是文人的风雅之举。本书中李调元《题逢源堂》就有“一林蕉雨分窗绿，四面书灯映水红”的诗句。

其　二

讲席何常坐①，终朝事折腰②。
江深白鹭冷，洲绕翠峰遥。
夜月澄槐影，春风送柳条。
托谁常秉铎③，钟鼓不萧萧④。

注　释

①**讲席：**高僧、儒师讲经讲学的席位。**何常坐：**未尝坐。常，同“尝”。

②**终朝**:整天。**事折腰**:犹言忙于官场活动和应酬。折腰,谓鞠躬下拜。《晋书·隐逸传·陶潜》:"吾不能为五斗米折腰,拳拳事乡里小人耶!"后以"折腰"为屈身事人之典。

③**秉铎**:司铎,指担任文教之官或书院主讲。铎,大铃也。

④**钟鼓**:见前饶宇朴《白鹭洲书院揽胜》注释。**萧萧**:萧条,寂静。晋陶潜《自祭文》:"窅窅我行,萧萧墓门,奢耻宋臣,俭笑王孙。"句意为:不让钟鼓这样萧条寂静下去。

课士偶成

其一

江右名贤地①,横经旧所论②。
古心开白鹭③,新建起青原④。
风景江亭异⑤,诗书草泽存⑥。
昆山多宝玉⑦,追琢不嫌烦⑧。

题解

这两首诗是在重建白鹭洲书院之后,作者以知府身份到书院考核学子的学业之时所作。第一首写重建书院的感想,第二首是对书院学子的勖勉和期望。课士:考核士子的学业。偶成:偶然写成,多用于诗词题中。

注释

①**江右**:指长江下游以西的地区,此指江西。**名贤**:著名的贤人。

②**横经**:横陈经籍,指受业或读书。南朝梁何逊《七召·儒学》:"横经者比肩,拥帚者继足。"

③**古心**:指白鹭洲书院的开创者江万里。江万里,字子远,号古心。**开白鹭**:

开创白鹭洲书院。

④**新建**:指常在青原山讲学的王阳明。王阳明,嘉靖皇帝封为新建伯。全句意即新建伯使青原会讲之风兴起。

⑤**“风景”句**:谓新建的江亭上可以看见奇异的美景。

⑥**诗书**:《诗经》和《尚书》,泛指书籍。**草泽**:低洼积水野草丛生的地带,指白鹭洲。

⑦**昆山玉**:指和田区域出产的软玉,比喻杰出的人才。语出李斯《谏逐客书》:“今陛下致昆山之玉,有随、和之宝,垂明月之珠,服太阿之剑,乘纤离之马,建翠凤之旗,树灵鼍之鼓。”后来就以“昆山玉”比喻优秀人才,此指吉安本地的贤良子弟。刘禹锡《送李中丞赴楚州》:“忆君初得昆山玉,同向扬州携手行。”

⑧**追琢**:雕琢,雕刻。追,通“雕”。《诗·大雅·棫朴》:“追琢其章,金玉其相。”毛传:“追,雕也。金曰雕,玉曰琢。”

其　二

疑义贵相晰①,功专昼掩扉②。
马嘶春草路③,柳染晚莺衣④。
严课程三捷⑤,名流尽一闱⑥。
所期在远大⑦,非仅掇科巍⑧。

注　释

①**疑义**:不了解或不理解的问题。相晰:共同分析研究。晰,通“析”。此句化用晋陶潜《移居》之一:“奇文共欣赏,疑义相与析。”谓遇到疑难处大家一同钻研,这种学习精神是可贵的。

②**“功专”句**:白昼闭门专心用功读书之意。宋蔡权《掩扉》:“院静秋深昼掩扉,倦游园圃坐忘归。”

③**马嘶春草**：唐韦应物《答王卿送别》："去马嘶春草，归人立夕阳。"马嘶，高而拖长的、典型的嘶鸣声。

④**莺衣**：黄莺的羽毛。宋陆游《小园独立》诗："新泥添燕户，细雨湿莺衣。"

⑤**严课**：严格的考核。**三捷**：科举考试连续中式。三次考试，三次高中。明清的科举考试分为四个级别：院试、乡试、会试和殿试。此处三捷，应指乡试、会试、殿试连续中式。宋苏轼《和章七出守湖州二首·其一》："功名谁使连三捷，身世何缘得两忘。"

⑥**名流**：知名人士，名士之辈。唐陈子昂《昭夷子赵氏碑》："天下名流，翕然宗仰。"**闱**：科举时代对考场、试院的称谓。句意为：能否进入名士之列，尽在科场上的表现。

⑦**所期**：期望。《梁书·王锡传》："一日见二贤，实副所期。"**远大**：指高远弘大的志向、前途、职位等。南朝齐谢朓《为王敬则谢会稽太守启》："臣本布衣，不谋远大。"

⑧**"非仅"句**：不仅是为了登高第。**掇(duō)**：拾取，考取。如：掇芹（考取秀才）。**科巍**：即巍科，犹高第，古代称科举考试名次在前者。

张泌

张泌,清朝浙江杭州人,余事不详。非唐末五代张泌。

和白鹭洲二首

其一

庭斋今复旧①,江浪几曾湮②。
公门尽桃李③,吾道岂荆榛④。
白沙藏古碣⑤,苍藓护幽真⑥。
鹿洞遥相望⑦,巍峨喜再新⑧。

题解

这两首诗都是作者与吉安知府罗京的步韵唱和之作。白鹭洲书院在清朝的第二次重建在康熙三十年(1691),知府罗京"见白鹭洲上止有振鹭于飞",感慨"何白鹿常盛,而白鹭洲可中坠乎"?毅然兴复书院,"自捐其费,一丝一粒不以取民,一事一役不以烦士,即僚属之助,各随其力,遂幸告成"。竣工后罗京亲自作《重建白鹭洲书院碑记》并赋《白鹭洲》诗二首。

注释

①**庭斋**:指白鹭洲书院的庭院、书斋。**复旧**:恢复了旧貌。

②**“江浪”句**:指白鹭洲书院曾几次被赣江洪水冲毁。**湮(yān)**:淹没。

③**“公门”句**:《资治通鉴·唐则天后久视元年》:“仁杰又尝荐夏官侍郎姚元崇等数十人,率为名臣。或谓仁杰曰:‘天下桃李,悉在公门矣。’”**公门**:指罗京门下。**桃李**:比喻栽培的后辈和所教的门生。

④**吾道**:指孔子的学说或主张。《论语·里仁》:“子曰:‘参乎!吾道一以贯之。’”**荆榛**:泛指丛生灌木,多用以形容荒芜情景。三国魏曹植《归思赋》:“城邑寂以空虚,草木秽而荆榛。”句意谓白鹭洲上的教育事业岂能荒芜衰败。

⑤**古碣**:古代的石碑。唐王建《原上新居十三首 其十一》:“古碣凭人拓,闲诗任客吟。”

⑥**苍藓**:青色苔藓。**幽真**:幽静纯真的情趣,又指幽人隐士的画像。宋王安石《张氏静居院》诗:“南堂栖幽真,晨起瞻像图。”此指石碑上的图文。

⑦**鹿洞**:指白鹿洞,宋朱熹讲学处,在庐山脚下。罗京《重建白鹭洲书院碑记》云:“江西有二书院名天下,吉安白鹭洲、南康白鹿洞。白鹿洞朱文公开建,白鹭洲江文公开建,皆请于朝,立山长,赐以御额御书,皆宋理宗时事。然白鹿久存而不坏,白鹭屡废而复兴,盖白鹿在山,白鹭在水耳。”**相望**:互相看见。

⑧**再新**:指重建后的书院焕然一新。

其 二

使君驱鹿毂①,瑞霭笼山腰②。
迹比龚黄上③,心期濂洛遥④。
陈风维薄俗⑤,课士布新条⑥。
讲席重开处⑦,应堪赋蓼萧⑧。

注 释

①**使君**:汉时称刺史为使君,后以尊称州郡长官。此指知府罗京。**鹿毂**

(gǔ):即鹿车,鹿拉的车子。佛教三车之一,以鹿车喻缘觉乘(中乘)。三车,见前张善元《净土庵》注释。毂是车轮中心的圆木,周围与车辐的一端相接,中有圆孔,可以插轴,泛指车。

②**瑞霭**:吉祥的云气,亦以美称烟雾。唐杨巨源《寄昭应王丞》:“瑞霭朝朝犹望幸,天教赤县有诗人。”

③**龚黄**:汉循吏龚遂与黄霸的并称,亦泛指循吏。《宋书·良吏传论》:“汉世户口殷盛,刑务简阔,郡县治民,无所横扰……龚黄之化,易以有成。”唐白居易《寄李蕲州》诗:“下车书奏龚黄课,动笔诗传鲍谢风。”句意赞美知府罗京的功绩在龚黄等循吏之上。

④**心期**:期望。《南齐书·豫章王嶷传》:“居今之地,非心期所及。”**濂洛**:北宋理学的两个学派。“濂”指濂溪周敦颐;“洛”指洛阳程颢、程颐。

⑤**“陈风”句**:维新陈风薄俗,使陈腐的风气、轻薄的习俗得以更新。

⑥**课士**:考核士子的学业。**布新条**:颁布新制定的条例。明薛瑄《送康佥宪四川提学》:“拟变三巴成雅俗,还将五教布新条。”

⑦**讲席**:高僧、儒师讲经讲学的席位。唐司空曙《送皋法师》:“何人讲席投如意,唯有东林远法师。”

⑧**赋蓼萧**:《诗·小雅·蓼萧》毛诗序:“《蓼萧》,泽及四海也。”《左传·襄公二十六年》:“国景子相齐侯,赋《蓼萧》。”杜预注:“《蓼萧》,《诗·小雅》,言太平泽及远,若露之在萧,以喻晋君恩泽及诸侯。”后因以“蓼萧”指君王的恩泽,此处指罗太守重建书院振兴教化的恩泽。

潘秉元

潘秉元,生卒里居不详。

白鹭洲书院成见而志喜

水渚槐坛振一朝[①],丹楹画阁势岧峣[②]。
不将白鹭埋荒草,自有新桃发旧条。
瑞气遥连千嶂岫[③],澎流直会两江潮[④]。
有时政暇同登眺[⑤],最喜渔歌出小舠[⑥]。

题 解

此诗作于康熙三十年(1691),为庆祝吉安知府罗京重建白鹭洲书院表示喜悦和祝贺。位于赣江洲岛之上的白鹭洲书院,虽环境清新静雅,但也易受水患侵害。古时的书院建筑主体均为木结构,最怕水火,遇上大水灾年,书院建筑基本尽数圮废。因此,在书院八百年的发展历程中,既有"青毡晨夕数,书声弦诵闻"的兴旺,也有险成"鱼龙之宫,与波俱逝"的衰败。据清同治十年编撰的《白鹭洲书院志》记载,书院历史上较为严重的水患兵燹之害、有记载的大规模维修复建有二十余次。

注　释

①**水渚槐坛**:洲上植槐之土坛,指代书院。

②**丹楹画阁**:朱漆的楹柱,彩绘华丽的楼阁。借指书院重修后华丽的建筑。**岧峣**(tiáoyáo):山高峻貌。曹植《九愁赋》:"践蹊隧之危阻,登岧峣之高岑。"此处形容楼阁之高大。

③**嶂岫**:高山峰峦。

④**澎流**:水浪相击的流水。澎,波涛发出冲击声。**两江**:指白鹭洲两旁的江水。江水分而复合,故曰"直会两江潮"。

⑤**政暇**:公务间的闲暇,指休假。唐姚合《题长安薛员外水阁》:"政暇招闲客,唯将酒送迎。"**登眺**:登高远望。唐李白《寻高凤石门山中元丹丘》:"峰峦秀中天,登眺不可尽。"

⑥**小舠**(dāo):即小舟,以其形如刀也。

章绂

章绂(fú),浙江富阳人。监生,康熙二十八年(1689)任吉安府同知。

白鹭洲书院成见而志喜

由来南吉双书院①,均是理宗宋末秋②。
荒草已芜丞相迹③,绛帷又拜郡侯休④。
圣人教泽书千卷⑤,士子弦歌声满楼⑥。
莫道狂澜无砥柱⑦,从兹桃李盛江头⑧。

题　解

此诗作于康熙三十年(1691),为庆祝吉安知府罗京重建白鹭洲书院表示喜悦和祝贺。

注　释

①**由来:**自始以来,历来。《易·坤》:"臣弑其君,子弑其父,非一朝一夕之故,其由来者渐矣。"**南吉双书院:**指南康白鹿洞书院、吉安白鹭洲书院。南,公元 1180 年前后,朱熹知南康军(治所在今江西庐山市南康镇),在庐山唐代李渤隐居旧址重建白鹿洞书院。

②**"均是"句:**罗京《重建白鹭洲书院碑记》:"白鹿洞朱文公(朱熹)开建,白

鹭洲江文公（江万里）开建，皆请于朝，立山长，赐以御额御书，皆宋理宗时事。”

③**丞相**：指文天祥。宋端宗景炎元年（1276），谢太皇太后任命文天祥为右丞相兼枢密使。

④**绛帷**：犹绛帐，对师门、讲席之敬称。《随园诗话补遗》卷一引清吴蕙诗：“有志红窗学咏诗，绛帷深幸侍良师。”**郡侯**：指吉安知府罗京。**休**：“庥”的假借，庇荫。

⑤**圣人**：指品德最高尚、智慧最高超的人，亦专指孔子。**教泽**：教化或教育的恩泽。《战国策·齐策六》：“田单之爱人！嗟，乃王之教泽也！”

⑥**士子**：学子，读书人。唐杜甫《别董颋》：“士子甘旨阙，不知道里寒。”**弦歌**：依琴瑟而咏歌。此指读书声。

⑦**狂澜**：汹涌的波浪。**砥柱**：黄河中流的砥柱山。以山在激流中矗立如柱，故名。此处借指赣江中流的白鹭洲。

⑧**从兹**：犹从此。唐杜甫《为农》诗：“卜宅从兹老，为农去国赊。”**桃李**：《韩诗外传》卷七：“夫春树桃李，夏得阴其下，秋得食其实。”后遂以“桃李”比喻栽培的后辈和所教的门生。

谢赐衮

谢赐衮，衮一作袠，生卒里居均不详。

白鹭洲书院成见而志喜

已冷书声数十年[①]，于今始克振江天[②]。
青藜植焰凝烟渚[③]，花雨乘风散讲筵[④]。
厨内不愁待诏米[⑤]，堤边又制孝廉船[⑥]。
真同石室文翁教[⑦]，日日开图礼圣贤[⑧]。

题解

此诗作于康熙三十年（1691），为庆祝吉安知府罗京重建白鹭洲书院表示喜悦和祝贺。

注释

①**“已冷”句**：清代第一次重建书院在顺治十二年（1655），第二次重建于康熙三十年（1691），故云“数十年”。

②**始克**：才能够。欧阳修《泷冈阡表》：“其子修始克表于其阡。非敢缓也，盖有待也。”

③**青藜**：指夜读照明的灯烛，借指苦读之事。**烟渚**：雾气笼罩的洲渚。唐孟

浩然《宿建德江》诗:“移舟泊烟渚,日暮客愁新。”

④**花雨**:花季所降的雨。前蜀贯休《春山行》诗:“重叠太古色,蒙蒙花雨时。”**讲筵**:讲学的处所。清赵翼《白鹿洞书院》:“晦翁守南康,踵旧开讲筵。”

⑤**待诏米**:《汉书·东方朔传》:上知朔多端,召问朔:“何恐朱儒为?”对曰:“臣朔生亦言,死亦言。朱儒长三尺余,奉一囊粟,钱二百四十。臣朔长九尺余,亦奉一囊粟,钱二百四十。朱儒饱欲死,臣朔饥欲死。臣言可用,幸异其礼;不可用,罢之,无令但索长安米。”上大笑,因使待诏金马门,稍得亲近。后人以“索米长安”指求取俸禄。宋杨亿《汉武》:“待诏先生齿编贝,那教索米向长安?”

⑥**孝廉船**:对有才识之士的美称。典出南朝宋刘义庆《世说新语》:东晋张凭举孝廉,自恃才高,乘船访丹阳尹刘惔,与诸贤清谈,一座皆惊。翌日,刘举其于抚军司马昱,张凭遂成太常博士。唐李白《送王孝廉觐省》:“宁亲候海色,欲动孝廉船。”

⑦**石室**:古代藏图书档案处。见前王昑《云章阁 其二》注释。**文翁**:见前张暖《鹭洲书院》注释。

⑧**开图**:打开画图。图,此指圣贤图,古代圣贤人物画像。宋李彭《游同安寺》:“开图拜遗像,悲叹随卷舒。”**礼**:礼拜,顶礼膜拜,谓虔诚地跪拜。

黄宫

黄宫，履迹不详。

太守罗公课士书院，感赋古体

在昔宋末时，御书悬门中①。
更历几百载，师友互磨砻②。
如何鞠茂草，弦诵忽成空③。
斯文幸不爽，熊轓御我公④。
隐然文毅后，再见古心翁⑤。
词坛窥北斗，理解辟蚕丛⑥。
不材本樗栎，误比爨下桐⑦。
选才精藻鉴，吹竽殊未工⑧。
桃李乘时发，山水铭崇功⑨。
似续古之人，宏惟吾道隆⑩。

题解

这首诗是作者对吉安知府罗京亲自到白鹭洲书院主持考核士子学业一事有感而赋的一首古体诗。古体诗是与近体诗相对而言，是近体诗（格律诗）形成以前的诗体，也称古诗、古风。古体诗不拘对仗、平仄，押韵较宽，篇幅长短不限，句子有四言、五言、六言、七言体和杂言体。这首是五言古体,简称“五古”。

注　释

①**在昔**:从前,往昔。《书·洪范》:“我闻在昔,鲧堙洪水,汩陈其五行。”**御书**:皇帝书写的字,此指宋理宗亲赐御书“白鹭洲书院”匾额,悬挂于书院大门。

②**更历**:经历,阅历。**磨砻(mólóng)**:磨炼,切磋。唐刘禹锡《酬湖州崔郎中见寄》:“磨砻老益智,吟咏闲弥精。”

③**鞠茂草**:即“鞠为茂草”,谓杂草塞道。形容衰败荒芜的景象。鞠,通“鞫(jū)”,穷尽。《晋书·石勒载记》:“诚知晋之宗庙鞠为茂草,亦犹洪川东逝,往而不还。”**弦诵**:弦歌诵读。《礼记·文王世子》:“春诵,夏弦。”后亦以称诗礼教化或学校教育。

④**斯文**:指礼乐教化、典章制度。《论语·子罕》:“天之将丧斯文也,后死者不得与于斯文也。”**不爽**:没有差错。《诗·小雅·蓼萧》:“其德不爽,寿考不忘。”**熊轓(fān)**:熊车,有伏熊形横轼的车,汉时为公卿、列侯所用。亦泛指公卿及地方长官所乘的车。**御**:驾驶车马。

⑤**隐然**:隐隐约约的样子。宋吕愿中《环珠洞》:“山腹有遗祠,隐然见华表。”**古心**:指书院之创建人江万里,古心乃其号。

⑥**词坛**:犹文坛。**北斗**:指北斗星,喻受人景仰。**蚕丛**:相传为蜀王的先祖,教人蚕桑。唐李白《蜀道难》诗:“蚕丛及鱼凫,开国何茫然。”

⑦**不材**:自谦之辞,犹不才。**樗栎(chūlì)**:樗和栎指两种树名,古人认为这两种树的质地都不好,不能成材。后因以“樗栎”喻才能低下。亦用为自谦之辞。**爨(cuàn)下桐**:即爨桐,晋干宝《搜神记》卷十三:“吴人有烧桐以爨者,邕(蔡邕)闻火烈声,曰:‘此良材也。’因请之,削以为琴,果有美音。”后以“爨桐”指遭毁弃的良材。爨,灶。

⑧**藻鉴**:品藻和鉴别(人才)。唐刘禹锡《上门下武相公启》:“藻鉴之下,难逃陋容。”**吹竽**:吹奏竽。竽,管乐器。《韩非子·内储说上》:“齐宣王使人吹竽,必三百人,南郭处士请为王吹竽,宣王说之,廪食以数百人。宣王死,湣王立,好

一一听之,处士逃。”**殊未工:**很不擅长。

⑨**乘时:**乘机,趁势。《宋史·王晏传》:“今契丹南侵,天下汹汹,英雄豪杰固当乘时自奋。”**崇功:**崇高的功业。

⑩**似续:**继承,继续。《诗·小雅·斯干》:“似续妣祖,筑室百堵。”毛传:“似,嗣也。”又为后嗣。**吾道:**指儒家的学说或主张。《论语·里仁》:“子曰:‘参乎!吾道一以贯之。’”

李绂

李绂(1675—1750),字巨来,号穆堂,江西临川人,清代著名政治家、理学家、诗文家。康熙四十八年(1709)进士,由编修累官内阁学士,历任广西巡抚、直隶总督,因参劾下狱。乾隆初起授户部侍郎。治理学宗陆王(陆九渊、王守仁),被梁启超誉为“陆王派之最后一人”。著有《穆堂类稿》《陆子学谱》《朱子晚年全论》《阳明学录》《八旗志书》。

白鹭洲书院用施愚山韵

漫寻残迹抚碑阴①,太守犹能说古心②。
遗教有神风力劲③,虚堂不毁道根深④。
百年坠地悲周室⑤,六月参天忆孔林⑥。
莫问前朝旧钟鼓⑦,风帆沙鸟只如今⑧。

题 解

施愚山,即江西参议道员施闰章。愚山,施闰章号。这首诗是用施闰章《云章阁》(见前)韵创作的步韵诗,即用施诗中相同的韵字并按原诗中的先后次序所写的和诗。

注 释

①**碑阴**:碑的背面,亦指碑后面的文字。古代碑刻,除正面碑文外,往往将门生、故吏或出资建树者的姓名镌刻于背面,故称。这里为了押韵,以碑阴指代一般石碑。

②**太守**:应指当时的吉安知府李兴元,直隶遵化人,贡士。其在任时兴修学宫,建明伦堂,重修白鹭洲书院,修府志。**古心**:书院开创者江万里号古心。

③**遗教**:前人遗留下来的教训、学说、主张、著作等。《楚辞·九辩》:"独耿介而不随兮,愿慕先圣之遗教。"**风力**:指文辞的风骨笔力。

④**虚堂**:堂所,此指讲堂。虚,处所也。**道根**:修道的根底。宋苏轼《轼以去岁春夏侍立迩英而秋冬之交子由相继入侍次韵绝句四首各述所怀》之四:"定似香山老居士,世缘终浅道根深。"

⑤**百年坠地**:谓书院圮毁百年。坠地,衰落,丧失。**悲周室**:令人产生周室之悲。语本《诗·王风·黍离》毛诗序:"周大夫行役至于宗周,过故宗庙,宫室尽为禾黍。闵周室之颠覆,彷徨不忍去而作是诗也。"周室,周代宫室。

⑥**"六月"句**:谓看见六月白鹭洲上的参天树木而思念孔林。**孔林**:孔子及其后裔的墓园。在山东曲阜市城北门外,林内古木参天,有享殿等建筑,历代碑刻、石兽等很多。是我国著名的古迹,现为全国重点文物保护单位。

⑦**前朝**:过去的朝代。唐刘禹锡《杨柳枝词》之一:"请君莫唱前朝曲,听唱新翻《杨柳枝》。"**钟鼓**:钟和鼓。古代礼乐器。

⑧**风帆**:船帆。代指张帆乘风而行的船。**沙鸟**:沙滩或沙洲上的水鸟。唐钱起《江行无题》诗之二九:"棹惊沙鸟迅,飞溅夕阳波。"按,在一番抚今追昔之后,作者用尾联劝人振奋精神,不必怀念往事,要像风帆沙鸟一样,奋厉向前;立足现在,改变书院面貌。

林逢春

林逢春，字贞岩，福建晋江人。由例贡生捐户部主事，升员外，擢刑部郎中。秩满，升宁波守。康熙五十二年(1713)，任吉安知府。构书室，颜曰“惕心居”，公余，正襟危坐其中，默思己过。适洪水，乡城多被浸没，亲率属，集小艇，悬赏救援，水平，画策赈济。甫二年，以忧去，郡人建林公祠于庐陵县署东街，岁时祭祀，颜其堂曰“寒潭秋水”。

云章阁

其　一

康熙癸巳，书院圮于水，惟云章阁建吉台上独存，就阁上祀先贤，谨志以诗。

庐陵文物照江天①，院宇钦崇自昔年②。
水占芳名分白鹭③，诗题古壁仿青莲④。
平芜沙碛萝攀树⑤，寥落园丁砌绕烟⑥。
司牧于今愁力薄⑦，风携两袖寸心悬⑧。

题　解

据作者小序，康熙癸巳即康熙五十二年(1713)，白鹭洲书院又被洪水冲毁，仅云章阁因建于古吉台上地势较高，保存完好。作者以知府身份登阁祭祀先贤，作此二首为记。云章阁在白鹭洲地势最高处，自明万历年间建成，至今未被淹过。因而民间传说：白鹭洲下有个白鹭仙子，每每赣江洪水来袭时，白鹭仙子便会将白鹭洲驮起，水涨洲高，再大的洪水，也不会将白鹭洲淹没。这个美好的故事在吉安几乎家喻户晓，流传至今。

注　释

①**文物**：指礼乐制度。古代用文物明贵贱，制等级，故云。此处借指庐陵的悠久文化。唐张祜《上元怀古》："文物六朝兴废地，江山万里帝王都。"

②**院宇**：有院墙的屋宇，院落。**钦崇**：崇敬。《书·仲虺之诰》："钦崇天道，永保天命。"句谓白鹭洲书院自古以来就是人们心中崇敬的地方。

③**"水占"句**：可按"水分白鹭占芳名"理解。意谓白鹭洲因李白诗句"二水中分白鹭洲"而得名。

④**青莲**：李白号青莲居士。

⑤**平芜沙碛**：草木丛生的沙洲。沙碛（qì），沙堆。**萝**：女萝，即松萝，攀缘植物，多附生在松树上，成丝状下垂。《诗·小雅·頍弁》："茑与女萝，施于松柏。"

⑥**寥落**：寂寞。**砌绕烟**：石阶上荒烟缭绕。砌，石阶。这两句写白鹭洲水圮后的荒凉景象。

⑦**司牧**：州官，作者自称。**力薄**：力量薄弱，能力小。《晋书·王湛传》："此马虽快，然力薄不堪苦行。"

⑧**"风携"句**：提着两袖清风一颗心，表示愿意廉洁奉公。**寸心**：指心。旧时认为心的大小在方寸之间，故名。

其　二

寂寞风烟古道存，低徊江上溯渊源①。
忘机乍触鸥千点②，活水中分月一痕③。
竹缆牙樯访故老④，衣冠剑佩想王孙⑤。
萧然独对螺山晚⑥，短笛声闻过远村。

注 释

①**低徊**:徘徊,流连。唐韩愈《驽骥》诗:"骐骥不敢言,低徊但垂头。"**溯渊源**:向上寻找水的发源处,比喻向上寻求历史来源。渊源,水的源头。比喻事物的本原,学业上的师承。

②**"忘机"句**:无心侵犯鸥鸟,故能接触群鸥。忘机,无机变之心。此句暗用"鸥鹭忘机"典故,《列子·黄帝》:"海上之人有好沤鸟(亦作'鸥鸟')者,每旦之海上,从沤鸟游,沤鸟之至者百住而不止。其父曰:'吾闻沤鸟皆从汝游,汝取来,吾玩之。'明日之海上,沤鸟舞而不下也。"后以"鸥鹭忘机"比喻纯朴无杂念,没有心计。亦比喻淡泊隐居,不以世事为怀。多用于描写超脱尘俗的隐逸生活。也作"鸥鹭相得""鸥鸟忘机""鸥鸟相依"。

③**活水**:有源头常流动的水。宋苏轼《汲江煎茶》诗:"活水还须活火烹,自临钓石取深清。"此处"活水中分"指二水中分。**月一痕**:月亮像一线痕迹。形容缺月,犹言月一弯。元元淮《端阳新月》:"遥看一痕月,掐破楚天青。"

④**竹缆**:用竹篾绞成的粗索,常用以拴船。**牙樯**:象牙装饰的桅杆。一说桅杆顶端尖锐如牙,故名。后为桅杆的美称。借指舟船。宋曾巩《送双渐之汉阳》诗:"何年南狩牙樯出?六月西来雪浪浮。"**故老**:年高而见识多的人。晋陶潜《咏二疏》:"促席延故老,挥觞道平素。"

⑤**衣冠**:见前施闰章《白鹭书院》注释。泛指衣着,穿戴。**剑佩**:宝剑和垂佩。南朝宋鲍照《代蒿里行》:"虚容遗剑佩,实貌戢衣巾。"**王孙**:王的子孙。后泛指贵族子弟,亦泛指富贵人家的子弟。句意为:整肃衣冠,思念前贤。

⑥**萧然**:空寂,萧条。晋陶潜《五柳先生传》:"环堵萧然,不蔽风日。"**螺山**:即螺子山,位于江西吉安北郊,东临赣江,距城区中心四公里,形状似螺,故名。此山自古为吉安象征,从云章阁可隔江眺望。

金甡

金甡（shēn）（1702—1782），字雨叔，号海住，晚号耋叟。浙江杭州人。清康熙六十一年（1722）中举，沉滞于公车（举人应试）二十年。乾隆七年（1742），会试、殿试皆第一，授翰林修撰。乾隆九年（1744），主持广东乡试，擢赞善，历左庶子，迭主江西、山西乡试，督学安徽，擢侍讲学士。乾隆二十二年（1757），直上书房，擢詹事，再迁礼部侍郎。甡在上书房凡十七年，官终内阁学士。以病乞归，晚年主讲敷文书院。著有《金状元诗墨》（又称《今雨堂诗墨》）、《静廉斋诗集》。金甡督学江西时，曾捐资修复白鹭洲书院。

白鹭洲书院访管少庚嵩山长归后却寄

地僻少舆梁，牵来从骑良[①]。
石浮知水浅，树密隐洲长[②]。
报喜新先辈，迎宾旧讲堂[③]。
芙蓉方焕烂，苜蓿未荒凉[④]。
不假三升酒，平分六尺床[⑤]。
清谈殊斐亹，散步暂徜徉[⑥]。
阁耸眸应豁，梯危足欲僵[⑦]。
高山余景仰，止水感苍茫[⑧]。
胜迹随兴废，儒风待激扬[⑨]。

当年曾共济，此日岂更张[10]。
求巧先规矩，研精扫秕糠[11]。
携将卷冰雪，琢就器圭璋[12]。
天远云衢接，秋高鹭羽翔[13]。
同心知有托，握手幸无忘[14]。
归马冲泥疾，鸣驺隔渚望[15]。
回思人境外，空叹俗缘忙[16]。
扰扰初投谒，匆匆便束装[17]。
吟成重相寄，宛在忆中央[18]。

题　解

这首诗作于乾隆三十一年(1766)，作者奉命督学江西时，前往白鹭洲书院拜访故旧管少庾山长，回去以后写了这首五言排律诗相寄。管少庾嵩：管嵩，字广庚，号少庾，江苏吴县人。曾任浙江桐乡知县。典学安徽，任无为州学正。清乾隆三十一年聘为白鹭洲书院山长。却寄：回寄。五言排律，又叫五言长律，近体诗排律中的一种，它是由五言律诗扩大而成的，在平仄、押韵上的要求和五律一样，对仗上除首联和尾联外，中间各联全部要求对仗。五言排律一般在十句以上，两句押一韵，如六韵十二句，八韵十六句等。唐人的排律多用整数，如十韵、二十韵、三十韵、四十韵、五十韵等。本诗是十八韵三十六句。

注　释

①**地僻**：荒凉偏僻之地。**舆梁**：桥梁。《孟子・离娄下》：“十二月舆梁成。”从骑良：随从良马。

②**石浮**：有河石露出水面。**洲长**：即长洲，白鹭洲为长形。

③**新先辈**：作者自注：“本科榜眼泰和姚颐尝在院肄业。”姚颐(？—1788)，江西泰和人，字雪门，一字震初，号雨春轩、息斋。曾在白鹭洲书院修习课业。乾

隆三十一年(1766)丙戌科一甲二名进士(榜眼),授编修,侍读学士,历官甘肃按察使、陕西督粮道,贵州主考官,会试和顺天同考官,提督湖南学政。著有《雨春轩诗草》。

④**芙蓉**:荷花的别名。**方焕烂**:正盛开。作者自注:"芙蓉甚盛。"**苜蓿(mùxu)**:俗称金花菜,可供菜用,多用作饲料和肥料,常用于比喻生活清苦。唐薛令之《自悼》:"盘中何所有,苜蓿长阑干。"**未荒凉**:意谓目前生活清苦,但前途有望。作者自注:"管(山长)以教职候补。"

⑤**不假**:不需要,不凭借。**三升酒**:唐白居易《自题新昌居止因招杨郎中小饮》:"春风小榼三升酒,寒食深炉一碗茶。"**六尺床**:唐白居易《小院酒醒》:"好是幽眠处,松阴六尺床。"六尺,指成年男子身躯之长度。

⑥**殊斐亹**:富有文采。殊,极也。斐亹(fěiwěi),文彩绚丽貌。《文选·孙绰〈游天台山赋〉》:"彤云斐亹以翼棂,皦日炯晃于绮疏。"**徜徉(chángyáng)**:犹徘徊,盘旋往返。安闲自得貌。唐韩愈《送李愿归盘谷序》:"膏吾车兮秣吾马,从子于盘兮,终吾生以徜徉。"

⑦**阁耸**:指云章阁巍然矗立。**眸应豁**:作者自注:"云章阁上祀六君子。"见之使人肃然起敬,瞳孔为之豁然开朗。**梯危**:梯高。**足欲僵**:双足不支,行动不灵活。

⑧**"高山"句**:古贤高显之德如山,使人景仰不已。余,饶,饱。**止水**:江万里以身殉国之处。《宋史·江万里传》:"咸淳九年,万里七十有六矣。明年,大元兵渡江……凿池芝山后圃,扁其亭曰'止水',人莫谕其意。……及饶州城破,……竟赴止水死。左右及子镐相继投沼中,积尸如叠。"作者自注:"书院创自宋相江文忠公。"

⑨**胜迹**:有名的古迹、遗迹。**儒风**:儒家的传统、风尚。**激扬**:激励宣扬。

⑩**共济**:共同度过,共同成事。此指作者与管山长曾在安徽共事。作者自注:"昔典学安徽,管任无为州学正。"**更张**:因琴瑟不调,改换或调整琴弦。岂更张,言难道此日意气不投吗?意思是说:现在仍然是意气相投的。

⑪**"求巧"二句**:教育后进,如工匠求巧,必先以规矩。如研米使精,必先扫

除秕糠。**规矩**:规和矩。校正圆形和方形的两种工具。**秕糠**:瘪谷和米糠。喻琐碎、无用之物,犹糟粕。

⑫**冰雪**:形容心地纯净洁白或操守清正贞洁。**圭璋**(guīzhāng):玉制的礼器。古代用于朝聘、祭祀。比喻高尚的人品或杰出的人才。此两句意为:携来的是洁白的试卷,培养出来的是可贵的人才。

⑬**云衢接**:云路通。云衢,云中的道路,比喻高位。宋梅尧臣《运使刘察院因按历归西京拜省》诗:"于兹亦未几,用直升云衢。"**鹭羽**:白鹭的羽毛,借指白鹭。作者自注:"时题'云逵鹭振'额于院中。"

⑭**托**:托心之交。唐李白《结客少年场行》:"托交从剧孟,买醉入新丰。"

⑮**冲泥疾**:喻归马行速迅疾,冲泥飞驰。**鸣驺**:古代随从显贵出行并传呼喝道的骑卒。唐高适《东平旅游奉赠薛太守二十四韵》:"歌谣随举扇,旌旆逐鸣驺。"**望**(wáng):此处读平声,阳韵。此两句写归途上之思念。

⑯**人境**:尘世,人所居止的地方。晋陶潜《饮酒》诗之五:"结庐在人境,而无车马喧。"人境外,尘世之外,指白鹭洲。**俗缘**:佛教以因缘解释人事,因称尘世之事为俗缘。唐许浑《记梦》诗:"尘心未尽俗缘在,十里下山空月明。"

⑰**扰扰**:犹言打扰。**初投谒**:谓刚来拜访。**束装**:收拾行装。作者自注:"是日新进参谒,明日即往南安。"

⑱**宛在**:好像还在。**忆中央**:回忆之中。中央,四方之中。《诗·秦风·蒹葭》:"溯游从之,宛在水中央。"

周尚中

周尚中，字翼行，江西吉水人。康熙间以选贡授建昌府学训导，后补丰城。雍正三年(1725)授金华府经历，卒于官。著有《德星堂集》。

鹭洲纪事

康熙丙辰之春，楚逆为梗，据吉州城，聚粮掘濠，为持久计，复屯白鹭洲，为新城王师亲驻讨灭。采此诗见书院兴废所由来也。

战城南，掘城北，一朝霏雾地天黑[①]。
霜鋋雪戟晃白日，深宵衔枚秣马蓐食[②]。
觊瞰东隅，蔓草丛棘孤舟白，鹭翔冷泉金牛掣[③]。
将军帐底拥貔貅，厮养枥边涎残炙[④]。
城卒尪羸肆饕餮，缉缉剪剪如螣贼[⑤]。
那知君山炮响动地来，触篱抵网坠飞翮[⑥]。
石桥呜咽水不流，猿鹤虫沙同一窟[⑦]。
断项折脰互支撑，倒掷头颅疑虚实[⑧]。
乌鸢攫啄集还惊，青磷熠耀灭复明[⑨]。
黄昏黯澹洒微雨，洗出新月照重城[⑩]。

题　解

康熙十五年丙辰(1676)初,吴三桂部将高得捷率手下五万大军,从湖南株洲出发,经醴陵、萍乡,攻取并据守江西重镇吉安。清军数次重兵进攻,均被其杀败。不久,高得捷病死,副手韩大任独掌吉安兵权,每天以诗酒自娱,不言军事。为夺回吉安,清军由简亲王喇布率江西总督董卫国等十万之众围困吉安。康熙十六年三月二十一日夜,韩大任率残部悄悄出城南门,渡白鹭洲逃跑,清军惧大任兵精,不敢追,任其逃遁。吉安克复。本诗所记此事,以见书院兴废之由来。

注　释

①**战城南,掘城北**:此句用互文修辞方法,意为城南城北都在激战,都在挖掘战壕。**霏雾**:飘拂的云雾。晋谢万《兰亭诗》:"玄崿吐润,霏雾成阴。"两汉乐府《战城南》:"战城南,死郭北。"

②**霜鋋(chán)雪戟**:形容明亮锋利的戈戟,借指用兵,军事行动。鋋,泛指短矛。戟,一种可勾可刺的兵器。**深宵**:深夜。**衔枚**:枚状如箸,两端有带,可系于颈上,古代行军时,常令士兵横衔口中,以防喧哗。**秣马**:饲马。**蓐食**:早晨未起身,在床席上进餐。谓早餐时间很早。《左传·文公七年》:"训卒,利兵,秣马,蓐食,潜师夜起。"

③**觊瞰(jìkàn)**:看。**东隅**:东角,东方。因日出东隅,故也以"东隅"指早晨。**蔓草丛棘**:蔓生的野草,丛生的荆棘。**金牛**:指金牛泉,在白鹭洲旁。

④**貔貅(píxiū)**:古籍中的两种猛兽,多连用以比喻勇猛的战士。唐张说《王氏神道碑》:"赳赳将军,貔貅绝群。"**厮养**:犹厮役,受人驱使的奴仆。《战国策·齐策五》:"士大夫之所匿,厮养士之所窃,十年之田而不偿也。"**枥边**:槽边。枥,喂马的槽。**残炙**:即残羹冷炙,残剩的酒肉,指权贵的施舍。

⑤**尪羸(wānglél)**:瘦弱,亦指瘦弱之人。晋葛洪《抱朴子·遐览》:"他弟子皆亲仆使之役,采薪耕田。唯余尪羸,不堪他劳。"**饕餮(tāotiè)**:贪婪地吞食。唐杜甫《麂》:"衣冠兼盗贼,饕餮用斯须。"**缉缉剪剪**:犹"缉缉翩翩"。形容交头接耳。《诗·小雅·巷伯》:"缉缉翩翩,谋欲谮人。"**螣贼(tèzéi)**:两种庄稼的害

虫，食叶曰螣，食节曰贼。喻为害人民者。

⑥**君山**：指吉安真君山，在城西北郊。宋时相传有蛟患，祀许真君逊于此，得免。**触篱抵网**：触犯篱笆网罗。比喻自蹈绝路。**飞翮**（fēihé）：飞鸟。《文选·曹植〈七启〉》："素水盈沼，丛木成林，飞翮凌高，鳞甲隐深。"

⑦**猿鹤虫沙**：又作"猿鹤沙虫"，《艺文类聚》卷九十引晋葛洪《抱朴子》："周穆王南征，一军尽化，君子为猿为鹤，小人为虫为沙。"按，今本《抱朴子·释滞》作："山徙社移，三军之众，一朝尽化，君子为鹤，小人成沙。"后因以"猿鹤沙虫"指阵亡的将士或死于战乱的人民。周实《痛哭》诗之四："猿鹤沙虫同一烬，累累七十二荒坟。"

⑧**断项折脰**：折断头脖。项，脖子。脰（dòu），本义指脖子，假借为"头"，头颅。明张溥《五人墓碑记》："有贤士大夫发五十金，买五人之脰而函之。"**虚实**：指人鬼之虚实。

⑨**攫啄**（juézhuó）：谓以爪抓取，以嘴啄食。**青磷**：磷火。宋黎廷瑞《泊淮岸夜闻鬼语》："青磷走平沙，独夜鬼相语。"**熠耀**（yìyào）：磷火，鬼火。《诗·豳风·东山》："町畽鹿场，熠耀宵行。"

⑩**黯澹**：阴沉，昏暗。唐杜牧《代吴兴妓春初寄薛军事》诗："柳暗霏微雨，花愁黯淡天。"**重城**：指城墙。宋王安石《示元度》："思君携手安能得，上尽重城更上楼。"

吴云

吴云，字天门，号舫翁。江西安福县人。清拔贡生（科举制度中选拔贡入国子监的生员的一种），晚年隐居武功山，讲学青原、白鹭间，后聘掌景贤书院教。生平苦节自励，徜徉泸水潇山间，著述甚富，尤精书法。有《天门易学》、《学庸注释》、《灵谷寺志》十六卷、《识仁书院志》十六卷、《天门诗文稿》五卷等。

白鹭洲咏怀五首

其　一

长廊夜半纸窗红，飞起书声霄汉中。
白发年偏任我老，苍生事已藉诸公[①]。
文章必定兼经术[②]，杂霸何能溷事功[③]。
记得河南诗一句[④]，闲来无事不从容[⑤]。

题　解

这是一组咏怀诗。咏怀，谓以诗歌形式抒发情怀，寄托抱负。所谓咏怀诗就是吟咏抒发诗人怀抱情志的诗，诗人因物因事，情动于衷而见于吟咏。它所表现的是诗人对于现实世界的体悟，对于生命存在的思考，对个体生命的把握，对未来人生的设计与追求等等。三国阮籍有《咏怀诗》82 首，艺术价值较高。诗多表现作者在魏末政治黑暗年代的忧思、苦闷，充满悲凉气氛。后世文人多有仿作，以北朝庾信的《拟咏怀》最为有名。

注 释

①**藉**：凭借，依靠。**诸公**：泛称各位人士。唐杜甫《醉时歌》："诸公衮衮登台省，广文先生官独冷。"

②**经术**：犹经学。《史记·太史公自序》："仲尼悼礼废乐崩，追修经术，以达王道。"

③**杂霸**：谓用王道掺杂霸道治理国家。语出《汉书·元帝纪》："（太子）尝侍燕，从容言：'陛下持刑太深，宜用儒生。'宣帝作色曰：'汉家自有制度，本以霸王道杂之，奈何纯任德教，用周政乎！'"**溷**（hùn）：混也。**事功**：功绩，功业，功劳。《三国志·魏志·牵招传》："渔阳傅容在雁门有名绩，继招后，在辽东又有事功。"第三联大意：写文章必定传播经学，王道掺杂霸道治理国家怎么不会混淆是非呢？

④**河南**：指程颢（1032—1085），字伯淳，学者称明道先生。河南洛阳人。北宋哲学家、教育家、诗人和北宋理学的奠基者。

⑤**"闲来"句**：程颢《秋日偶成二首·其二》诗句："闲来无事不从容，睡觉东窗日已红。"

其 二

昔年三祀意如何①，前辈精神不忍磨②。

虽是文章明代盛③，可怜节义宋朝多④。

五更风雨潇潇下⑤，一派凫鸥冷冷过⑥。

弦诵于今忽再振⑦，群公来此袭休和⑧。

注释

①**三祀**：指对先贤的祭祀活动。古人入学必设馔以祭先圣先师，同时祭天神、地祇，谓之“三祀”。

②**不忍磨**：不忍心让它磨灭。明庞尚鹏《冼秋官日录》：“青山千载留君住，崖石留题不忍磨。”

③**文章明代盛**：明代之庐陵，习经史、应科举之风甚浓。有明一代，吉安进士众多，状元频出。据史料记载，明朝期间，吉安府中进士者837人，占全省2728人的30%，其中状元12名，占全省状元总数17人的70%，榜眼和探花分别为9名、12名，均占全省榜眼、探花总数的半壁江山。建文、永乐年间，连续两届科举考试，一甲进士均为吉安府人，永乐年间更是前7名均为吉安府人。连续两科的三鼎甲均被吉安一府的举子夺得，这不仅是江西也是全国科举史上绝无仅有的盛事。

④**可怜**：此处为可敬可爱之意。**节义宋朝多**：吉安被誉为“文章节义之邦”，是和宋代庐陵几位杰出的历史人物欧阳修、杨邦乂、胡铨、周必大、杨万里、文天祥的爱国精神、民族气节、道德文章和高尚人格分不开的。他们被合称为“五忠一节”，是吉安人民的骄傲。这两句承前两句，意为昔年书院重视祭祀活动，是因为宋明以来吉安多文章节义之士。

⑤**五更**：旧时自黄昏至拂晓一夜间，分为甲、乙、丙、丁、戊五段，谓之“五更”，又称五鼓、五夜。**风雨潇潇**：风雨急骤貌。《诗·郑风·风雨》：“风雨潇潇，鸡鸣胶胶。”毛传：“潇潇，暴疾也。”此句描绘当年书院遭水灾的景象。

⑥**一派**：犹言一群。**凫鸥**：野鸭和沙鸥，泛指水鸟。句谓水上的飞鸟凄凉地飞来飞去。过（guō），读平声，歌韵。

⑦**弦诵**：见前施闰章《白鹭书院》注释。

⑧**群公**：泛指诸有名位者，亦用作一般的尊称。唐王勃《滕王阁序》：“登高作赋，是所望于群公。”**袭休和**：承袭先人恩泽，享受安逸和平。袭，承受。休和，安定和平。《左传·襄公九年》：“若能休和，远人将至。”

其　三

已冷书声数十年①，于今始得听江天②。
风从玉宇飘来树③，星带银河挂在檐④。
樽里新添吉士酒⑤，桥边同泊孝廉船⑥。
若非室尽文翁教，白鹭洲头但晚烟⑦。

注　释

①**“已冷”句**：据《白鹭洲书院志》载，明嘉靖十四年（1535），洪水为灾，书院圮于水，停学57年，至万历二十年（1592）修复。

②**听江天**：听于江天。意谓：到现在才又能于江天中听到书声。

③**玉宇**：用玉建成的殿宇，传说中天帝或神仙的住所。宋苏轼《水调歌头·明月几时有》词：“我欲乘风归去，又恐琼楼玉宇，高处不胜寒。”

④**银河**：晴天夜晚，天空呈现的银白色的光带。银河由大量恒星构成，古亦称云汉，又名天河。两句均喻书院学宫建筑的伟丽、高峻。

⑤**吉士**：此指庶吉士，官名。明清选新进士文学优等及善书者入庶常馆学习，称庶吉士。三年后举行考试，成绩优良者分别授以编修、检讨等职；其余则为给事中、御史，或出为州县官，谓之“散馆”。

⑥**孝廉船**：见前谢赐衮《白鹭洲书院成见而志喜》注释。明清时作为对举人的别称。五、六两句喻书院新秀不断涌现。

⑦**“若非”二句**：如果不是营建了学宫，尽了文翁教化之意，白鹭洲头将只有一片烟云而已。**文翁**：见前张暖《鹭洲书院》注释。

其　四

自从远涉江南路，久未归来访旧游。
君共苏公登玉局[①]，我同朱子感银瓯[②]。
千年事业六经在[③]，半夜书声万国秋[④]。
莫道江楼人太静，后来斯道重沧洲[⑤]。

注　释

①**苏公**：指宋苏轼。**玉局**：道观名，在四川成都。传说李老君（老子）曾于此坐局脚玉床讲经，因而得名。“后汉永寿元年，李老君与张道陵至此，有局脚玉床自地而出，老君升坐，为道陵说《南北斗经》，既去而坐隐地中，因成洞穴，故以‘玉局’名之。”苏轼曾任玉局观提举，后人遂以“玉局”称苏轼。苏轼《送戴蒙赴成都玉局观将老焉》诗：“莫欺老病未归身，玉局他年第几人。”

②**朱子**：对宋朱熹的尊称。明饶信《重刊〈晦庵先生文集〉序》：“宋大儒续孟氏之绝，而朱子会其全。”**银瓯**：银制酒具。朱子喜饮酒，常酒后纵歌，大发议论，抒发感慨。

③**六经**：六部儒家经典，即《易》《诗》《书》《春秋》《礼》《乐》。

④**万国秋**：天下秋。元叶兰《寄张达善大参》：“沉沉月影浸寒流，一雁初飞万国秋。”

⑤**后来**：后之来者，指以后成长起来的人。**斯道**：亦斯文，道之显者谓之文，即指儒家传统学说。**沧洲**：滨水的地方，古时常用以称隐士的居处。南朝齐谢朓《之宣城郡出新林浦向板桥》：“既欢怀禄情，复协沧洲趣。”此处借指白鹭洲。

其五

许大乾坤许大身①，后来圣贤后来人②。
欲将赤手扶元化③，暂着青袍混世尘④。
万虑不惊谁是惧⑤，一心原足我何贫⑥。
倒翻秦汉从头数⑦，惟有尧夫认得真⑧。

注释

①**许大**：这般大。《金史·五行志》："我先笑者，笑许大天下将相无人。"**乾坤**：称天地。《易·说卦》："乾为天……坤为地。"引申为国家、江山、天下。

②**圣贤**：圣人和贤人的合称，亦泛称道德才智杰出者。《易·鼎》："彖曰：圣人亨以享上帝，而大亨以养圣贤。"**后来人**：指后起之秀，继承前辈事业的人。

③**赤手**：空手，徒手。宋苏轼《送范纯粹守庆州》："当年老使君，赤手降於菟。"**元化**：造化，天地。唐陈子昂《感遇》诗之六："古之得仙道，信与元化并。"

④**青袍**：青色的袍子，学子所穿之服。借指学子，亦借指寒士。唐李商隐《泪》："朝来灞水桥边问，未抵青袍送玉珂。"

⑤**万虑不惊**：这是一种至高的心境，不受世俗万事的羁绊，无欲无求，自然就万事不惊了。

⑥**一心原足**：形容心中非常满意，同"心满意足"。**我何贫**：意谓对于安贫乐道者，何贫之有？

⑦**倒翻**：颠倒，翻转。**秦汉**：借指历史。

⑧**尧夫**：邵尧夫，即邵雍（1011—1077），字尧夫，北宋著名理学家、诗人，与周敦颐、张载、程颢、程颐并称"北宋五子"。《水浒传》称其为宋神宗天子朝中的一个名儒，《水浒传》以他的一首诗开头。**认得真**：看得清楚。

汪璀

汪璀，江西乐平人。廪贡(指府、州、县的廪生被选拔为贡生。亦用以称以廪生的资格而被选拔为贡生者)，乾隆十四年(1749)任吉安府学训导。

白鹭洲怀古

卜筑堤台烟雨秋①，古心遗迹宛然侔②。
回澜二水萦青廓③，如黛诸峰映碧流④。
门挹风帆江树隐⑤，阁撑星汉舄云浮⑥。
闲来凭眺追芳躅⑦，六子三贤恣讨搜⑧。

题解

这是一首怀古诗。怀古，追念古代的人和事。怀古诗是中国古代诗词中内容、思想较沉重的作品。主要是以历史事件、历史人物、历史陈迹为题材，借登高望远、咏叹史实、怀念古迹来达到感慨兴衰、寄托哀思、托古讽今等目的。这类诗多写古人往事，多用典故，手法委婉。“怀古”二字多出现在诗题中。如李白《夜泊牛渚怀古》、苏轼《念奴娇·赤壁怀古》、辛弃疾《永遇乐·京口北固亭怀古》、张养浩《山坡羊·潼关怀古》等等。

注 释

①**卜筑**:择地而筑。唐孟浩然《冬至后过吴张二子檀溪别业》:“卜筑依自然,檀溪不更穿。”

②**古心**:江万里号古心,宋吉州太守,白鹭洲书院创始人。**宛然侔**:仿佛相同。侔(móu),等同,齐等。

③**回澜**:回旋的波涛。明徐弘祖《徐霞客游记·粤西游日记一》:“但见回澜素波,触石奋出。”**二水**:白鹭洲分赣江为二水。**青廓**:此指青灰色的城墙,白鹭洲地处吉安南城门外的江心,与城墙隔水相望。

④**如黛诸峰**:谓远山如同黛墨新画的眼眉。

⑤**挹**:引。**风帆**:船帆,指张帆乘风而行的船。

⑥**阁**:指云章阁。**星汉**:天河,银河。三国魏曹操《观沧海》:“日月之行,若出其中;星汉灿烂,若出其里。”**舄(xì)云浮**:形如凫舄的云朵在空中飘浮。凫舄,仙人鞋。语本《后汉书·王乔传》,见前徐俯《白鹭洲》注释。

⑦**凭眺**:据高远望。**追芳躅(zhú)**:追思前人的功绩。躅,足迹,功绩。

⑧**六子三贤**:六子,指宋代理学家六君子:周敦颐、邵雍、张载、程颢、程颐、朱熹。书院有六君子祠。三贤,当指欧阳修、杨万里、文天祥等诸乡贤。“三”,非实数,因为原书院奉祀的乡贤名人甚多,以“三”泛指多数。**恣讨搜**:意谓六子三贤的道德、学说可任令研讨和探求。讨搜,探寻搜集。

王道升

王道升，江西庐陵人。清岁贡（科举时代贡入国子监的生员的一种），举博学鸿词，任盐大使。著有《本朝应制古学指南集》，又名《古学要览》，雍正七年（1729）付梓。乾隆四十二年（1777）江西巡抚海成奏缴称“内有屈大均文”，奏准禁毁。

鹭渚晚步叠韵四首

其　一

莫教酩酊惜轻醇[①]，惟有百原乐最真[②]。
浪静孤城月未出，金牛泉畔鹭南滨[③]。

题　解

这是一组写傍晚时分在白鹭洲悠闲散步时所见所思的绝句。叠韵：指赋诗重用前韵。如此题四首诗中，一、二首，三、四首的韵脚都两两相同。

注　释

①**酩酊**：大醉貌。汉焦赣《易林·井之师》：“醉客酩酊，披发夜行。”**轻醇**：清冽醇厚，此指薄酒。宋邵雍《安乐窝中吟》：“大字写诗夸壮健，小杯饮酒惜轻醇。”惜，吝惜。句意为：不要吝惜一点薄酒，使自己不得酩酊而醉。

②**百原**：此指百源山，在今河南省辉县西北。宋理学家邵雍隐居并读书于苏门山百源之上，授官不赴，耕稼自给，名其居曰“安乐窝”，自号“安乐先生”。

③**金牛泉**：泉水名，在鹭洲对岸古城墙脚下，位于鹭洲对岸。**鹭南滨**：指鹭洲对面的南门水边。两句点明作者漫步的时间和地点。

其　二

汲汲弥缝孰使醇[①]，只缘举世复难真[②]。

望从鹭渚通濂洛[③]，直到君家泗水滨[④]。

注　释

①**汲汲弥缝**：不断补合，指白鹭洲书院多次毁而复修。汲汲，不息也。弥缝，弥补缝合。《左传·僖公二十六年》：“桓公是以纠合诸侯，而谋其不协，弥缝其阙，而匡救其灾。”**孰使醇**：谁能使社会风尚返璞还真。

②**复难真**：意为在今天整个社会中都难以恢复纯真朴实的风尚。化用陶渊明《饮酒》诗意。作者自注：“渊明诗：羲皇去我远，举世少复真。汲汲鲁中叟，弥缝使其醇。”

③**濂洛**：二水名，代指北宋理学的两个学派。“濂”指濂溪学派的代表人物周敦颐，号濂溪先生；“洛”指洛阳人程颢、程颐兄弟，洛阳学派。

④**君家泗水滨**：指孔子的家乡，指代儒家的正统思想。君，指孔子，至尊。泗水在鲁，代孔子家乡，儒家之源。

其　三

斯文一缕属吾曹[①]，身世百年敢怨骚[②]。

不学老衰难自坠[③]，颜瓢点瑟乐陶陶[④]。

注　释

①**“斯文”句**:谓继承孔子之道,责在我辈肩上。斯文,即斯道,此道。语本《论语·子罕》:“天之将丧斯文也,后死者不得与于斯文也。天之未丧斯文也,匡人其如予何?”**吾曹**:犹我辈,我们。《韩非子·外储说右上》:“吾曹何爱不为公。”

②**身世百年**:指人的一生。**敢怨骚**:不敢有牢骚怨恨。句意为:对自己一生的身世不敢有所怨恨。骚,忧愁。

③**不学**:谓没有学问。**老衰**:年老体衰。**自坠**:自己丧失志向。

④**颜瓢**:孔子弟子颜回的饮具。颜回生活十分俭朴,《论语·雍也》所载:“一箪食,一瓢饮,在陋巷,人不堪其忧,回也不改其乐。贤哉,回也。”后因以“颜瓢”为生活贫困的典故。**点瑟**:瑟。因曾点(孔子弟子)善鼓瑟,故称。徐嘉《书归玄恭万古愁后》诗:“盆花浮红篆烟清,点瑟不鼓牙琴停。”**乐陶陶**:形容很快乐的样子。句意为:士者应有颜回、曾点那种安贫乐道的精神。

其　四

皋比尊严道谊高①,振兴原不在词骚②。

鄙人浪卒名山业③,诗学尧夫酒学陶④。

注　释

①**皋比(gāopí)**:虎皮。古人坐虎皮讲学,后因以指讲席。唐戴叔伦《寄禅师寺华上人次韵》之二:“禅心如落叶,不逐晓风颠。猊座翻萧瑟,皋比喜接连。”**尊严**:尊贵威严。《荀子·致士》:“尊严而惮,可以为师。”**道谊**:道义。“谊”的古意为“义”。宋戴复古《送侄孙汝白往东嘉》诗:“道谊无穷达,文章有是非。”

②**振兴**:使发展、兴盛。**词骚**:指文词诗章。明释今无《持福堂成移植刺桐树·其二》:“仿佛峄山分异种,淹留名久入词骚。”

③**鄙人**:指居住在郊野的人,自称的谦词。**浪卒**:胡乱地完成。**名山**:著名的大山,指可以传之不朽的藏书之所,借指著书立说。名山业,著书之业。句意为:乡野之人不切实际地完成著作事业。

④**"诗学"句**:尧夫,邵雍字,理学家、诗人。陶,陶渊明,嗜酒。两人均为隐居不仕者,作者引以自况。

赖　晋

赖晋(1717—1772),字锡蕃,一字昼人,江西广昌人。乾隆十三年(1748)戊辰科进士,历官安东知县、永宁牧、太仓知州、滨州知府。著有古文四卷、诗十二卷及《昼亭初稿》等。

游白鹭洲书院赠符山长

其　一

清澜遥接赣江流[①],二水中分白鹭洲[②]。
日射波心城势动[③],山拖树影暮烟浮[④]。
平沙草咽三更露[⑤],南雁声催八月舟[⑥]。
江上散人几辈在[⑦],芒鞋我踏异乡秋[⑧]。

题　解

这组诗是作者于某秋日傍晚游览白鹭洲时所作,书赠当时的山长。符山长:符乘龙,字斯万,号六堂,江西抚州宜黄人,清乾隆二年(1737)进士。乾隆十三年(1748)以知县改吉安府学教授,兼白鹭洲书院山长,在任12年,重修《鹭洲志》。以老告休去,郡人勒石讲堂。山长,见前刘克庄《送方善夫赴鹭洲山长二首》题解。

注 释

①**清澜**：清波，指澄清波澜。唐韦应物《再游龙门怀旧侣》："霭霭眺都城，悠悠俯清澜。"

②**"二水"句**：引用李白《登金陵凤凰台》成句，意谓白鹭洲把江水从中分为两支。

③**日射**：太阳光的照射。唐吴融《雪十韵》："月交都浩渺，日射更玲珑。"

④**暮烟**：傍晚的烟霭。这两句描写在黄昏日落时白鹭洲周边景物的视觉感受。

⑤**平沙**：此指广阔的沙洲。南朝梁何逊《慈姥矶》诗："野雁平沙合，连山远雾浮。"

⑥**南雁**：南飞的大雁。唐杜甫《客堂》："老马终望云，南雁意在北。"**八月舟**：汉制，刺史于八月巡行所部，借喻巡行途中不能久留之慨。杜甫《舍弟观归蓝田迎新妇送示两篇·其二》："满峡重江水，开帆八月舟。"

⑦**散人**：不为世用的人，闲散自在的人。唐陆龟蒙《江湖散人传》："散人者，散诞之人也。"

⑧**芒鞋**：用芒茎外皮编织成的鞋，亦泛指草鞋。宋苏轼《自兴国往筠宿石田驿南廿五里野人舍》诗："芒鞋竹杖自轻软，蒲荐松床亦香滑。"

其 二

疏林斜日影萧萧①，取次低徊渡石桥②。
秋净寒潭空碧沼③，风吹黄叶下青霄④。
中央满溯蒹葭味⑤，附郭全删市井嚣⑥。
六一堂前今未到⑦，可能同此树星杓⑧？

注释

①**疏林**：稀疏的林木。唐王昌龄《途中作》诗："坠叶吹未晓，疏林月微微。"**斜日**：傍晚时西斜的太阳。南朝梁简文帝《纳凉》诗："斜日晚骎骎，池塘生半阴。"**影萧萧**：形容树影稀疏的样子。

②**取次低徊**：随意漫步徜徉，流连徘徊。**石桥**：应指书院泮池上之泮桥。

③**秋净寒潭**：指明净的秋水。**碧沼**：碧绿清澈的水域。唐徐夤《忆山中友人》："斗开碧沼分明月，各领青山占白云。"

④**青霄**：青天，高空。晋左思《蜀都赋》："干青霄而秀出，舒丹气而为霞。"

⑤**中央**：水中央，指白鹭洲在二水之间。**溯**：溯回，逆流而上。**蒹葭**（jiān jiā）：芦苇之类湿地植物。蒹，没有长穗的芦苇。葭，初生的芦苇。

⑥**附郭**：近城的地方。**市井**：城邑，城市，集镇。《后汉书·循吏传·刘宠》："山民愿朴，乃有白首不入市井者。"句谓白鹭洲靠近城郭，却摒弃了城市的喧闹。

⑦**六一堂**：宋欧阳修晚年自号"六一居士"，宋时，吉安州城建"六一祠"，历代不替。

⑧**星杓**（biāo）：指北斗的玉衡、开阳、摇光三星，也称斗杓、斗柄。观察北斗斗柄的转移，可以知四时，定节气。借指北斗星。句意为：六一堂也能像这里一样建立在星斗间吗？

其　三

千年令范拜文忠①，化雨维新继起同②。
盛世春山催棫朴③，当阶秋色老梧桐④。
六朝争洗螺山黛⑤，东汉宏开马帐风⑥。
料得康成诸执友⑦，经神学海耀封中⑧。

注 释

①**令范**:可为楷模的美德,指良好的典范。**文忠**:指江万里,白鹭洲书院的开创者。江万里谥号文忠。

②**化雨**:长养万物的时雨。比喻循循善诱,潜移默化的教育。语本《孟子·尽心上》:"君子之所以教者五:有如时雨化之者,有成德者,有达财者,有答问者,有私淑艾者。"**维新**:谓乃始更新。《诗·大雅·文王》:"周虽旧邦,其命维新。"**继起**:继续兴起。

③**棫朴(yùpǔ)**:白桵和枹木,多以喻贤材众多。《诗·大雅·棫朴》:"芃芃棫朴,薪之槱之。"毛传:"山木茂盛,万民得而薪之;贤人众多,国家得用蕃兴。"

④**梧桐**:落叶乔木,古代以为是凤凰栖止之木。《诗·大雅·卷阿》:"凤凰鸣矣,于彼高冈。梧桐生矣,于彼朝阳。"此喻白鹭洲为优秀子弟向往之地。

⑤**六朝**:三国吴、东晋和南朝的宋、齐、梁、陈,相继建都建康(吴名建业,今南京市),史称为六朝。按,南京有白鹭洲。**螺山**:指吉安之螺子山,见前林逢春《云章阁》注释。

⑥**马帐**:《后汉书·马融传》:"融才高博洽,为世通儒,教养诸生,常有千数……善鼓琴,好吹笛,达生任性,不拘儒者之节。居宇器服,多存侈饰。常坐高堂,施绛纱帐,前授生徒,后列女乐,弟子以次相传,鲜有入其室者。"后因以"马帐"指通儒的书斋或儒者传业授徒之所。

⑦**康成**:郑玄(127—200),字康成,北海高密(今山东高密)人。东汉经学家、训诂学家。少年时为乡啬夫,不愿做官。最初入太学,学习《易经》和《公羊传》,后拜马融为师,学习古文经。回乡后,聚徒讲学,弟子众多。著作很多,代表作为《毛诗笺》《三礼注》。

⑧**经神**:称东汉经学大师郑玄。**学海**:谓学问渊博,亦指学问渊博的人。晋王嘉《拾遗记·后汉》:"何休木讷多智,三坟五典、阴阳算术、河洛谶纬及远年古谚、历代图籍,莫不成诵也……京师谓康成为'经神'、何休为'学海'。"**封中**:天子或诸侯的领地之内,泛指国内或辖境之内。

其　四

前贤高韵尽追攀①，日暮催人去应还②。
一路摩挲芳草岸③，双江吞吐夕阳山④。
生平屐齿恣留恋⑤，方外秋心付等闲⑥。
更喜孤舟成野渡⑦，摇摇随意过前湾。

注　释

①**高韵**：高雅的风度和气韵。宋陆游《答福州察推启》："高韵照人，清言绝俗。"**尽**(jǐn)：尽量，任令。**追攀**：指赶上，超过。金王若虚《文辨三》："楚词自是文章一绝，后人固难追攀，然得其近似可矣。"

②**"日暮"句**：大意为天色将晚，游人应该返回了。

③**摩挲**：以手抚摩，犹言爱抚。

④**吞吐**：吞进和吐出。此处比喻隐现、聚散等变化。南朝宋鲍照《登大雷岸与妹书》："吞吐百川，写泄万壑。"

⑤**屐齿**(jīchǐ)：木屐底的齿。代指足迹，游踪。宋张孝祥《水龙吟·过浯溪》词："漫郎宅里，中兴碑下，应留屐齿。"

⑥**方外**：世外，亦指方外之人。宋钱易《南部新书》乙："顾况志尚疏逸，近于方外。"**秋心**：秋日的心绪。多指因秋来而引起的悲愁心情，即愁心。句谓世外之人视秋心为寻常。

⑦**野渡**：荒落之处或村野的渡口。唐韦应物《滁州西涧》诗："春潮带雨晚来急，野渡无人舟自横。"

朱廷基

朱廷基(1731—1785),字朴士,号荆园。山东省青州人。乾隆二十六年(1761)进士,曾任吉水、临川、砀山、永定知县。据《吉安府志》载,朱廷基在任吉水知县期间,爱民礼士,多善政,于人才尤加意培植。修筑南门护城堤,人称朱公堤。有《荆园文稿》。

逢原堂落成宴集四首

其一

白鹭文澜汇[①],堂成宛在中[②]。
一源逢左右[③],二水自西东[④]。
蹊更添桃李[⑤],庐堪蔽雨风。
新诗悬座上,勖望意无穷[⑥]。

题解

逢原堂,书院讲堂之一。清乾隆三十九年(1774),知府卢崧增建并自为记云:"吉州白鹭洲书院建自南宋江公万里,既立圣庙,又以二程子侍大中公尉庐陵,特祀以定学者宗主。明中叶时,增祀二罗。至今吉人士未尝不慨慕前贤正学而思溯其原也。……今年甲午,十属诸生闻风接踵,斋舍至不能容,复于云章阁前墀增建一堂,翼以数楹,列号若干舍,逾月工竣,因额其上曰'逢原'。且夫学之有原，犹水也。孔子于蒙之上，象取诸山，下出泉。泉其始出者耳，惟其为有本之原，故行可以果，德可以育，始发蒙而蒙亨，岂非教学者以因势利导之象哉？今者为院中扩斋堂，增廪饩，定课程，俾诸生涵泳优游，深造而自得焉。一旦指事程理，蓄极必发，如万斛泉之涌出，而滔滔其不竭也，如盈科放海，挹彼注兹，沛然决江河而莫之能御也。诸生过是洲而悟智者之乐，求观澜之术，其于道也居安而资深，左宜而右有，将无所往而不逢其原矣。”宴集：宴饮集会。

注释

①**文澜**：文海波澜。明何景明《六子诗 · 边太常贡》：“芳词洒清风，藻思兴文澜。”喻白鹭洲为文澜汇集之地。

②**宛在中**：指逢原堂处在书院中间。

③**源逢左右**：“左右逢源。”《孟子 · 离娄下》：“资之深，则取之左右逢其原。”原谓学问工夫到家后，则触处皆得益。后以“左右逢原”泛指做事得心应手。亦作“左右逢源”。此处亦指书院左右都是江水。

④**二水**：赣江流至白鹭洲，被洲分为东西二支，故曰“自西东”。

⑤**蹊添桃李**：“桃李成蹊”，是“桃李不言，下自成蹊”的省语。蹊（xī），小路。此典比喻桃树和李树不会说话，因为开花和结有果实吸引人们前来，所以在树下很自然地被人们踩成一条小路。后以此典形容人品行高尚，自然受人仰慕。典出《史记》卷一百九《李将军列传》。南朝齐谢朓《和徐都曹出新亭渚诗》：“桃李成蹊径，桑榆荫道周。”

⑥**勖（xù）望**：勉励和期望。句意为：座上的新诗寄托了对学生无限劝勉和期望之情。

其　二

暇日游于艺[①]，将军小队来[②]。

穿杨人对垒[③]，失鹄酒盈杯[④]。

日射雕弧劲[5],风翻羯鼓催[6]。
十三双贯扎[7],从此卜题魁[8]。

注 释

①**暇日**:空闲的日子。《孟子·梁惠王上》:“壮者以暇日修其孝悌忠信。”**游于艺**:本意为培养自己的艺术素养,此处意为游乐于艺苑。《论语·述而》:“志于道,据于德,依于仁,游于艺。”艺,指孔子教授学生的礼、乐、射、御、书、数六艺,都是日常所用。

②**将军小队**:作者自注“守戎陈君锦章在座”。小队,军队之称,宋制每三人结成一小队。

③**穿杨**:谓射箭能于远处命中杨柳的叶子,极言射技之精。语本《战国策·西周策》:“楚有养由基者,善射;去柳叶者百步而射之,百发百中。”所谓百步穿杨,本此。**对垒**:两军相持,交战。泛指双方竞争,相匹敌。此谓角艺。

④**失鹄(gǔ)**:谓没有射中箭靶。鹄,箭靶的中心。**酒盈杯**:罚酒一满杯。

⑤**日射**:太阳光的照射下。**雕弧劲**:强弓劲射。雕弧,雕弓。唐王维《少年行》之三:“一身能擘两雕弧,虏骑千重只似无。”

⑥**风翻**:江风吹动。**羯(jié)鼓催**:鼓声频催。羯鼓,古代打击乐器的一种。起源于印度,从西域传入,盛行于唐开元、天宝年间。唐温庭筠《华清宫》诗:“宫门深锁无人觉,半夜云中羯鼓声。”这两句描写角艺场竞技的气氛。

⑦**十三双贯扎**:射中目标。扎,铠甲上的防护叶片。句谓十三箭都连穿双甲。

⑧**“从此”句**:作者自注:“文山有题魁字祝词。”指文天祥手书的“魁”字,在山西平遥文庙大成殿后壁。按,“卜”字或作“小”,经查《白鹭洲书院志》为“卜”,意为料定。此句大意:箭箭都能穿靶,科举必定得中。

其　三

亭午开芳宴①，南薰拂绮筵②。
筒倾荷叶酒③，人倍竹林贤④。
冰馔分齑粥⑤，书声当管弦⑥。
宾僚欢永日⑦，风趣足流传⑧。

注　释

①**亭午**：正午。“亭”同“停”，日停于午也。晋孙绰《游天台山赋》：“尔乃羲和亭午，游气高褰。”**开芳宴**：举行华美的宴席。唐杜甫《同李太守登历下古城员外新亭》：“芳宴此时具，哀丝千古心。”

②**南薰**：本指《南风》歌。相传为虞舜所作，歌中有“南风之薰兮，可以解吾民之愠兮”等句。后借指南风。**绮筵**(qǐyán)：华丽丰盛的筵席。唐陈子昂《春夜别友人》之一：“银烛吐青烟，金樽对绮筵。”

③**“筒倾”句**：所谓荷叶酒，就是将酒倒在鲜绿的荷叶上，让酒吸收荷叶上的清香。喝时，将荷叶茎柄弄弯成“象鼻”状，再将荷叶弄破，让酒从荷叶的茎柄空心中流出，人直接在荷叶茎柄口喝酒。荷叶酒始于魏晋，盛于唐宋。苏东坡也是荷叶酒的爱好者，有《泛舟城南会者五人分韵赋诗》：“碧筒时作象鼻弯，白酒微带荷心苦。”说出了喝荷叶酒的奥秘。

④**竹林贤**：“竹林七贤。”魏晋之间陈留阮籍、谯郡嵇康、河内山涛、河南向秀、籍兄子咸、琅邪王戎、沛人刘伶相与友善，常宴集于竹林之下，时人号为“竹林七贤”。作者自注：“与宴共十四人。”故曰“人倍”。

⑤**冰馔**：清淡不俗的饮食。**齑**(jī)**粥**：加碎菜煮成的粥。

⑥**管弦**：管乐器与弦乐器，亦泛指乐器，或指管弦音乐。唐崔湜《奉和春日幸望春宫》：“庭际花飞锦绣合，枝间鸟啭管弦同。”

⑦**宾僚**：宾客和幕僚。宋陆游《除制司参议官谢赵都大启》：“摄郡垒之左

符，已逾素望；备宾僚之右席，复玷明恩。”**永日**：犹言整日。唐刘长卿《初到碧涧招明契上人》：“白云留永日，黄叶减余年。”

⑧**风趣**：情趣，风味。**足流传**：很值得传播。

其　四

林壑倏已暝[①]，晴波荡夕晖[②]。
鸢鱼涵妙趣[③]，风月豁新机[④]。
秋影云千仞[⑤]，天香桂一闱[⑥]。
勉承授餐意[⑦]，努力继前徽[⑧]。

注　释

①**林壑**：山林涧谷。南朝宋谢灵运《石壁精舍还湖中作》诗：“林壑敛暝色，云霞收夕霏。”**倏**(shū)：忽然。**暝**：暮也。

②**晴波**：阳光下的水波。**夕晖**：日暮前余晖映照，夕阳的光辉。

③**鸢鱼**：鸢飞鱼跃。《诗·大雅·旱麓》：“鸢飞戾天，鱼跃于渊。”后以“鸢飞鱼跃”谓万物各得其所。喻君子修德之乐。

④**风月**：清风明月，泛指美好的景色。**新机**：新的生机，新的精神。

⑤**秋影**：指秋月。宋辛弃疾《太常引·建康中秋夜为吕叔潜赋》：“一轮秋影转金波，飞镜又重磨。”句谓秋月在千丈高的云外。仞，长度单位，古七尺为仞。

⑥**天香**：芳香的美称，此指桂花香。**一闱**：一宫，指月宫。句意谓月中仙桂香满宫。

⑦**授餐**：给以饮食。语本《诗·郑风·缁衣》：“适子之馆兮，还，予授子之粲兮。”毛传：“粲，餐也。”作者自注：“以酒肴分宴诸生。”

⑧**前徽**：前人美好的德行。南朝宋颜延之《宋文皇帝元皇后哀策文》：“钦若皇姑，允迪前徽。”

李调元

李调元（1734—1803），字羹堂，号雨村，别署童山蠢翁，四川罗江县人。清代四川戏曲理论家、诗人。乾隆二十八年（1763）进士，历任翰林编修、广东学政、直隶通永道等职。因弹劾永平知府，得罪权臣和珅，遭诬陷，遣戍伊犁，至乾隆五十年（1785）方得以母老赎归，居家著述终老。著有《方言藻》《万善堂诗》《童山全集》《童山诗集》等。

题逢源堂

白鹭飞翚讲席崇[1]，輶轩暂过此观风[2]。
一林蕉雨分窗绿[3]，四面书灯映水红。
在昔伟人钟宋瑞[4]，即今太守得文翁[5]。
诸生幸际菁莪化[6]，休让当年甲第雄[7]。

题　解

白鹭洲书院独有的办学特色和突出的办学成绩名震朝野，常有各地官员、学者慕名来访。广东典试李调元慕名访问书院后写下这首诗，对白鹭洲书院优雅的学习环境做了“一林蕉雨分窗绿，四面书灯映水红”的描写。美妙的诗句和书院的盛名一起流传，使白鹭洲的蕉雨和书灯，成了古往今来多少庐陵学子的向往和回忆。逢源堂，即逢原堂，书院讲堂之一。见前朱廷基《逢原堂落成宴集四首》题解。

注释

①**飞翚(huī):**形容宫室壮美,如五彩斑斓的飞雉。翚,一种多彩的雉鸡。**讲席崇:**讲堂高大。指逢原堂。

②**輶轩(yóuxuān):**古代使臣乘坐的一种轻车。汉扬雄《答刘歆书》:"尝闻先代輶轩之使,奏籍之书皆藏于周秦之室。"**暂过:**短时间经过。**观风:**观赏风光。宋王安石《见远亭》:"观风南国最,应宿紫宸班。"

③**分窗绿:**谓多个书窗都能分得雨中芭蕉的翠绿色。

④**钟宋瑞:**独尊宋瑞。宋瑞,文天祥字。文天祥是白鹭洲书院的及门弟子。

⑤**文翁:**人名。汉代蜀郡太守,古代重视教育的典型。详前张暧《鹭洲书院》注释。此处借喻当时的吉安知府卢崧修建逢原堂有功绩。

⑥**幸际:**幸逢,有幸遇到。**菁莪化:**乐育贤材的教化。《诗·小雅·菁菁者莪序》:"《菁菁者莪》,乐育材也,君子能长育人材,则天下喜乐之矣。"后因以"菁莪"指育材。

⑦**"休让"句:**莫让当年的甲第独雄于前。**甲第:**科举考试中的第一等,明清时称进士。《二刻拍案惊奇》卷三:"他自登甲等,在京师为官,一载有余。"

王懿修

王懿修(1736—1816),字仲美,安徽青阳人。乾隆三十一年(1766)进士。历官内阁学士、左都御史、礼部尚书管户部三库事。乾隆中供职上书房,教庆郡王永璘读书。先后主持会试及陕西、广东、江西乡试;督广西、湖北、顺天学政;充上书房总师傅。嘉庆二十一年(1816)卒。谥文僖。

题逢原堂四首

其一

胜绝东南郡①,香城甲第联②。
大江自文薮③,旧业本书田④。
弦诵诸生集⑤,风流太守贤⑥。
作人成雅化⑦,吏治复昭宣⑧。

题解

这组诗是作者在主持广东乡试期间,访问白鹭洲书院所作。和李调元一样,吟咏对象也是逢原堂。

注释

①**胜绝**：绝妙。唐薛用弱《集异记·崔商》："江滨有溪洞，林木胜绝，商因杖策徐步，穷幽深入。"**东南郡**：指处于东南地区的行政区域，此指吉安府。

②**香城**：庐陵有香城山，下为胡铨故居。**甲第**：科举考试中的甲等，明清时称进士。**联**：联接不断。

③**文薮**：文章或文人聚集之处。薮，渊薮。渊，鱼聚之处；薮，兽聚之处。泛指人和事物集聚的地方。

④**旧业**：先人的事业。**书田**：以耕田比喻读书，故称书为"书田"。宋王迈《送族侄千里归漳浦》诗："愿子继自今，书田勤种播。"

⑤**弦诵**：弦歌诵读。**诸生**：明清两代称已入学的生员，泛指众弟子。

⑥**风流太守**：杰出不凡的知府。宋刘敞《送张苏州》："吴中事事皆奇胜，还见风流太守诗。"此指吉安知府卢崧。

⑦**作人**：《诗·大雅·棫朴》："周王寿考，遐不作人。"孔颖达疏："作人者，变旧造新之辞。"后因称任用和造就人才为"作人"。**雅化**：纯正的教化。《晋书·华谭传》："刑罚悬而不用，律令存而无施，适足以隆太平之雅化，飞仁风于无外矣。"

⑧**吏治**：官吏的作风和治绩。**昭宣**：明宣，大力宣扬。南朝宋谢灵运《撰征赋》："降俊明以镜鉴，回风猷以昭宣。"

其　二

白鹭芳洲曲[①]，邮程得暂寻[②]。
半江浮小艇[③]，一径入疏林[④]。
绛帐推前辈[⑤]，青袍话素心[⑥]。
庭阶森玉树[⑦]，栽种早成荫。

注　释

①**芳洲**：芳草丛生的小洲。《楚辞·九歌·湘君》："采芳洲兮杜若，将以遗兮下女。"**曲**：河湾。

②**邮程**：驿道，驿路，泛指旅程。**寻**：幽寻，寻觅幽雅的胜境。唐韩愈《县斋读书》："青竹时默钓，白云日幽寻。"

③**半江**：谓江中。唐白居易《三月三日》："欲作闲游无好伴，半江惆怅却回船。"**小艇**：小型轻快的帆船。

④**疏林**：稀疏的林木。这两句写乘小船渡水登洲。

⑤**绛帐**：《后汉书·马融传》："融才高博洽，为世通儒，教养诸生，常有千数……居宇器服，多存侈饰。常坐高堂，施绛纱帐，前授生徒，后列女乐，弟子以次相传，鲜有入其室者。"后因以"绛帐"为师门、讲席之敬称。**推**：推崇。

⑥**青袍**：青色的袍子，学子所穿之服。借指学子，亦借指寒士。唐李商隐《泪》："朝来灞水桥边问，未抵青袍送玉珂。"**素心**：本心，素愿，纯洁的心地。此指本心。南朝梁江淹《杂体诗·效陶潜〈田居〉》："但愿桑麻成，蚕月得纺绩。素心正如此，开径望三益。"

⑦**玉树**：美丽的树，称美佳子弟。唐杜甫《题柏大兄弟山居屋壁》诗之一："叔父朱门贵，郎君玉树高。"此喻书院生员。**森**：茂密。

其　三

卜筑蓬瀛岛①，仙宫次第成②。
荠盐书味足③，泉石道心生④。
桐月吟窗白⑤，荷风讲幄清⑥。
执经十年事⑦，辛苦倍关情⑧。

注 释

①**卜筑**:择地建筑。**蓬瀛**:蓬莱和瀛洲。神山名,相传为仙人所居之处。亦泛指仙境,此指白鹭洲。

②**仙宫**:仙人的宫殿,此指书院的学宫。**次第成**:依次建成。

③**荠盐**:又作"齑盐",腌菜和盐。借指素食,指清贫生活。宋叶适《待制汤公挽词》:"缫藉知良玉,齑盐是大儒。"**书味**:书中的韵味。宋陆游《晚兴》诗:"客散茶甘留舌本,睡余书味在胸中。"

④**泉石**:指山水。宋杨万里《送刘惠卿》:"旧病诗狂与酒狂,新来泉石又膏肓。"**道心**:悟道之心。

⑤**吟窗**:诗人居室的窗户,此指书窗。唐岑参《送杨录事充使》诗:"使乎仍未醉,斜月隐吟窗。"此句写书生夜读的情景。

⑥**讲幄**:讲帐,泛指讲坛。明李贽《定林庵记》:"今天下冠冕之士,俨然而登讲帷,口谈仁义,手挥麈尾,可谓尊且贵矣,而能自贵者谁欤!"此句写先生讲课的情景。

⑦**执经**:手持经书,谓从师受业。句谓十年的学习生活,所谓"十年寒窗"之意。

⑧**"辛苦"句**:谓作者最关情者是学生的苦读生活。**关情**:关心而牵动情怀。

其 四

乍眺云章阁①,旋韶又倏过②。
文章标正始③,岁月戒蹉跎④。
大冶金徒铸⑤,他山玉自磨⑥。
归期重问讯⑦,花榜得人多⑧。

注　释

①**乍眺**：初次远望。明黎邦瑊《陈勋卿邀游龙津园分赋》："渐看霞色晚，乍眺月华新。"

②**旋轺**：回车。轺(yáo)，古代轻便的小马车。**倏(shū)过**：快速经过。

③**正始**：合乎礼仪、法则之始。明王世贞《戴伯常锦衣携酒萧祠贻诗见赠未能报访聊抒此答》："一代文章谁正始，百年樽俎见名流。"

④**蹉跎**：虚度光阴。南朝齐谢朓《和王长史卧病》："日与岁眇邈，归恨积蹉跎。"

⑤**大冶铸金**：大冶，古称技术精湛的铸造金属器的工匠。铸金，指以铜、锡等金属铸物。《庄子·大宗师》："今之大冶铸金，金踊跃曰：'我且必为镆铘。'大冶必以为不祥之金。"

⑥**他山玉**：《诗·小雅·鹤鸣》："他山之石，可以攻玉。"别的山上面的石头坚硬，可以琢磨玉器。喻指可以借鉴的东西。

⑦**归期**：归来的日期。唐李商隐《夜雨寄北》诗："君问归期未有期，巴山夜雨涨秋池。"

⑧**花榜**：此指科举时代考试揭晓的告示。元末明初李昱《橙川四咏·其三梅航读月》："百花榜上魁名在，要借嫦娥一寸光。"

孔兴浙

孔兴浙，字晴江，浙江钱塘人，进士，乾隆十五年（1750）任兴国知县，后调靖安县。约乾隆二十年（1755）被聘为白鹭洲书院山长，主讲六年，著有《鹭洲集》。

次前韵

大中过化足千秋[①]，潋水螺川两地侔[②]。
台榭当年思复古[③]，羹墙今日尚风流[④]。
浴沂亭外沙鸥舞[⑤]，玩月楼前翠岫浮[⑥]。
俯仰典型真不朽[⑦]，摩挲石刻费冥搜[⑧]。

题　解

次韵，即步韵，详前万一贯《步甘雨韵》题解。次前韵，就是依照前面诗所用的韵字并按其次序写诗。世传次韵始于白居易、元稹。此诗即步汪𤩽《白鹭洲怀古》的原韵。

注　释

①**大中：**人名。程大中，即程珦（xiàng）（1006—1090），字伯温，旧名温，字君玉，既登朝，改后名。河南府伊川县人。程珦是北宋理学大师程颢、程颐之父。历任黄州黄陂县、吉州庐陵县县尉。后又升任龚州、磁州、汉州等州知州。官至

太中大夫。**过化**：即“所经历之处，人无不化”，谓经过其地而教化其民。语出《孟子·尽心上》：“夫君子所过者化。”亦指做地方官。作者于诗末自注：“程大中尝尉庐陵，宰兴国。”

②**潋(liàn)水**：兴国水名，指代兴国。**螺川**：赣江流经吉安一段的俗称，代指吉安。**侔(móu)**：等同。

③**台榭**：台和榭(台上房屋)，亦泛指楼台等建筑物。**复古**：恢复旧的制度、习俗等。《诗·小雅·车攻序》：“《车攻》，宣王复古也。”

④**羹墙**：《后汉书·李固传》：“昔尧殂之后，舜仰慕三年，坐则见尧于墙，食则睹尧于羹。”后以“羹墙”为追念前辈或仰慕圣贤的意思。**尚风流**：尊崇先人的遗风。尚，尊崇之意。

⑤**浴沂(yùyí)亭**：白鹭洲书院古迹之一。**沙鸥**：栖息于沙滩、沙洲上的鸥鸟。唐孟浩然《夜泊宣城界》：“离家复水宿，相伴赖沙鸥。”

⑥**玩月楼**：指风月楼，鹭洲楼阁名，在洲之北端，今犹存。**翠岫(xiù)**：碧翠的峰峦。

⑦**俯仰**：低头和抬头，此处偏义于仰，仰慕。**典型**：典范。

⑧**摩挲石刻**：抚摩石碑，吟弄前人的事迹。**费冥搜**：费心深入探讨。冥，穷高极深。

鹭洲即事

水绕沙堤碧草芊①，春光流转鸟声先②。
神山添翠逢新霁③，字水传薪愧昔贤④。
半榻青藜江外寄⑤，一帘红雨日中鲜⑥。
融融户牖含生意⑦，云阁重开道味研⑧。

题 解

这是一首以眼前事物为题材的诗，叫即事诗。感事之作多以即事命题，“即事”二字多用为诗词题目。如唐杜甫《草堂即事》诗，宋辛弃疾《清平乐·博山道中即事》等词。

注 释

①**芊**：草木茂盛。《列子·力命》：“美哉国乎，郁郁芊芊。”

②**流转**：运行变迁。唐杜甫《曲江》诗之二：“传语风光共流转，暂时相赏莫相违。”

③**神山**：神冈山，在吉安城南端。据《（光绪）吉安府志》卷二《地理志》：“一名城冈，在城南十里，旧名翠峰。有惠佑庙，祀陈太守刘竺。又有西台寺及云亭。”**新霁**：雨后初晴。战国楚宋玉《高唐赋》：“遇天雨之新霁兮，观百谷之俱集。”

④**字水**：赣江至庐陵下流，与永丰河两水交合如“文”字，故名“文水”，亦曰“字水”。吉水乡贤解缙曾题作《赋得字水成文送子鲁》诗。**传薪**：传火于薪，前薪尽而火又传于后薪，火种传续不绝。语出《庄子·养生主》：“指穷于为薪，火传也，不知其尽也。”比喻师生递相授受。按，这里的“神山、字水”也是对优雅山水的美称。

⑤**半榻青檠**：指月光。青檠（qíng），青灯架，代指灯光。

⑥**红雨**：谓桃花雨。唐李贺《将进酒》：“况是青春日将暮，桃花乱落如红雨。”“红雨”又喻落花缤纷。

⑦**户牖（yǒu）**：门窗。《老子》：“凿户牖以为室，当其无，有室之用。”

⑧**云阁**：指云章阁。**道味研**：意味深永。研，精也，深永之意。

万竹亭怀古

其　一

用许丁卯“疏影月移壁，寒声风满堂”为韵十首

晴皋木叶下[①]，偶步出庭除[②]。
鸟过山容寂[③]，风来竹影疏。
古坪堪小憩[④]，旧迹怅成墟[⑤]。
记得黄梅守[⑥]，曾留君子居。

题　解

这一组诗共十首，以唐朝诗人许浑（因以“丁卯”名其诗集，人称“许丁卯”）《秋日众哲馆对竹》中颔联“疏影月移壁，寒声风满堂”的十个字所在韵部，每首用一韵所作。组诗与原诗都以咏竹为主题。万竹亭，白鹭洲书院古建筑之一。据《白鹭洲书院志》载：云章阁后平台，向植丛篠无数，构亭于中，名曰“万竹”。怀古：思念古代的人和事。

注　释

①这首诗所用的韵是“疏影月移壁，寒声风满堂”十字中“疏”字所在的鱼韵。**晴皋**：晴天下的江边地。皋，水旁陆地。**木叶下**：树叶落下。《楚辞·九歌·湘夫人》：“嫋嫋兮秋风，洞庭波兮木叶下。”

②**庭除**：庭阶，庭院。除，建筑的台阶。唐袁郊《甘泽谣·红线》：“时夜将传，辕门已闭。杖策庭除，唯红线从行。”

③**山容**：山的姿容。唐元稹《和乐天重题别东楼》：“山容水态使君知，楼上从容万状移。”

④**小憩**：短暂休息。宋朴子文《大涤洞天留题》：“倦游恬小憩，借我幽榻

眠。”

⑤**旧迹**:陈迹,遗迹。唐杜甫《越王楼歌》:“君王旧迹今人赏,转见千秋万古情。”

⑥**黄梅守**:指明万历年间重建白鹭洲书院的吉安知府汪可受,汪是湖北黄梅人。

其　二

翠篠绕精庐[①],一亭清昼影[②]。
刻竹寄遥吟[③],吸泉羞短绠[④]。
五贤志可师[⑤],六逸行堪景[⑥]。
借问此君来[⑦],清流最谁警[⑧]。

注　释

①这首诗所用的韵是“疏影月移壁,寒声风满堂”十字中“影”字所在的梗韵。**翠篠**:绿色细竹。篠,细竹子。唐杜甫《狂夫》诗:“风含翠篠娟娟静,雨裛红蕖冉冉香。”**精庐**:指书院学舍,古称学舍为精庐,意为精研学术之地。《后汉书·姜肱传》:“盗闻而感悔,后乃就精庐,求见征君。”

②**清昼**:白天。句谓白天也是满亭竹影,状亭阴清凉。

③**“刻竹”句**:谓刻竹题诗,可传于长远。寄。传也。宋林逋《村居书事兼简陈贤良》:“穿云寄药多山叟,刻竹留诗半野僧。”

④**吸泉**:汲水。**短绠**:绠,汲水用具的绳索。短绠,常比喻才识浅陋。《荀子·荣辱》:“短绠不可以汲深井之泉,知不几者不可与及圣人之言。”

⑤**五贤**:白鹭洲书院原有“五贤侯祠”,供祀明代吉安太守陈本深、张本、伍文定、张振之,宋代泰和县令黄庭坚。贤侯,有美德的地方官,古称州牧亦曰侯。**志可师**:志向值得学习。

⑥**六逸**:指书院"六君子祠"中供奉的宋代六个理学大师:程颐、程颢、周敦颐、张载、邵雍、朱熹。**行堪景**:德行值得景仰。

⑦**借问**:古诗中常见的假设性问语。一般用于上句,下句即作者自答。晋陶潜《悲从弟仲德》:"借问为谁悲? 怀人在九冥。"**此君**:指竹。《晋书·王徽之传》:"(徽之)尝寄居空宅中,便令种竹。或问其故,徽之但啸咏指竹曰:'何可一日无此君邪!'"后因作竹的代称。来,助词,无实意。

⑧**清流**:清澈的流水。喻指德行高洁负有名望的士大夫。《三国志·魏志·桓阶陈群等传评》:"陈群动仗名义,有清流雅望。"此指五贤六逸。**最谁警**:谁的言行最使人警策,最能策励人的意思。

其　三

我爱青琅玕①,还宜共明月②。
萧萧江畔芦③,洒洒苍崖发④。
天玉澹归帆⑤,白沙埋断碣⑥。
把酒欲临风⑦,幽情更重发⑧。

注　释

①这首诗所用的韵是"疏影月移壁,寒声风满堂"十字中"月"字所在的月韵。**青琅玕(lánggān)**:本是一种青色似珠玉的美石,孔雀石的一种,又名绿青。古人用以喻竹,谓竹子青碧如玉。唐皮日休《太湖诗·上真观》:"琪树夹一径,万条青琅玕。"

②**"还宜"句**:大意为月下观竹是最有诗情画意的。

③**萧萧**:象声词,此处形容芦苇摇摆的声音。

④**洒洒**:寒冷貌。元萨都剌《云际感兴》诗:"风露洒洒生秋寒,飞泉落涧声潺湲。"**苍崖发**:石发,生于水边石上的苔藻。《初学记》卷二七引晋周处《风土

记》:“石发,水苔也,青绿色,皆生于石也。”又,石发是麦冬的别名,鹭洲河岸有野生麦冬。这两句意思:江边芦苇,萧萧作响;岸上石发,洒洒生寒。

⑤**天玉**:山名,原名天狱。指吉安河东天狱峰,因山体中空,能锁镇奸宄,又名“鬼监”。现名天玉,与白鹭洲隔江相望。**澹归帆**:谓青山映衬得归帆的颜色更淡。

⑥**白沙**:白色的沙滩。**断碣**:断裂残缺的石碑。

⑦**把酒临风**:即举起酒杯迎风而饮。宋范仲淹《岳阳楼记》:“登斯楼也,则有心旷神怡,宠辱偕忘,把酒临风,其喜洋洋者矣。”

⑧**幽情**:深远或高雅的情思。句意化用汉班固《西都赋》:“摅怀旧之蓄念,发思古之幽情。”按,本诗用了两个“发”字做韵脚,但它们不是同一个字,意思也不一样,前一个“发”是名词,如“头发”;后一个是动词,如“发生”。繁体字的写法也完全不同。

其　四

一幅迂倪画[①],尘心到此移[②]。

竹林僧咫尺[③],篔谷路岖崎[④]。

解倩坡仙笔[⑤],能传与可诗[⑥]。

图成添别筑[⑦],樵水我偏宜[⑧]。

注　释

①这首诗所用的韵是“疏影月移壁,寒声风满堂”十字中“移”字所在的支韵。**迂倪**:元代画家倪瓒,性迂而好洁,人称“迂倪”。倪瓒擅画山水、墨竹,其墨竹偃仰有姿,寥寥数笔,逸气横生。

②**尘心**:指凡俗之心,名利之念。宋梅尧臣《送昙颖上人往庐山》诗:“尘心古难洗,瀑布垂秋虹。”

③**竹林僧**：晋孙绰撰《僧史》，以七人配德三国魏嵇康、阮籍等竹林七贤，号竹林七僧，后以“竹林贤”泛指幽居寺庙的僧人。**咫尺**：周制八寸为咫，十寸为尺。形容距离近。

④**筼谷**：即筼筜谷（yúndānggǔ），在陕西洋县洋洲。因谷中多产竹，故称。筼筜是一种皮薄、节长而竿高的竹子。**岖攲（qūqī）**：形容山路不平。

⑤**倩**：借。**坡仙**：宋苏轼号东坡居士，文才盖世，仰慕者称之为“坡仙”。苏轼很喜爱竹子，其《於潜僧绿筠轩》云：“宁可食无肉，不可居无竹。无肉令人瘦，无竹令人俗。人瘦尚可肥，士俗不可医。”

⑥**与可**：文同（1018—1079），字与可，号笑笑居士、笑笑先生，人称石室先生。北宋梓州梓潼郡永泰县（今属四川绵阳市盐亭县）人。著名画家、诗人。与苏轼是表兄弟，以学名世，擅诗文书画。文同主张画竹时必先有“成竹在胸”，善于以墨色深浅描绘竹子远近、向背。画家米芾称赞他“以墨深为面，淡为背，自与可始也”。开创了墨竹画法的新局面。

⑦**别筑**：另建的房屋，别墅。明林鸿《送惠师归东山别业》：“远公飞锡出人寰，别筑精蓝俯碧湾。”

⑧**樵水**：山樵水钓。进山砍柴，临水钓鱼，指安逸的生活。**偏宜**：最宜，特别合适。前蜀李珣《浣溪沙》词：“入夏偏宜澹薄妆，越罗衣褪郁金黄。”

其　五

结屋一江中①，东倚千层壁②。
淇水赋悠悠③，风人怀簻簻④。
贤哉复古心⑤，树此兴贤的⑥。
冉冉绿云升⑦，余阴覆阶墄⑧。

注　释

①这首诗所用的韵是“疏影月移壁，寒声风满堂”十字中“壁”字所在的锡韵。**结屋**：构筑屋舍。明李东阳《与李中舍应正同饮》诗：“读书金华郡，结屋齐山村。”句谓白鹭洲书院建在江中的洲渚上。

②**“东倚”句**：赣江东岸可见高耸入云的天玉峰。

③**淇水**：水名，在今河南淇县。“淇园”是西周时卫国的竹园，位于“淇奥（yù）”（奥，水之曲岸），是我国古代著名的三大产竹基地之一（还有渭川、南山）。由于《诗经》中的《淇奥》篇首开先河，歌咏淇园的竹子“瞻彼淇奥，绿竹猗猗……绿竹青青……绿竹如箦”，之后，历代古诗赋中咏及淇竹的诗句很多，故云“赋悠悠”。

④**风人**：诗人。《文选·曹植〈求通亲亲表〉》：“是以雍雍穆穆，风人咏之。”籊籊（tì）：形容竹子长而尖削貌。《诗·卫风·竹竿》：“籊籊竹竿，以钓于淇。岂不尔思，远莫致之。泉源在左，淇水在右。女子有行，远父母兄弟。”记录了远嫁女子的思念情怀。

⑤**复古**：恢复旧的制度、习俗等。按，白鹭洲旧有“复古亭”。

⑥**兴贤**：发扬贤德。《晋书·戴逵传》：“且儒家尚誉者，本以兴贤也。”**的**：标杆。按，吉安古城兴贤门外白鹭洲对岸有兴贤渡，为白鹭洲渡口，俗称南门渡。

⑦**绿云**：绿色的云彩，此喻竹叶。

⑧**余阴**：指竹阴。**阶墄（qī）**：台阶。宋苏舜钦《感兴三首·其一》：“阶墄扣以金，墙壁衣之黼。”

其　六

山水年年惯，开怀不厌看。
敲冰风摆雪①，涤暑坐生寒②。
况味思鸿渐③，蹉跎似懒残④。
独怜芳草际⑤，载酒问江干⑥。

注　释

①这首诗所用的韵是“疏影月移壁，寒声风满堂”十字中“寒”字所在的寒韵。“敲冰”句：描写冬天竹的姿态。

②**涤暑**：消暑。隋末唐初虞世南《奉和月夜观星应令》：“清风涤暑气，零露净嚣尘。”“涤暑”句描写夏天观竹的感受。

③**况味**：景况和情味。宋范仲淹《与工部同年书》：“工部同年，近日况味如何？须是以道自乐。”**鸿渐**：谓鸿鹄飞翔从低到高，循序渐进。晋潘岳《西征赋》：“振鹭于飞，凫跃鸿渐，乘云颉颃，随波澹淡。”比喻仕进于朝的贤人。《后汉书·蔡邕传》：“君臣穆穆，守之以平，济济多士，端委缙綖，鸿渐盈阶，振鹭充庭。”

④**蹉跎**：虚度光阴。南朝齐谢朓《和王长史卧病》：“日与岁眇邈，归恨积蹉跎。”**似懒残**：衰残。宋杨万里《秋凉晚酌》诗：“寄老山林度懒残，新秋又是一年年。”又，懒残僧，晚唐袁郊撰传奇小说《甘泽谣》中的人物。懒残是唐代天宝初年在衡岳寺干杂役的僧人，名明攒。别人吃完饭走了，他就收拾剩饭残汤吃，因为生性懒惰又捡残饭吃，所以称他为懒残。

⑤**独怜**：特别喜爱。唐韦应物《滁州西涧》诗：“独怜幽草涧边生，上有黄鹂深树鸣。”

⑥**载酒**：携酒，带着酒。唐刘长卿《听笛歌别郑协律》：“旧游怜我长沙谪，载酒沙头送迁客。”**江干**：江边，江岸。南朝梁范云《之零陵郡次新亭》诗：“江干远树浮，天末孤烟起。”

其　七

晓露青苔滑，林间静鸟声。
弋人何所慕①，海上故忘情②。
但借桐阴集③，还依竹韵清④。
几年曾结实⑤，于此报生平。

注　释

①这首诗所用的韵是“疏影月移壁，寒声风满堂”十字中“声”字所在的庚韵。**弋(yì)人何所慕**：用“弋人空慕”意思。**弋人**：射猎的人。大雁飞向远空，猎人没法得到。比喻隐者远走高飞，全身避害。或比喻隐者的高远踪迹。元陶宗仪《南村辍耕录·论秦蜀》：“不然如两生、四皓、伏生之流，鸿飞冥冥，弋人何慕，肯摇唇鼓吻，自投于陷阱哉！”

②**忘情**：无喜怒哀乐之情，引申为感情上不受牵挂。清蒲松龄《聊斋志异·青凤》：“生失望，乃辞叟出，而心萦萦，不能忘情于青凤也。”

③**桐阴**：梧桐树阴。唐李颀《送陈章甫》：“四月南风大麦黄，枣花未落桐阴长。”

④**竹韵**：指风吹竹子而形成的特有声音。唐许浑《奉命和后池十韵》：“野桥从浪没，轻舸信风移。竹韵迁棋局，松阴递酒卮。”

⑤**结实**：结出果实或种子。竹子结出的籽叫“竹米”，可食用。

其　八

苍筤原不改①，柯叶自春风②。
片玉来昆圃③，浮筠出阆中④。
心通异地合，节挺百年同⑤。
移向芳洲后⑥，何妨并化工⑦。

注　释

①这首诗所用的韵是“疏影月移壁，寒声风满堂”十字中“风”字所在的东韵。**苍筤(cānglánɡ)**：青色。多指竹。《易·说卦》：“为苍筤竹。”孔颖达疏：“竹初生之时，色苍筤，取其春生之美也。”

②**柯叶**：枝叶。汉班固《幽通赋》：“形气发于根柢兮，柯叶汇而灵茂。”

③**片玉**：亦作“昆山片玉”。《晋书·郤诜传》：“诜对曰：‘臣举贤良对策，为天下第一，犹桂林之一枝，昆山之片玉。’”后因以“昆山片玉”喻珍贵稀有之物或赞美人才难得而可贵。**昆圃**：《楚辞·天问》：“昆仑县圃，其居安在？”县圃，也称弦蒲、弦圃或玄圃，在昆仑山之上，传说为神仙所居之地。后以“昆圃”为“昆仑县圃”的省称。元钱惟善《奉和太常博士柳公浦阳十咏·昭灵仙迹》：“仙驭时随青鸟去，定陪昆圃宴群真。”

④**浮筠(fúyún)**：玉的彩色，亦以指竹。唐陆龟蒙《双吹管》诗：“长短截浮筠，参差作飞凤。”**阆中**：阆苑之中，为神仙所居，与“昆圃”相对成文。

⑤**节挺**：犹“挺节”，坚守节操。《新唐书·文艺传上·杜甫传论》：“数尝寇乱，挺节无所污。”

⑥**芳洲**：指白鹭洲。

⑦**化工**：指自然的造化者。语本汉贾谊《鹏鸟赋》：“且夫天地为炉兮，造化为工。”亦指自然形成的工巧。清陈廷焯《白雨斋词话》卷七：“方回笔墨之妙，真乃一片化工。”

其　九

苦竹路傍生①，未能中肯綮②。
甜笋为买邻③，方当事编篡④。
偶记益国言⑤，此地金相满⑥。
玉版许常参⑦，菜荠自可断⑧。

注　释

①这首诗所用的韵是“疏影月移壁，寒声风满堂”十字中“满”字所在的旱韵。**苦竹**：又名伞柄竹，禾本科。秆圆筒形，高达四米。箨鞘细长三角形，箨叶披针形。笋有苦味，不能食用。茎可做造纸原料和制伞柄、笔管等。唐李白《劳劳

亭》:“苦竹寒声动秋月,独宿空帘归梦长。”**路傍**:即路旁,“傍”古同“旁”。

②**中肯綮(kuǎn)**:恰中肯綮。肯綮,骨肉空隙处。谓分解骨肉时,解刀正好导行于骨肉空隙处。比喻十分准确。此处“未能中肯綮”说的是实心苦竹,綮,空也。

③**买邻**:谓择邻而居。《南史·吕僧珍传》:“初,宋季雅罢南康郡,市宅居僧珍宅侧。僧珍问宅价,曰‘一千一百万’。怪其贵,季雅曰:‘一百万买宅,千万买邻。’”

④**方当**:犹将要,会当。**编纂**:编写纂集。

⑤**益国**:周必大封爵益国公。南宋洪迈《容斋随笔》载:孝宗皇帝问周必大家乡特产,周答曰:“金柑玉版笋,银杏水晶葱。”

⑥**金相**:犹“金相玉质”,比喻完美的品质。《诗·大雅·棫朴》:“追琢其章,金玉其相。勉勉我王,纲纪四方。”此指竹。句谓这里到处种满了外表和内质俱美的竹子。

⑦**玉版**:笋的别名。此指玉版笋,即淡笋干。原产江西吉安,因皮色洁白如玉得名。明李时珍《本草纲目·菜二·竹笋》:“南人淡干者为玉版笋、明笋、火笋,盐曝者为盐笋,并可为蔬食也。”据《吉安府志》载:“玉版笋出白鹭洲。”又,古代大臣上朝时拿在手中的笏板,又称玉板。**常参**:群臣每日于前殿朝见皇帝,称常参。泛指定期入朝为常参。

⑧**“菜荠”句**:用“粟粥荠菜”典,比喻生活虽然清苦却自得其乐。宋范仲淹,少与友人在长白山僧舍修学,惟煮粟米二升作粥,一器盛之,经宿遂凝,刀割为四块。早晚取二块,断荠菜十数茎于盂,暖而啖之。如此者三年,后登进士,为兵部尚书,谥文正。**菜荠**:蔬菜名,有些地方把菜心叫菜荠。按,尾联寓意要想成为国之栋梁,就必须先能耐得住寒窗苦读的清苦。

其　十

雒诵躭潜室①，清吟爱草堂②。
一时供啸咏③，千古寄�④。

倚竹裁新句⑤，临流写碧芳⑥。
依依数竿在⑦，终日忆潇湘⑧。

注　释

①这首诗所用的韵是"疏影月移壁，寒声风满堂"十字中"堂"字所在的阳韵。**雒诵**：反复诵读。雒，通"络"。清戴名世《〈方百川稿〉序》："得尽读两人之文，往往循环雒诵，不忍释去。"**躭**：耽着，迷恋。**潜室**：深室。

②**清吟**：清美的吟哦，清雅地吟诵。**草堂**：茅草盖的堂屋。旧时文人常以"草堂"名其所居，以标风操之高雅。唐杜甫《狂夫》诗："万里桥西一草堂，百花潭水即沧浪。"

③**啸咏**：犹歌咏。宋苏轼《与张朝请书》之三："新春海上啸咏之余，有足乐者。"

④**筠篁**：丛竹。北魏郦道元《水经注 · 清水》："又径七贤祠东，左右筠篁列植，冬夏不变贞萋。"两句意谓：潜室、草堂可供一时之啸咏，竹林可作长远之寄托。

⑤**裁新句**：写作新的诗句。裁句即裁诗，作诗。唐杜甫《江亭》诗："故林归未得，排闷强裁诗。"

⑥**碧芳**：竹子的绿叶。代指美景。

⑦**依依**：轻柔披拂貌。《诗 · 小雅 · 采薇》："昔我往矣，杨柳依依；今我来思，雨雪霏霏。"此处形容竹子。

⑧**潇湘**：湘江因水清深，故名。暗指湘妃竹。晋张华《博物志》卷八："尧之二女，舜之二妃，曰湘夫人，帝崩，二妃啼，以涕挥竹，竹尽斑。"妃死为湘水神，故

称斑竹为湘妃竹。末二句意为几根轻柔细竹，柔情依依，似整天在怀念潇湘的湘妃竹。

白鹭洲书院杂韵

兴贤渡

洲在水中央，往来皆以船。设渡子一名，官给其廪。春夏汪洋无际，驾船最危，每相戒不轻出入，亦所以恤役夫也。水涸之时，固不需航，径步软沙，可达城隅。诗曰：

层楼倚青壁①，官渡傍金牛②。
莫作容刀玩③，乘虚得自由④。

题 解

这一组诗共十七题，吟咏白鹭洲上十七个古迹或景点。每一题之前都有小序，对该古迹或景点做了言简意赅的介绍，为后人留下了宝贵的历史文物资料。兴贤渡：渡口名，在古城兴贤门外，故名。古为通往白鹭洲之要津，俗称南门渡。

注 释

①**层楼**：高楼。此指渡口旁金牛寺的庙宇。**青壁**：青色的山壁。《晋书·隐逸传·宋纤》："（马岌）铭诗于石壁曰：'丹崖百丈，青壁万寻。'"

②**官渡**：官设的渡口。唐韩愈《木芙蓉》诗："采江官渡晚，搴木古祠空。"**金牛**：渡旁有金牛寺，今不存。还有一泉曰金牛泉，今仍有遗迹。

③**容刀**：指小船。《诗·卫风·河广》："谁谓河广，曾不容刀。"郑玄笺："不容刀，亦喻狭。小船曰刀。"玩，去声，翰韵。

④**乘虚**：在干涸的沙滩上行走。"虚"同"墟"。

鹭　池

丹林内环鹭池，池为半月形，修可六丈，横倍有余，深一丈许。平桥石栏，桥之阴为洞五。周围垩以三和沙土，可以注水，日久渗壤，水不能潴。诗曰：

泉深思有本①，水落竟如何②。
欲振于飞鹭③，涟漪漾此波④。

题　解

鹭池：即白鹭洲书院大门前的泮池。古代学宫前有泮池，半月形，又称半月池，它是官学的标志。白鹭洲泮池，又名鹭池，始建于宋淳祐元年（1241），历代重修，保存完好，可以潴水。在中山院前。

注　释

①**思有本**：思有源。水之本，即水之源。

②**水落**：水位下降。作者作此诗时“日久渗壤，水不能潴”。潴（zhū），蓄水。

③**欲振于飞鹭**：欲使白鹭群飞。《诗·周颂·振鹭》：“振鹭于飞，于彼西雍。”振，群飞貌。于，语气词，无义。

④**涟漪**：水面波纹，微波。《诗·魏风·伐檀》：“坎坎伐檀兮，置之河之干兮，河水清且涟猗。”**漾此波**：谓池中波光荡漾。

赐额门

门临鹭池，相距咫尺。上有宋理宗书“白鹭洲书院”五个大字，字甚遒逸。屡经俗手重镌，迹非其旧。左右坊有联曰：“智水仁山，日日当前呈道体；礼门义路，人人于此见天心。”则太守赵士骥所题也。履兹地而心竦然。於呼，遗泽洵远矣。诗曰：

青莲居士句①，飞白至尊书②。
妙与文江合③，神窥意肃如④。
入门先起敬⑤，凮藻映纱帷⑥。
不是斫轮者⑦，至今字欲飞⑧。

题解

赐额门，原书院大门，门额有宋理宗亲笔题词“白鹭洲书院”，故名。理宗题词今已不存，现书院门额是全国人大常委会原副委员长周谷城所题。原两坊对联为康熙间吉安知府赵士骥所题。赵士骥，字冀北，一字秀良，号瞿庵。河南永城人。康熙二十一年（1682）进士，授江南临淮知县，荐为吏部员外郎，升郎中，充北直同考官，康熙四十八年（1709）任吉安知府。治郡三年，以卓异皇清诰授朝议大夫，吏部验封司郎中，加贰级应授中宪大夫，分巡道按察使司副使。

注释

①**青莲居士**：唐代诗人李白的别号。**句**：指李白“二水中分白鹭洲”诗句，这里指门额上“白鹭洲”三字与李白诗句有缘。

②**飞白**：亦作“飞白书”，一种特殊的书法。相传东汉灵帝时修饰鸿都门，匠人用刷白粉的帚写字，蔡邕见后，归作“飞白书”。这种书法，笔画中丝丝露白，像枯笔所写。汉魏宫阙题字，曾广泛采用。这里用来称美门额上的五个大字。**至尊**：最尊贵，最崇高。指理宗皇帝。

③**文江**：此指“文江字水”，句谓御书笔法之妙正与文江的流畅奔逸一致。

④**神窥**：运用神念，窥探人和事物。**肃如**：犹肃然，恭敬整饬貌。汉扬雄《法言·渊骞》：“仲元，世之师也，见其貌者，肃如也。”

⑤**起敬**：产生敬慕之心。唐朱庆余《送滕庶子致仕归江南》：“诸侯新起敬，遗老重相寻。”

⑥**凰藻**：如凤之有文采，喻文辞之美。**纱帷**：纱帐。宋王庭圭《郭仲质南窗二首·其二》："先生独坐纱帷里，挂起南窗月满溪。"

⑦**斫轮（zhuólún）者**：老于其事而富有经验者。语本《庄子·天道》："行年七十而老斫轮。"斫轮，斫木制造车轮，借指经验丰富、水平高超。

⑧**字欲飞**：形容笔势雄奇生动。两句诗意为：如不是斫轮老手，何以额枋上的字能至今飘然欲飞。

道心堂

门内双梧翠荫，左右学舍二十有五，中为讲堂，江古心先生颜以"道心"，建学之始也。后迁废无常，黄梅汪公可受复建于明万历间。国朝，讲席甚推施愚山闰章，章程则吴公铨、徐公亨时、吕公肃高恢复，而继守此土者，益振兴之。额、联，自商丘宣城以下，十余人皆有题，至今璀璨梁柱间，而一切规条具列于壁。因题二截曰：

其　一

江村意自放①，略有其名存②。
心清物不杂③，体洁道逾尊④。

题　解

此二首绝句所咏道心堂为书院讲堂，详前李振裕《闻罗郡伯复修白鹭洲书院喜赋》注释。小序中提到的先贤：江古心，宋太守江万里。黄梅汪公可受，明太守汪可受。施愚山闰章，清江西道守施闰章。吴公铨，吴铨，上海人。雍正二年（1724）任吉安知府。徐公亨时，徐亨时，字敬亭，浙江钱塘人。雍正十二年（1734）任吉安知府，乾隆五年（1740）复任。吕公肃高，吕肃高，字南村，河南新安人。乾隆六年（1741）任吉安知府。商丘，宋荦（1634—1714），字牧仲，号漫堂、西陂、绵津山人，晚号西陂老人、西陂放鸭翁，河南商丘人。康熙时任江西巡抚，累迁至礼部尚书。宣城：指施闰章。

注　释

①**江村**:江万里家乡地名,即今江西省九江市都昌县府前江村。代指江万里。**自放**:自我放逸,自骋才气。

②**略有**:犹稍有。宋陆游《夏日感旧四首·其二》:"五侍仙祠两挂冠,此生略有半生闲。"

③**心清**:指居心清正。**物不杂**:没有世俗杂念。按,此句引用唐李颀《龙门送裴侍御监五岭选》:"心清物不杂,弊革事无留。"

④**体洁**:自身廉洁。**道逾尊**:道德更高尚。逾,通"愈",更加。按,此句化用明郭棐《徐孺子》:"身洁道逾尊,时危志不慑。"末二句嵌入"道心"二字。

其　二

日影侵书案①,清风拂砚池②。
双梧归翠羽③,刻烛好吟诗④。

注　释

①**书案**:长形的书桌。

②**砚池**:凹形的砚台,亦指砚端贮水处。

③**翠羽**:翠鸟的羽毛,代翠鸟。

④**刻烛吟诗**:古人刻度数于烛,烧以计时。《南史·王僧孺传》:"竟陵王子良尝夜集学士,刻烛为诗,四韵者则刻一寸,以此为率。文琰曰:'顿烧一寸烛,而成四韵诗,何难之有。'"后因以喻诗才敏捷。

吉　台

堂后为台,高一丈有余,修五十五丈,广视修之十六,周围累以红石。明万历时筑，为永新尹别驾学孔所董成。遂成廿字，以铭其功。

别驾功尤钜[①]，悠悠江水铭[②]。

至今春涨后[③]，台自作坚城[④]。

题　解

明万历二十年(1592)，知府汪可受复建书院于白鹭洲。为根本解决书院的水患之忧，汪可受吸取以往经验，在洲尾“增庳垫欹，垒石为台，崇九尺，修三十五丈，广视修十之六”，将书院建于高台之上。他修建的高台，后人称为吉台。此后几百年，不论赣江涨多大的水，吉台上的建筑总是雄立在江波之中，至今依然挺立。今仍有一石碑，上镌“古吉台”三字。此台为永新尹学孔督成。

注　释

①**别驾**：官名。指州刺史的佐吏。因随刺史出巡时另乘传车，故称。这里以称州通判，与宋以前州郡别驾相似。尹学孔当时任吉州通判，捐资修建吉台，诗人称其功而铭之。**钜(jù)**：同“巨”，大也。

②**悠悠**：连绵不尽貌。句谓尹学孔的功绩将像连绵不尽的江水一样，永远铭记在人们心中。

③**春涨**：春季水涨。唐杜荀鹤《送人归淝上》诗：“巢湖春涨喻溪深，才过东关见故林。”

④**坚城**：坚固的城池。宋文天祥《平原》：“一朝渔阳动鼙鼓，大河以北无坚城。”

正谊堂

台上有堂，徐公亨时著“正谊明道”四字，奉所摹吴道子手绘圣像于中，朔望释菜。后龛祀先贤木主，春秋郡县有祭。祭器五十余件，储库楼以时启用。然有司致祭先儒，不过陈牲醴一献而已。余因于八月二十七日圣诞之期，始亲自恪视。凡簠簋铏罍陈设中庭，率诸生习仪致祭，每年一次。平时则会讲恒于斯。①诗曰：

圣贤临咫尺②，讲幄近辉光③。
朔望陈蘩藻④，春秋奉礿尝⑤。
致知端析理⑥，论学悔亡羊⑦。
幸有游阳侣，弦歌作此堂。

题 解

正谊堂，书院堂名，祭祀先贤先儒及会讲之所。正谊：即“正谊明道”，取《汉书·董仲舒传》“正其谊不谋其利，明其道不计其功”之意，指做人做事要义正道明，要合于道德规范，不要计较眼前的功利，不谋私。古“谊”与“义”同。

注 释

①**徐亨时**：字敬亭。浙江钱塘人。雍正十二年(1734)知吉安。重修学宫，清复鹭洲田租，优给肄业生膏火，捐制祭器，祀书院先贤先儒。吴道子(680—759)，又名道玄，唐代著名画家，画史尊称画圣。**正谊明道**：指做人做事要义正道明，合于道德规范。**圣像**：孔子画像。**朔望释菜**：每月初一、十五祭祀先圣先师的典礼。**木主**：木制的神位，俗称牌位。**牲醴**(shēnglǐ)：祭祀用的牲畜和甜酒。**圣诞之期**：农历八月二十七日，孔子的生日。**簠簋铏罍**(fǔguǐxínglé i)：祭祀所用的礼器酒器。

②**咫尺**：周制八寸为咫，十寸为尺。形容距离近。《淮南子·道应训》：“终日行不离咫尺，而自以为远，岂不悲哉！”

③**讲幄**：讲帷，指天子、太子听讲官进讲之处。帷，指宫室的帷幕。泛指讲坛。元周伯琦《兴圣殿进讲即事是日赐酒饮杏花下》：“穆穆西清讲幄重，黄封赐饮杏花中。”

④**朔望**：朔日和望日，旧历每月初一日和十五日，亦指每逢朔望朝谒之礼。**蘩藻**：均为水草名，指祭礼中的饭食蔬菜。清玄烨《谒大禹庙》："兹来荐蘩藻，瞻对率群工。"

⑤**礿(yuè)尝**：古代宗庙祭祀的名称。《礼记·王制》："天子诸侯宗庙之祭，春曰礿，夏曰禘，秋曰尝，冬曰烝。"汉郑玄注："此盖夏殷之祭名。周则改之，春曰祠，夏曰礿。"

⑥**致知**：儒家哲学用语。语出《礼记·大学》："致知在格物。"历代儒家学者对此有不同解释。汉郑玄认为"致知"是使人"知善恶吉凶之所终始"；宋朱熹认为"致，推极也；知，犹识也。推极吾之知识，欲其所知无不尽也"。**析理**：剖析事理。三国魏嵇康《琴赋》："非至精者不能与之析理也。"

⑦**论学**：论说学问。**亡羊**：指臧、谷二人一起牧羊，臧因读书而丢失羊，谷因嬉戏而失掉羊的故事。典出《庄子·骈拇》。后比喻舍弃当做的事，而使得本业受到损失。

风月楼

堂后缘梯上楼，楼名"风月"，系江文忠旧题。有宋商丘荦一联云："白鹭交流，挹注直将分泗水；青螺高峙，步趋端可接尼山。"徘徊俯仰，令人起千载之思。禾川尹元士光榜，以一联寄余曰："风过试留声，檐角振文江之铎；月斜还有影，楼头照字水之书。"亦同一怀古之蓄念也。诗曰：

其　一

风月在楼头，吟弄几时休①。
古心如可作②，余韵日悠悠③。

题　解

此两首绝句所咏之风月楼是书院的配套建筑，是一座具有民族建筑风格的三层亭楼，在云章阁后。南宋淳祐元年(1241)吉州太守江万里建立白鹭洲书院时所建，因江万里文中有“吟风弄月”之句，故名。一楼为“浴沂亭”，二楼为“风月楼”，三楼为“魁星阁”，三层融为一体，也属罕见。它重檐翘角，雕龙画凤。登楼远眺，远山近水，繁华闹市，尽收眼底。现在所见的风月楼重建于清同治八年(1869)，三层重檐挑角歇山顶楼亭。为江西省重点保护文物。

注　释

①**吟弄**：吟唱，吟咏。唐陈子昂《与东方左史虬修竹篇》诗：“结交嬴台女，吟弄升天行。”

②**古心**：不同凡俗的古人的思想。唐韩愈《孟生》诗：“孟生江海士，古貌又古心。”又，江万里号古心。**可作**：再生，复生。作，起。

③**余韵**：不尽的韵致、韵味。宋张道洽《咏梅》：“老树有余韵，别花无此姿。”**悠悠**：连绵不尽貌。

其　二

壁上绵津句[①]，楼头崔颢诗[②]。

风流施宋后[③]，遗泽起人思[④]。

注　释

①**绵津句**：指对联“白鹭交流，挹注直将分泗水；青螺高峙，步趋端可接尼山”。作者宋荦，别号绵津山人。

②**崔颢诗**：崔颢是唐代诗人，不可能题诗在风月楼头。这里是借崔颢题诗以比喻风月楼头有名家的题诗。崔颢的《黄鹤楼》诗为传世之作，严羽誉为唐人七言律诗第一。相传李白游黄鹤楼见此诗，有“眼前有景道不得，崔颢题诗在上头”之叹。“楼头崔颢诗”，本此。

③**风流施宋**：指清朝大诗人施闰章和宋琬。两人齐名，有“南施北宋”之称。

④**遗泽**：此指遗墨。前人留下来的亲笔书札、文稿、字画等。

云章阁

楼后通阁，北窗星斗如悬，屋檐有拱辰之义。西望螺川，凛然怀信国大节，天锦焕发，殆有如斯。若夫风樯上下，鸟飞鱼乐，遇之而亦足豁人眸矣。诗曰：

其　一

朝朝一片云，飞自东北来。
锦织天孙巧①，何人查泛回②。

题　解

此两首绝句所咏之云章阁，为南宋淳祐元年（1241）吉州太守江万里建立白鹭洲书院时所建，在洲尾。现存云章阁，是明代万历二十年（1592）重建。该建筑具有典型的明代风格，一厅四直硬山顶砖木结构楼房，前面有宽敞的走廊，廊顶为卷棚，廊前有台。花格窗门都保存完好。为江西省重点保护文物。

注　释

①**天孙**：星名，即织女星。《史记·天官书》："织女，天女孙也。"相传织女工织，故曰"锦织巧"。句谓天空如锦，乃织女巧手所成。

②**查泛回**："查"通"槎"，木筏也。句谓朝朝一片云，仿佛是谁驾着木筏漂浮而来。

其　二

矞云连紫气①，翘首日中天②。
西望螺峰翠③，葵心景昔贤④。

注　释

①**矞云(yùyún)**:三色彩云,古代以为瑞征。语本汉董仲舒《雨雹对》:“云则五色而为庆,三色而成矞。”**紫气**:紫色云气。古代以为祥瑞之气。附会为帝王、圣贤等出现的预兆。《列仙传》:“老子西游,关令尹喜望见有紫气浮关,而老子果乘青牛而过也。”

②**日中天**:太阳正处于天空中央,正午也。

③**螺峰**:山名,吉安之螺子山,在城北,上有文山祠。

④**葵心**:葵花之心。葵花向日而倾,比喻向往思慕之心。唐元稹《有酒》诗之四:“葵心倾兮何向,松影直而孰明。”**景昔贤**:景仰先贤。

书　仓

汪公守吉,储书甚富,今无存者。近徐、吕诸公始请颁御纂各种书,而继以张仪封、陈榕门两先生之手刻得数十部。乙亥,郡伯王公铭琮复征之部内,并自购书储阁,踵事以增,可渐成伟观。咏曰:

其　一

清斋罗四库①,拂几一摊书②。
未觅神仙字③,犹然饱蠹鱼④。

题　解

云章阁是书院的主体建筑,上下两层,上层为藏书楼,下层为山长厅。书仓应指藏书楼。小序中提到的徐(徐亨时)、吕(吕肃高)、王铭琮俱为清代吉安知府。张仪封,即张伯行(1652—1725),字孝先,号恕斋,河南仪封人。康熙二十四年(1685)进士,考授内阁中书,历户部右侍郎、礼部尚书。著有《困学录》《正谊堂文集》，辑有《道学源流》《道统录》等。陈榕门，即陈宏谋（1696—1771），字汝咨，号榕门，临桂（今广西桂林）人。雍正元年（1723）进士，历官布政使、巡抚、总督，至东阁大学士兼工部尚书。学识渊博，编著甚丰。著有《纲鉴正史约》《五种遗规》《培远堂全集》《陈榕门先生遗书》等。

注 释

①**清斋**：清静之室。**四库**：古代宫廷藏书之所。《新唐书·艺文志一》："两都各聚书四部，以甲、乙、丙、丁为次，列经、史、子、集四库。"故后世亦称四部为"四库"。

②**拂几**：拂拭几案。宋陆游《书意三首·其一》："整书拂几当闲嬉，时取曾孙竹马骑。"

③**神仙字**：有一种传说中的书虫，叫脉望。据《仙经》曰："蠹鱼三食神仙字，则化为此物。"传说脉望是蠹鱼（书中蛀虫）所化，蠹鱼"吃"纸的时候，如果有三次"吃"到"神仙"二字，就化为脉望。据说读书人用脉望熬药，喝了后会高中。

④**蠹（dù）鱼**：虫名。即蟫，又称衣鱼。蛀蚀书籍衣服。体小，有银白色细鳞，尾分二歧，形稍如鱼，故名。唐白居易《伤唐衢》诗之二："今日开箧看，蠹鱼损文字。"

其 二

架上书千卷，居然似墨庄①。

愿将边腹笥②，留作石曹仓③。

注 释

①**墨庄**：指藏书，书丛。亦为书室之美称。宋叶廷圭《海录碎事·文学·收书》："刘式死，其妻聚书千余卷，指示诸子曰：'此汝父尝谓此为墨庄，今贻汝辈，

为学植之具。'"后人常以墨庄名书室。

②**边腹笥**:边,指东汉人边韶。腹笥,言腹如书箱。边韶字孝先,以文学名。《后汉书·边韶传》:"教授数百人。韶口辩(口才好,巧言善辩),曾昼日假卧,弟子私嘲之曰:'边孝先,腹便便,懒读书,但欲眠。'韶潜闻之,应时对曰:'边为姓,孝为字。腹便便,《五经》笥。但欲眠,思经事。寐与周公通梦,静与孔子同意。师而可嘲,出何典记?'嘲者大惭。"后因以"孝先便腹"为腹肥雅谑。亦用以写文人昼寝,或喻饱学之士。

③**石曹仓**:曹家书仓。晋王嘉《拾遗记·后汉》载,东汉曹曾书垂万余卷,"及世乱,家家焚庐,曾虑其先文湮没,乃积石为仓以藏书,故谓曹氏为书仓"。后以"曹仓"泛指藏书的仓库。清赵翼《汪文端师殁以诗哭之》:"邺架签论万,曹仓卷累千。"两句意谓要以腹笥做书仓,勉人多读书之意。

万竹亭

阁后平台,向植丛篠无数,构亭于中,名曰"万竹"。今址已废,惟见春畴野笋遍地,可以为林。往往被刍者薙去,为之惘然。因赋诗云:

箐筤真可爱①,竹径已成空②。

苦笋年年发③,何曾解作龙④。

题解

万竹亭,见前孔兴浙《万竹亭怀古》题解。丛篠:茂密的小竹林。刍(chú)者:割草的人。薙(tì):除草。薙去,即割掉。

注释

①**箐筤**(qiānglánɡ):指青竹。清陶澄《泛舟经岳阳长沙效西昆体》:"箐筤谷口云气鲜,此中岁月容高眠。"

②**“竹径”句**:因亭址已废,故竹径成空。

③**苦笋**:苦竹之笋。品种不一,其味微苦者可食,俗称甜苦笋。

④**解作龙**:脱而为龙。俗称笋曰龙孙,句谓这些龙孙却因“往往被刍者薙去”,而从未脱化成龙(成竹)。按,竹子雅称龙种。唐陈子昂《与东方左史虬修竹篇》:“龙种生南岳,孤翠郁亭亭。”

时雨亭

时雨、浴沂、复古各亭,与万竹同废,能无俯仰今昔之感?诗曰:

一贯闻参喟①,卓如颜有然②。
空名今不作③,亭子在荒烟④。

题解

时雨亭,书院古亭台,已废。时雨:应时的雨水。俯仰:形容沉思默想。明刘若愚《酌中志·见闻琐事杂记》:“俯仰今昔,不觉泪下沾襟。”俯仰今昔之感,犹言“感今怀昔”,对当前的事物有所感触而怀念过去。

注释

①**一贯**:道统一贯。《论语·里仁》:“子曰:‘参乎!吾道一以贯之。’曾子曰:‘唯。’”**参**:曾参。孔子晚年的重要弟子之一。**喟**(kuì):叹息。

②**卓如**:卓越,优秀。**颜**:颜回。孔子的得意门生。《论语·子罕》:“颜渊喟然叹曰:‘仰之弥高,钻之弥坚,瞻之在前,忽焉在后。夫子循循然善诱人,博我以文,约我以礼,欲罢不能,既竭吾才,如有所立卓尔。’”

③**空名**:虚名。**今不作**:谓如今不动作也,此指不降时雨。

④**亭子**:指时雨亭。**荒烟**:荒野的烟雾,常指荒凉的地方。

浴沂亭

考遗址已失所在，余以为宜补洲尾茂林中。睇双江下流，五云遥映，息游小憩，窃比舞雩。诗曰：

浴沂何必一沦中①，井有寒泉受福同②。

薪水传时思澡德③，夕阳人对舞雩风④。

题　解

浴沂，浴于沂水。语出《论语·先进》："（曾点）曰：'莫春者，春服既成，冠者五六人，童子六七人，浴乎沂，风乎舞雩，咏而归。'"沂是鲁之水名，据说有温泉可浴。舞雩是鲁国祭天祷雨的地方，有高坛和树木，是乘凉的好地方。风，乘凉的意思。

注　释

①**沦中**：小水波中。沦，小波为沦。句意为沐浴未必要在水流中。

②**寒泉**：清冽的泉水或井水。《易·井》："井洌寒泉，食。"**受福**：接受天地神明的降福。《易·困》："利用祭祀，受福也。"

③**澡德**：澡身浴德之谓。《礼记·儒行》："儒有澡身而浴德。"孔颖达疏："澡身，谓能澡洁其身不染浊也；浴德，谓沐浴于德以德自清也。"谓修养身心，使之高洁。

④**舞雩**：古代求雨时举行的伴有乐舞的祭祀。《周礼·春官·司巫》："若国大旱，则帅巫而舞雩。"亦指舞雩台。《论语·颜渊》："樊迟从游于舞雩之下。"何晏集解引包咸曰："舞雩之处，有坛墠树木，故下可游焉。"

复古亭

此元时山长余天民白总管撤浮屠居而改立者，今其址俱犁为田矣。

然其高处尚有片土，可结茅亭。面天玉而临江口，以野竹为篱，曲径而至社祠，倚大树为门，足供行吟之乐矣。诗曰：

江汪开大业①，胡尹亦功臣②。

复古亭何在，苍茫气象真。

题　解

复古亭，建于元代，在云章阁左。据《（光绪）吉安府志》载："前至元壬午，洪水漂没，太守李珏重葺之。延祐间，居近有奉异端者欲张其教，山长余天民白（请示）之府，悉撤毁之，立复古亭于其上。于是，环洲四畔，民居隙地，悉隶书院。"余天民：字号、里籍不详。元延祐间任白鹭洲书院山长。毁浮屠，立复古亭。

注　释

①**江汪**：指书院开创人江万里和重修书院的汪可受。

②**胡尹**：指元朝的州官。元朝的州县长官称尹，即诗序所言吉安路总管。复古亭是山长余天民为敦复古道，请示总管，将书院旁的净土庵撤走而建立的，所以"胡尹亦功臣"。胡，胡人。古代称北边的或西域的民族，此指蒙古人。

永　堤

堤与台称，而外复为护堤以临江，名曰"永堤"。新安胡司马相任其劳，与吉台同功。诗曰：

大江水涌一洲孤，在昔先民有定谟①。

何异铁幢江水固②，沿堤日好采蒲菰③。

题　解

明万历二十年（1592），汪可受知府在旧址重建白鹭洲书院。为解决水患，在吉台外围，环洲岛四周用石块垒筑堤墙，称作“永堤”。新安胡司马相：胡相，是负责这项工程的官员，新安人，履迹不详。此诗赞颂他的功劳。

注　释

①**在昔**：从前，往昔。**先民**：泛指古人。**定谟**：决定策略和计划。语本《诗·大雅·抑》：“吁谟定命，远犹辰告。”

②**铁幢**(chuáng)：铁幢是古代宗教特有的建筑物经幢。一般经幢用石头或木料建造而成，铁幢则用生铁分段铸成，十分罕见。因形似塔状，故民间又称其为“铁塔”。句意谓永堤的作用无异于铁幢，可以镇住洪水。

③**蒲菰**(púgū)：蒲和菰，均为多年生草本植物。蒲生池沼中，高近两米。根茎长在泥里，可食。叶长而尖，可编席、制扇。菰生浅水里，嫩茎称“茭白”，可做蔬菜。果实称“菰米”“雕胡米”，可煮食。

柳　径

门迤西一带，沿堤皆插垂柳，望而浓郁。缓步其中，可里许至洲尾，小有苏堤光景。春时桃花烂熳，畦菜生香，令人有望仙锦带之思。但环洲向皆以柳护堤，今迤东而行，堤已为水冲刷，不能如西之夹径成阴。咏曰：

五株处士宅①，十里白公堤②。
春日舒新眼，芳洲花满蹊③。

题　解

此诗描写永堤风景。春光明媚，漫步徐行，绿柳成荫，桃花满蹊。让人联想起西湖的苏堤、白堤，五柳先生的居家之地。

注　释

①**五株处士宅**：指陶渊明的住宅。《五柳先生传》："宅边有五柳树，因以为号焉。"**处士**：本指有才德而隐居不仕的人，后亦泛指未做过官的士人。

②**白公堤**：堤名，即白沙堤。相传为唐诗人白居易任杭州刺史时所筑。《警世通言·白娘子永镇雷峰塔》："又唐时有刺史白乐天，筑一条路，南至翠屏山，北至栖霞岭，唤作白公堤。"借以喻白鹭洲永堤。

③**蹊**：小路，亦泛指路。唐杜甫《江畔独步寻花》："黄四娘家花满蹊，千朵万朵压枝低。"

桃　溪

洲上桃花遍处皆是，对隔一溪，则城下十里皆红。传说汪水部执桓宰邑时，劝民分植，至今城如锦也。咏曰：

一溪桃李正敷荣①，何必芙蓉城上行②。
小集花茵醒半醒③，柳阴深处听流莺④。

题　解

汪水部执桓：汪执桓，字锐升，一字碧峰。甘肃陇西人。雍正丁未科（1727）进士。乾隆十三年（1748），由兴国知县调庐陵。莅任仅数月，县称大治。尤加意造士，重建景贤书院，复庐陵县义学，清复故址，未及兴工，内擢中书去。水部：官名。魏置水部郎，晋设水部曹郎。明清六部中没有水部，相沿仍以水部为工部司官的一般称呼。

注　释

①**敷荣**：开花。唐许敬宗《掖庭山赋》："百卉敷荣，六合清朗。"荣，花也。

②**芙蓉城**：古代传说中的仙境。宋欧阳修《六一诗话》："曼卿卒后，其故人

有见之者云，恍惚如梦中，言我今为鬼仙也，所主芙蓉城。”宋苏轼《芙蓉城》：“芙蓉城中花冥冥。”

③**小集**：小会聚。**花茵**：落花形成的毡席。**酲半酲**：犹言半醒半醉。酲（chéng），酒醒后神志不清有如患病的感觉。句谓在桃花树下小聚，更使人沉沉欲醉。

④**流莺**：莺。流，谓其鸣声婉转。唐司空图《狂题十八首·其十五》：“昨日流莺今日蝉，起来又是夕阳天。”

竹 坞

洲上丛篁不可胜纪，然散水隈或杂榛莽中。虽有幽篁，未尽领略。当年闻产方竹，今不可得矣。题曰：

幽篁临水曲[①]，万个洒清风[②]。

方竹难求侣[③]，萧萧三五丛[④]。

题 解

鹭洲自来多植竹。文人爱竹，自古皆然。竹，以枝疏叶柔，清理俊秀，素雅宁静的风姿，令人心驰神往；又以虚而有节，挺拔凌云，刚质坚韧的操守和特质。与古代贤哲“非淡泊无以明志，非宁静无以致远”的情操相契合。清风正气的竹子，成了高尚人格的化身，一直被历代文人吟咏和自喻。竹坞：竹林茂盛的山坞，此指竹园。丛篁：茂密的竹林。幽篁：指幽深的竹林。方竹：竹之一种。外形微方，质坚。我国华东和华南地区均有栽培，可供观赏，古人多用以制作手杖。

注 释

①**水曲**：水流曲折处，曲折的水滨。明王廷陈《寄方思道七首·其五》：“春觞临水曲，夜棹入山阴。”

②**万个**：竹一枝为个，以其叶像“个”。唐韩愈《合江亭》：“树兰盈九畹，栽竹逾万个。”

③**难求侣**：难以得到知心朋友。宋韦骧《和雪三十韵》：“汀鹭难求侣，城乌不辨昏。”

④**萧萧**：形容竹木摇落声。清郑燮《墨竹图题诗》：“衙斋卧听萧萧竹，疑是民间疾苦声。”

桑 园

老者大数围，女桑则遍地皆是，而尤以阁后蔬园外为最多。然洲子不知蚕事，春日望之沃若，洵所谓十亩闲闲已尔。诗曰：

舟渚何人身最闲①，吟风弄月破名关②。

桑间泄泄浑无事③，坐看轻帆送远山④。

题 解

白鹭洲绿树成荫，桑树尤其多。但鹭洲种桑，却并不为养蚕，而是为了水土保持和观赏。本诗描写书院雇来的杂工们平时活不多，坐在桑林里聊天，看江中远去的船，过着悠闲的生活。女桑：小桑树。蚕事：养蚕之事。沃若：润泽貌。《诗·卫风·氓》：“桑之未落，其叶沃若。”十亩闲闲：《诗·魏风·十亩之间》：“十亩之间兮，桑者闲闲兮，行与子还兮。”大意：十亩田间是桑园，采桑人儿真悠闲。与你一同把家还！

注 释

①**舟渚**：船只停泊处。宋蔡逸《游圣水兴慈寺》：“荡漾舟渚间，往来恣徘徊。”

②**吟风弄月**：谓吟玩风月，形容心情闲适洒脱。宋朱熹《抄二南寄平父因题

此诗》:"析句分章功自少,吟风弄月兴何长。"**破名关**:看得透名利这一关。

③**桑间泄泄**:泄泄,闲散自得貌,和乐貌。《诗·魏风·十亩之间》:"十亩之外兮,桑者泄泄兮。"朱熹集传:"泄泄,犹闲闲也。"

④**轻帆**:指小舟,轻舟。唐王昌龄《送窦七》:"鄂渚轻帆须早发,江边明月为君留。"

王世业

王世业，江西庐陵人。乾隆十七年(1752)岁贡(贡入国子监的生员)。家贫，资馆谷养亲。学术深邃，以穷理力学为先，课徒一宗程朱，无穷达，皆有以自立，尝以博学鸿词荐。家居方严端谨，乡里推重。所著有《周易象意》三十卷、《十三经性理参翼》四十卷。卒年八十一。

阅尹司马白鹭洲遗事有序

司马尹公学孔，字时卿，精形家说。万历壬辰，汪郡侯邀主鹭洲役务。筑基捍水，公欲益高三尺，时寡和，议寝。后数年水，书院没果三尺，众始服。如议，公出橐金筑洲堤，佐费不赀。自此，安恬弦歌至今。盖谓水长洲高者，俗说也。

见说洲有神，水长洲亦长①。
眼见癸巳间，道心堂溟涬②。
止幸云章阁，怀襄不可上③。
如何神力衰，水盛神难强④。
则知天下理惟一，疏瀹陂障同物象⑤。
龙门不怕断地脉，郑白溉田精渠港⑥。
所贵圣神文武才，经天纬地如方丈⑦。
白鹭洲形拟金陵，当年创建江古心⑧。
世变沧桑几铁马，迩者洄洄春涨侵⑨。

吾乡司马公，堪舆家学深[10]。
水由地中须堤护，相度营筑避陆沉[11]。
太守属公公相之，南车指画倒囊金[12]。
弃家数月劳斯役，九邑弦歌韵到今[13]。
俗见拘墟难语古，群嚣淆众人迂腐[14]。
每行堤畔付成劳，忽翻遗册叹利溥[15]。
功多贻利在子孙，吾知世递发尹氏[16]。
莫惜来洲浚渊源，尽君种植环桃李[17]。

题　解

王世业这段诗文，讲述了明代修筑永堤的一个故事，同时将一个学问丰厚、恪尽职守且清廉奉公的官员尹学孔形象生动地刻画出来。尹学孔，字时卿，永新人。授贵州藩幕，迁云南景东同知，多善政，土官悍戾者俱驯服。引疾归，郡人为立祠。这段诗文，还向我们传达了两个历史信息：一是筑高台修永堤工程开始是有争议的，很多人认为不需要修那么高，花那么多钱，工程因此被搁置过。数年后涨大水，大家发现最高水位果如尹学孔所说，这才同意他的方案。二是民间传说水涨洲高，其实是吉台和永堤之功。

王世业从何处读到这个故事不得而知，但仔细查证，文中“后数年水，书院没果三尺，众始服。如议”似为传说。《白鹭洲书院志》中收录的《白鹭洲书院新建吉台记》和《白鹭洲书院永堤记》中均记载，筑吉台修永堤，都是在汪可受任知府时完成的。而多处资料显示，汪可受在吉安府任职时间仅为三年，在他任上，不仅重修书院于洲岛，还组织了《白鹭洲书院志》的编撰，将这次重修的经过进行了全面详细的记载。这次修缮从动议到完成，前后不过三年，未闻“后数年水，书院没果三尺”之说。

注 释

① **“见说”二句**:意为听说鹭洲有神仙护佑,水涨洲高。

②**癸巳**:指康熙癸巳即康熙五十二年(1713),白鹭洲书院又被洪水冲毁,仅云章阁因建于古吉台上地势较高,保存完好。**道心堂**:书院讲堂。**溟漭**(míng mǎng):形容水势广大无际貌。

③**怀襄**:怀山襄陵,洪水汹涌奔腾溢上山陵。《书·尧典》:“汤汤洪水方割,荡荡怀山襄陵,浩浩滔天。”蔡沈集传:“怀,包其四面也。襄,驾出其上也。”

④**神力**:佛教语,谓无所不能之力。《法华经·序品》:“诸佛神力,智慧稀有。”**水盛**:水势盛大。**难强**(qiǎng):难以强制、遏制。

⑤**疏瀹**(yuè):疏浚,疏通。《宋史·神宗纪二》:“河决害民田,所属州县疏瀹,仍蠲其税,老幼疾病者振之。”**陂障**:阻遏,防护。《国语·周语下》:“决汩九川,陂鄣九泽。”韦昭注:“鄣,防也。”**物象**:物体的形象,事物的现象。

⑥**龙门**:山名。在河南省洛阳市南。《汉书·沟洫志》:“昔大禹治水,山陵当路者毁之,故凿龙门,辟伊阙。”**地脉**:指地下水。唐孟云卿《放歌行》:“地脉日夜流,天衣有时扫。”**郑白**:郑国渠和白渠的并称。在今陕西省境。汉班固《西都赋》:“下有郑白之沃,衣食之源。”

⑦**圣神文武**:《书·大禹谟》:“帝德广运,乃圣乃神,乃武乃文。”孔传:“圣,无所不通;神,妙无方;文,经天地;武,定祸乱。”后以“圣神文武”为称颂帝王或杰出人物之词。**经天纬地**:《国语·周语下》:“经之以天,纬之以地,经纬不爽,文之象也。”本指以天地为法度。后以“经天纬地”“经纬天地”谓经营天下,治理国政。亦形容政治才识卓越不凡。

⑧**拟金陵**:谓吉安白鹭洲形似金陵白鹭洲。**江古心**:江万里,号古心。

⑨**世变沧桑**:形容经历过很多世事变迁。**铁马**:配有铁甲的战马,代指战争。**迩**:近也。**沺沺**(tiántián):水势迭起貌。《文选·郭璞〈江赋〉》:“溟漭渺沔,汗汗沺沺。”李善注:“皆广大无际之貌。”**春涨**:春季水涨。唐杜荀鹤《送人归淝上》诗:“巢湖春涨喻溪深,才过东关见故林。”

⑩**司马公**:指尹学孔。曾任云南景东同知,故称司马。**堪舆家学**:家族世代

相传看风水的学问。

⑪**相度**：观察估量。**营筑**：建筑，修建。**陆沉**：指陆地被水淹没。

⑫**属**：同“嘱”。**相**：亲自察看。**南车**：指南车，比喻正确方向的指引者。**指画**：指点，规划。**倒囊金**：倾囊，倒出囊中所有的钱物，比喻慷慨相助。

⑬**九邑**：吉安府下辖有九县一厅：庐陵县、泰和县、吉水县、永丰县、安福县、龙泉县、万安县、永新县、永宁县、莲花厅。**弦歌**：古代传授《诗》学，均配以弦乐歌咏，故称“弦歌”。后因指礼乐教化、学习诵读为“弦歌”。

⑭**俗见**：一般俗人的见解，浅陋的见识。**拘墟**：比喻孤处一隅，见闻狭隘。语本《庄子·秋水》：“井蛙不可语于海者，拘于虚也。”**群嚣**：指各种异议。**淆众**：搅乱众人的思想。**迂腐**：指人的言谈、行事陈旧死板，不合时宜。

⑮**成劳**：成功。《国语·吴语》：“今天王既封植越国，以明闻于天下，而又刈亡之，是天王之无成劳也。”韦昭注：“劳，功也。”**遗册**：古代的典籍。利溥：“仁言利溥”，又作“仁言利博”。谓有德行的人说的话益处很大。语出《左传·昭公三年》：“君子曰：‘仁人之言，其利博哉！晏子一言而齐侯省刑。’”

⑯**贻利**：留下利益。**世递**：世世传递。**尹氏**：指尹学孔。

⑰**浚**：深挖，探寻。**渊源**：水的源头，比喻事物的本原。**尽（jǐn）**：尽量，尽可能。

白鹭洲书院十咏

三峰濯露

晓起丰容别[①]，瀼瀼润色多[②]。
天浆匀蔓草[③]，泽气育神螺[④]。
一道晨光发，三峰暗濯过[⑤]。
升中格膏露[⑥]，流衍太平歌[⑦]。

题　解

这一组诗共十首，吟咏白鹭洲十个景点。题下作者自注："和刘衍藜韵。"刘衍藜，即刘自越，字衍藜，又作衍葵。泰和芳溪人，清邑庠生。少失父母，补弟子员。性嗜古文词，不治生业。著有《竹村诗文集》二十二卷，又名《竹村集》。宣统元年(1909)邑人孙拔萃刊刻。书藏吉水县图书馆，"文化大革命"中毁于火。可惜这组和韵诗所和的原诗我们无法见到。三峰：指从白鹭洲可望见的神冈山、螺子山、天玉山。濯(zhuó)露：沐浴于露华中。

注　释

①**"晓起"句**：喻早晨的山峰如晨起妆罢的少女容色，别有风韵。**丰容**：仪态，风度。南朝梁沈约《少年新婚为之咏》："丰容好姿颜，便僻工言语。"**别**：别致。

②**瀼瀼(rángráng)**：露浓貌。《诗·小雅·蓼萧》："蓼彼萧斯，零露瀼瀼。"

③**天浆**：天上的饮料、浆汁，即甘露。唐韩愈《调张籍》诗："刺手拔鲸牙，举瓢酌天浆。"**匀**：均匀。**蔓草**：生有长茎能缠绕攀缘的杂草，泛指蔓生的野草。《诗·郑风·野有蔓草》："野有蔓草，零露漙兮。"

④**神螺**：二山名，吉安的神冈山和螺子山。一在城南，一在城北，俱在赣江西岸。

⑤**暗瀣(xiè)**：夜间的水气、露水，即沆瀣。旧谓仙人所饮。《楚辞·远游》："餐六气而饮沆瀣兮，漱正阳而含朝霞。"

⑥**升中**：祭天。《礼记·礼器》："是故因天事天，因地事地，因名山升中于天。"**格**：感动。**膏露**：犹甘露。谓其沾溉惠物。《礼记·礼运》："故天降膏露，地出醴泉。"句意谓有大功升告于天，感通了皇天，降下甘露。这里指的是乾隆二十年(1755)知府王铭琮捐俸倡输膏火之事(捐薪水接济学生学费)，诗人作诗美之。

⑦**流衍**：流布广衍，广为传播的意思。

双江印月

清辉来一片①，却到沚头分②。
影没平沙篆③，晴开倬汉云④。
秋高流不尽⑤，桂静夜余芬⑥。
落魄千寻碧⑦，娥行可湿裙⑧。

题 解

这首诗描写白鹭洲秋夜的景色。明月当空，双江分影，秋高气爽，月桂飘香。诗人想象中嫦娥也因月落水中而打湿了裙裾。

注 释

①**清辉**：月亮的清光。

②**沚头**：洲头。沚（zhǐ），水中的小块陆地。句意为月光一照到洲头，便随水一分为二。

③**没**：浸也。**平沙**：广阔的沙滩。**篆**：篆文，篆体字。句意为月影浸入水沙中，水光摇动，现出美妙的篆文。

④**晴开**：犹放晴。**倬（zhuō）汉云**：也称倬云汉，浩大的天空。倬，大也。《诗·大雅·云汉》："倬彼云汉，昭回于天。"

⑤**秋高**：谓秋日天空澄澈、高爽。唐杜甫《茅屋为秋风所破歌》："八月秋高风怒号，卷我屋上三重茅。"

⑥**桂静**：静夜中的月桂。两句意为深秋凉爽的气流，流不尽月中仙桂散发的余香。这两句是一副难得的"流水对"。

⑦**落魄**：这里指落在水中的月亮。魄，月魄，即月亮。**千寻**：古以八尺为一寻。"千寻"，形容极高或极长。**碧**：碧水。

⑧**娥**：指嫦娥。两句意为明月落入千丈碧水，嫦娥在水中行走，把裙子都打

湿了吧。

柳岸征帆

岸远迷舸舰[1]，帆旗似转蓬[2]。

冲波无逆折[3]，拂絮逐冥空[4]。

摇落催归楫[5]，轻盈舞顺风[6]。

垂条长莫系[7]，泽畔识英雄。

题　解

白鹭洲沿堤多植柳，漫步堤岸，柳影婆娑；眺望江中，百舸争流。旖旎景致，惹人无限遐思。征帆：指远行的船。南朝梁何逊《赠诸游旧》："无由下征帆，独与暮潮归。"

注　释

①**"岸远"句**：谓因离岸较远，分不清江中船只是舸还是舰。舸，一般大船。舰，军用船只，战船。

②**帆旗**：船上的风帆与号旗。**转蓬**：随风飘转的蓬草。《后汉书·舆服志》："上古圣人，见转蓬始知为轮。"

③**冲波**：冲破波浪。**无逆折**：不可摧折。

④**"拂絮"句**：犹言排除干扰，一往直前。拂，清除。絮，柳絮，喻疑难之事。**冥空**：遥空。

⑤**摇落**：木叶凋残，零落。《楚辞·九辩》："悲哉秋之为气也！萧瑟兮草木摇落而变衰。"**归楫**：归舟。楫，船桨，代舟。

⑥**轻盈**：形容姿态纤柔，行动轻快。唐李白《相逢行》："下车何轻盈，飘然似落梅。"此指帆旗在风中纤柔多姿。**顺风**：指与行进方向一致的风。汉王褒《圣

主得贤臣颂》:“翼乎如鸿毛遇顺风,沛乎若巨鱼纵大壑。”

⑦**垂条**:低垂的柳条。汉司马相如《上林赋》:“垂条扶疏,落英幡纚。”

沙堤落雁

南边稻粱足[①],倦翮览沙堤[②]。
只怕衡阳去[③],还思鹭渚齐[④]。
围安汀上蓼[⑤],机杜海旁蠡[⑥]。
一稔千金直[⑦],潞卢隔水西[⑧]。

题　解

白鹭洲书院周围有大片的沙滩,是鸟类栖息的好地方。本诗描写的是秋雁眼中的白鹭洲。沙堤:白鹭洲之上游,泥沙堆积成带状,形如堤,曰沙堤。落雁:指在沙堤上落脚歇息的大雁。

注　释

①**稻粱足**:谓秋雁南来时,正是南方丰收的季节,雁正为稻粱而来。唐杜甫《同诸公登慈恩寺塔》:“君看随阳雁,各有稻粱谋。”

②**倦翮(hé)**:倦飞的秋雁。翮,鸟翅。宋周紫芝《元素将与余别再赋前篇因以留之》:“江头云雁欲飞时,倦翮依然在一枝。”**览沙堤**:环视沙堤,寻找栖食之处。

③**衡阳去**:南飞衡阳。相传衡阳之衡山七十二峰有回雁峰,南飞雁到此为止,遇春又北回。句意谓雁落鹭洲,便不想再飞衡阳了。

④**“还思”句**:承上句,怕到了衡阳,又回头怀念鹭洲这块富饶的地方。**齐**:禾麦全吐穗曰齐,农家称齐穗。这里指富饶。

⑤**“围安”句**:谓这里环境安全,周围只有蓼(liǎo)虫,可以相安而处。《楚

辞·七谏·怨世》:“桂蠹不知所淹留兮,蓼虫不知徙乎葵菜。”言蓼虫只吃苦蓼草,旁有甜葵菜也不思迁。

⑥**“机杜”句**:言河边的螺蚌,绝无相犯的机心。机心,指诡诈之心。蠡(lí),螺也,蚌属。杜,绝无。

⑦**一稳**:一番安稳。**千金直**:价值千金。“直”,通“值”。

⑧**礈卢(bōlú)**:用弓发射打鸟的石箭头。《战国策·楚策四》:“不知夫射者,方将修其礈卢,治其矰缴,将加己乎百仞之上。”句谓持射具扑射的人阻隔在河西(闹市在赣江之西)。

鹭渚残霞

素练澄秋水①,横披一缕霞②。

祥岚浮远浦③,烂彩迸春花④。

渚淡斜阳掠⑤,天空孤鹜斜⑥。

吉城多喜气⑦,绕堞尽光华⑧。

题　解

这首诗写在白鹭洲观看晚霞的感受。澄江如练,彩霞如织;斜阳掠水,孤鹜横空。画一般的景色,诗一般的情怀。鹭渚:指白鹭洲。残霞:残余的晚霞。

注　释

①**素练**:白色绢帛,常用以喻云、水、瀑布等,此喻江水如练。**澄**:绿而静止的水。此句从南朝齐谢朓《晚登三山还望京邑诗》“澄江静如练”化出。

②**“横披”句**:形容彩霞横空的样子。

③**祥岚**:美好的山间雾气。明程敏政《文公阙里谒后有作》:“尘锁断碑余劫火,山围新庙拥祥岚。”**远浦**:远远的水边。

④**烂彩：**灿烂的霞彩。**迸春花：**散春花，喻霞光五彩斑斓如飘散的春花。

⑤**“渚淡”句：**谓夕阳轻拂淡淡的江渚。**斜阳：**傍晚西斜的太阳。**掠：**轻拂。

⑥**天空：**主谓短语，谓天很空旷，万里无云之意。与上句“渚淡”用法相同。**孤鹜：**孤单的野鸭。唐王勃《滕王阁序》：“落霞与孤鹜齐飞，秋水共长天一色。”

⑦**吉城：**吉安城，双关语，亦有吉祥之城的意思，故云“多喜气”。

⑧**“绕堞”句：**萦绕城头的全是一片美丽的光辉。堞，城头上呈凹凸形的小墙，又叫女墙。

螺川返照

携行常趁晚①，晚好为晴留②。
落景开城雉③，归艘照客愁④。
三声忘角暮⑤，一色见虹浮⑥。
安得长绳挂⑦，源源川上游⑧。

题 解

这首诗写在白鹭洲上观赏赣江夕照的感受。螺川：赣江流经吉安的这一段江面，当地俗称螺川。返照：夕阳，落日。唐骆宾王《夏日游山家同夏少府》诗：“返照下层岑，物外狎招寻。”

注 释

①**携行：**携带同行。宋朱熹《答吕伯恭书》：“来春当自携行，但恐又难去。”**趁晚：**利用傍晚的时间。

②**“晚好”句：**大意是因为有晴好的天气，才能留得住傍晚的美景。

③**落景：**夕阳。隋黄闵《武陵记》：“土人为之歌曰……朝日丽兮阳岩，落景梁兮阴阿。”**城雉：**城上短墙，亦泛指城墙。

④**归艭(shuāng)**：归舟。艭，古书上说的一种小船。明袁宏道《和小修》："露梢千缕扑斜窗，黄笙藤枕梦吴艭。"**客愁**：行旅怀乡的愁思。两句意为落日穿过城头上的女墙，照在归舟上，牵动了旅客的乡愁。

⑤**"三声"句**：号角吹了多遍，游人竟忘了日暮。"三"，泛指多数。

⑥**"一色"句**：只见一线虹彩浮现在天边。

⑦**长绳挂**："长绳系日"，用长绳子把太阳拴住，比喻想留住时光。系，拴，缚。晋傅玄《九曲歌》："岁暮景迈群光绝，安得长绳系白日。"

⑧**源源**：连续不断貌，水之相继也。两句意为：有什么办法能用长绳将落日拴住，让我在源源不断的江上长游呢。

萧寺晚钟

应律霜犹未[1]，钟铿特地来[2]。
虫衔天际发[3]，鲸吼水痕开[4]。
点点都清耳[5]，声声可数枚[6]。
寒窗贪睡早[7]，百八好频催[8]。

题解

萧寺：寺庙。唐李肇《唐国史补》卷中："梁武帝造寺令萧子云飞白大书'萧'字，至今一'萧'字存焉。"后因称佛寺为萧寺。白鹭洲的渡口在吉安城南门，渡旁有一佛寺名"金牛寺"，诗写夜闻古寺钟声的感受。

注释

①**应律**：应于律吕。律吕，本是古代校正乐律的器具。分十二律吕，分属十二月。古时人以十二律推测气候，此处应律是按季节的意思。句意为按季节现在还未降霜。

②**钟铿**：铿然的钟声。句谓：铿然的钟声却特地为霜而来。《山海经》述丰山"有九钟焉，是和霜鸣"，讲丰山有九个大钟，是入冬降霜的自鸣钟。本此。诗人谓无霜而钟鸣，则是钟鸣为霜而来。特地，专为其事。唐戴叔伦《题黄司直园》："为忆去年梅，凌寒特地来。"

③**虫衔**：虎啸。虫，指大虫，即虎。句谓钟声如虎啸，从天边传来。

④**鲸吼**：鲸鱼吼叫，比喻钟声洪亮。元丁鹤年《题建昌王子中桥亭八景》诗："疏钟鲸吼霜华重，长笛龙吟月色虚。"句谓钟声如鲸吼，从水底破浪而出。

⑤**清耳**：犹净耳。宋周密《澄怀录》卷上："公尝出玉磬尺余……客有谈及猥俗之事语者，则急起击玉数声，曰：'聊代清耳。'"

⑥**数枚**：枚，钟乳，钟面隆起的饰物。在钟带间，其状似乳，故称。《周礼·考工记·凫氏》："篆间谓之枚。"郑玄注引汉郑司农曰："枚，钟乳也。"数枚，即一声一声都数得出来。

⑦**寒窗**：寒冷的窗口，常用以形容寂寞艰苦的读书生活。唐元稹《闻乐天授江州司马》诗："垂死病中惊起坐，暗风吹雨入寒窗。"

⑧**百八**：百八钟，指寺院朝暮击钟一百零八下。乃象征破除百八烦恼，故称百八钟。《敕修清规》："大钟晓击，则破长夜，警睡眠；暮击则觉昏衢，疏冥昧。凡三通，各三十六下，计一百零八下。"**好频催**：不停地催促。好，好弄，戏弄的意思。两句意为寒窗苦读，贪恋早上多睡会儿，可寺里的钟声却像戏弄人一样偏在这时频频催唤。

疏棂夜读

道心无可息①，茂叔此窗前②。

花放凭栏砌③，水流看客船④。

棂光明白日⑤，夜读尽长年⑥。

共说三余好⑦，何当拥绣眠⑧。

题　解

白鹭洲书院位于赣江江心，洲上树木茂密，环境幽雅，远离城市的喧嚣，确实不失为士子读书的最佳之地，自古以来就有“一林蕉雨分窗绿，四面书灯映水红”的美誉。本诗抒写在白鹭洲夜读的感受。疏棂：稀疏的窗格，此指书窗。棂(líng)，旧式房屋的窗格。

注　释

①**道心**：指天理，义理。《书·大禹谟》：“人心惟危，道心惟微。”蔡沉集传：“心者，人之知觉，主于中而应于外者也。指其发于形气者而言，则谓之人心；指其发于义理者而言，则谓之道心。”**无可息**：不可停息。

②**茂叔**：宋理学开山祖师周敦颐，字茂叔。

③**花放**：花儿开放。**凭栏砌**：身倚栏杆。

④**水流**：流水。两句均写窗前景物，谓凭栏可观阶前花，隔窗可看江中船。

⑤**棂光明白日**：倒装句，即白日窗光明。

⑥**尽(jǐn)**：尽量，尽可能，任令。两句意写这里是读书的理想境地，白天窗户明亮，夜晚听任久读。

⑦**三余**：三国魏鱼豢《魏略》：“读书当以三余。……冬者岁之余，夜者日之余，阴雨者时之余也。”后以“三余”泛指空闲时间。晋陶潜《感士不遇赋》：“余尝以三余之日，讲习之暇，读其文。”即利用一切空闲时间读书。

⑧**何当**：何时。**拥绣**：“拥绣衾”，抱着绣被而睡。句谓学者不应有安心睡大觉的时间。

楼宿烟云

细细石中出，迷迷山气蒸①。

千间浓际会②，一霎大含宏③。

作态殊无量[4],探楼便几层[5]。
可能飞破壁[6],君看已龙兴[7]。

题解

白鹭洲居于江心,冬季江雾来时,迷蒙一片,宛若蓬莱仙岛。洲上楼房,隐现于云雾之中,犹如空中楼阁、琼楼玉阙。楼宿烟云:楼房居于烟霭云雾中,状楼之高。

注释

①**“细细”二句:**写云雾的变化。起初如细丝喷于石缝之中,渐渐迷乱成一片,如同山气蒸发。

②**千间:**千万间楼阁。千,多也。**浓:**浓雾。**际会:**聚合。句意:浓雾回合于楼房的周围。

③**一霎(shà):**谓时间极短。顷刻之间,一下子。唐孟郊《春后雨》:“昨夜一霎雨,天意苏群物。”**含宏:**又作“含弘”,包容博厚。《易·坤》:“(彖曰)至哉坤元,万物资生……含弘光大,品物咸亨。”句意:浓雾霎时间便吞没了一切。

④**作态:**故意做出某种姿态或表情。《后汉书·列女传·曹世叔妻》:“入则乱发坏形,出则窈窕作态。”**殊:**极、很,喻变化极大,气势非凡。**无量:**没有限度。句意:形态变化无穷。

⑤**探楼:**窥探层楼,句谓浓雾飘入几层楼中。

⑥**破壁:**破壁而出。唐张彦远《历代名画记·张僧繇》:“金陵安乐寺四白龙,不点眼睛。每云‘点睛即飞去’。人以为妄诞,固请点之。须臾,雷电破壁,两龙乘云腾去上天,二龙未点睛者见在。”后遂以“破壁”为龙或画龙的典故。

⑦**龙兴:**龙飞腾上天。汉王充《论衡·龙虚》:“虎啸谷风至,龙兴景云起。”两句意为屋里的云雾有时破壁而出,犹如点睛之龙飞腾上天。

径环松竹

可爱青青意①，闲常下董帷②。
人行山径砌③，鸟弄六时晖④。
韵就诗镌干⑤，风轻叶点衣。
繁华容易败⑥，那得数寒威⑦。

题 解

自古诗人爱松、竹、梅。松、竹、梅所象征的是高尚的人格、坚强的性格和无私的风格，梅的傲气，竹的坚韧，松的挺立，都具有无处不在的奋进精神。本诗写的是白鹭洲环洲路旁的松竹，赞其美，颂其德。

注 释

①**“可爱”句**：意谓松竹四季常青，令人喜爱。

②**闲常**：平时。**董帷**：书斋的帷障，亦称书斋。《汉书·董仲舒传》：“(董仲舒)下帷讲诵，弟子传以久次相授业，或莫见其面，盖三年不窥园，其精如此。”后因以“董帷”指授课之处。句谓因勤于学业，平时少出书斋观赏。

③**山径**：山间小路。按，白鹭洲无山，此处指路。

④**六时晖**：白日的光辉。古分一昼夜为十二时，昼夜分言，则谓“六时”。六时常以指白日。魏晋张望《贫士诗》：“四体困寒暑，六时疲饥渴。”句谓鸟儿整天地欢唱、飞舞。

⑤**“韵就”句**：诗句吟成后，把它刻在树干上。**干(gàn)**：主干。

⑥**繁华**：繁花，犹百花。三国魏曹植《朔风》之四：“繁华将茂，秋霜悴之。”“华”通“花”。

⑦**“那得”句**：哪能经得起数九寒威。**寒威**：严寒的威力。此句从反面突出松竹不畏严寒，四季常青的品质，与首句“可爱青青意”相呼应。

王 昑

王昑(qǐn),字旦方,一字伯孙,江西安福人。乾隆十二年(1747)举人,户部主事。未弱冠通经史,所著诗古文,浩瀚恣肆。春试不第,司寇留之京邸中,朝士大夫争相引重,成为旷达逸才。

云章阁

其 一

阿阁凭清晓①,周回四望低②。
云高孤屿出③,日上矮檐齐④。
讲幄闲春昼⑤,书声静柳堤⑥。
锦标舒紫汉⑦,照读不须藜⑧。

题 解

云章阁是书院的主体建筑,是藏书和山长讲学之处。这组诗的第一首描写云章阁的优美环境和学子们白天听课、晚上自习的学习生活。第二首写云章阁藏书的情况及藏书的意义。

注 释

①**阿阁**:四面都有檐霤的楼阁。《尸子》卷下:"泰山之中有神房、阿阁、帝王

录。”**清晓**：天刚亮时。唐孟浩然《登鹿门山怀古》诗：“清晓因兴来，乘流越江岘。”

②**周回**：周围。北魏贾思勰《齐民要术·种瓜》：“又种薤十根，令周回瓮，居瓜子外。”**四望**：眺望四方。《楚辞·九歌·河伯》：“登昆仑兮四望，心飞扬兮浩荡。”

③**云高**：云雾散去。**孤屿**：孤立的岛屿。南朝宋谢灵运《登江中孤屿》诗：“乱流趋正绝，孤屿媚中川。”

④**“日上”句**：谓太阳升到与矮檐平齐，指清晨时分。

⑤**讲幄**：讲帷，代讲堂。**春昼**：春日白天。唐杜牧《旧游》：“重寻春昼梦，笑把浅花枝。”

⑥**柳堤**：植有柳树的堤岸。唐白居易《湖亭晚归》诗：“柳堤行不厌，沙软絮霏霏。”白鹭洲永堤沿堤植柳。

⑦**锦标**：锦制的旗帜，古代用以赠给竞渡的领先者，后亦以称竞赛优胜者所得的奖品。此指锦织般的树梢。**紫汉**：紫微星与天河。句谓紫微星与天河交织于树梢，光灿如锦。

⑧**照读**：犹照书。《晋书·车胤传》：“胤恭勤不倦，博学多通。家贫，不常得油。夏月，则练囊盛数十萤火以照书，以夜继日焉。”**不须藜**：不须燃藜，犹言不用点灯，有星光可以照读。燃藜事见晋王嘉《拾遗记·后汉》：“刘向于成帝之末，校书天禄阁，专精覃思。夜，有老人着黄衣，植青藜杖，登阁而进，见向暗中独坐诵书。老父乃吹杖端，烟然，因以见向，说开辟已前。向因受《洪范五行》之文。”后因以“燃藜”指夜读或勤学。

其　二

灵物师虫鸟①，残编奕叶尊②。
语言悬日月③，书记破乾坤④。
石室危楼闭⑤，芸烟古瓦屯⑥。
诵弦窗外绕⑦，化雨几千村⑧。

注　释

①**灵物**：写阁中画饰，尽是祥瑞神灵之物。**师虫鸟**：以虫鸟名百官师长。《左传·昭公十七年》："我高祖少皞挚之立也，凤鸟适至，故纪于鸟，为鸟师而鸟名。"

②**残编**：残缺不全的书。元成廷圭《夜思》："青灯细雨三更梦，白首残编万古心。"**奕叶**：累世，代代。**尊**：尊崇。句意为：阁中藏书虽然残破，但应看作累世珍宝。

③**语言**：指书中古圣贤的言论。**悬日月**：与日月同存，不可磨灭。语本汉扬雄《答刘歆书》："是悬诸日月不刊之书也。"

④**书记**：书籍。《东观汉记·梁鸿传》："鸿常闭户吟咏书记，遂潜思著书十余篇。"**破**：剖析。

⑤**石室**：古代藏图书档案处。《史记·太史公自序》："周道废，秦拨去古文，焚灭《诗》《书》，故明堂石室金匮玉版图籍散乱。"后作藏书室之别称。**危楼闭**：高楼藏也。

⑥**芸烟**：一种毒杀书虫的植物气味。**古瓦屯**：古楼聚存。屯，聚集储存。

⑦**"诵弦"句**：诵读之声在窗外萦绕不绝。

⑧**化雨**：长养万物的时雨。比喻循循善诱，潜移默化的教育。语本《孟子·尽心上》："君子之所以教者五：有如时雨化之者，有成德者，有达财者，有答问者，有私淑艾者。"句谓如时雨般的教化将遍及千村万户。

沈作朋

沈作朋(？—1765)，浙江德清人。举人，乾隆十一年(1746)，由内阁中书入直，乾隆十四年(1749)二月，随傅恒办理金川军务，军机处行走，黾勉供职，交部议叙。乾隆十五年(1750)任吉安知府。乾隆二十二年(1757)十月，以广东南韶道升湖南按察使。乾隆二十七年(1762)二月，升湖北布政使。乾隆三十年(1765)，以归州“纵盗冤良案”被判斩立决。

登白鹭洲书院道心堂

章江滚滚东北流，白鹭一洲中如砥[①]。
江水消长洲低昂，阅尽沧桑不转徙[②]。
我因土脉窥道心，道心坚凝亦如此[③]。
不然聚散如抟沙，随波逐流安所止[④]。
宋时书院几废兴，每游其地思其人[⑤]。
理学文章森简策，岂无后学继前民[⑥]。
心为形役乃兽禽，克伐怨欲相追寻[⑦]。
满腔客气转为主，道心隐现如浮沉[⑧]。
天地之帅吾其性，色声臭味曰有命[⑨]。
经营皓首空尘劳，人心无权道心高[⑩]。
于今弦诵出金石，蛮触纷纭塞胸臆[⑪]。
谁与豁眼见道心，仁山智水成知音[⑫]。

题解

这是一首七言古体诗,又叫古风。不讲究平仄,押韵较宽,可换韵,不要求对仗。道心堂,为书院讲堂。详前李振裕《闻罗郡伯复修白鹭洲书院喜赋》注释。

注释

①**章江**:章水,源自赣、粤交界的大庾岭,是赣江的西源。章水北流大余、南康县境之后,在赣州与东源贡水汇合,始称赣江。此处借指赣江、赣水,为赣江的古称,南昌历史上也曾被称为"章江城"。赣江在流经吉安时成一弧形往东北方向而去。**如砥**:如砥柱,像屹立在黄河急流中的砥柱山一样。

②**"江水"句**:谓白鹭洲随着江水的涨落而起伏升降,此乃民间传说也。**阅尽沧桑**:形容经历过很多世事变迁。**不转徙**:没有迁移。言白鹭洲没有被洪水冲走,它像砥柱山一样屹立不动。

③**土脉**:语出《国语·周语上》:"农祥晨正,日月底于天庙,土乃脉发。"韦昭注:"脉,理也。"此谓土壤开冻松化,生气勃发,如人身脉动。后以"土脉"泛指土壤、地质。**窥**:观察,窥测。**道心**:指天理,义理。《书·大禹谟》:"人心惟危,道心惟微。"蔡沉集传:"心者,人之知觉,主于中而应于外者也。指其发于形气者而言,则谓之人心,指其发于义理者而言,则谓之道心。"**坚凝**:牢固。《荀子·议兵》:"兼并易能也,唯坚凝之难焉。"

④**聚散**:会聚与分散。《庄子·则阳》:"安危相易,祸福相生,缓急相摩,聚散以成。"**抟沙(tuánshā)**:捏沙成团,比喻聚而易散。宋苏轼《二公再和亦再答之》:"亲友如抟沙,放手还复散。"**随波逐流**:《史记·屈原贾生列传》:"夫圣人者,不凝滞于物而能与世推移。举世混浊,何不随其流而扬其波?"后因以"随波逐流"比喻无原则、无立场地与世相浮沉。**安所止**:随遇而安,但对目标、归宿和自己的原则立场并没有明确了解。

⑤**宋时书院**:指白鹭洲书院,创建于南宋淳祐元年(1241)。**几废兴**:几经盛衰兴亡。**思其人**:缅怀为书院做出贡献的先贤。

⑥**理学文章**:指宋明儒家周敦颐、邵雍、张载、程颢、程颐、朱熹、陆九渊、王守仁等的哲学思想和理论。宋儒致力阐释义理,兼谈性命,认定“理”先天地而存在。明儒则断言“心”是宇宙万物的根源。**森简策**:森严地布列于简册。**后学**:后进的学者。《汉书·董仲舒传赞》:“仲舒遭汉承秦灭学之后,六经离析,下帷发愤,潜心大业,令后学者有所统一,为群儒首。”**前民**:语出《易·系辞上》:“是以明于天之道,而察于民之故,是兴神物以前民用。”高亨注:“前,先导也。”

⑦**形役**:谓为形骸所拘束、役使。犹言被功名利禄所牵制、支配。晋陶潜《归去来辞》:“既自以心为形役,奚惆怅而独悲?”**克伐怨欲**:指好胜、骄傲、忌刻、贪婪四种恶德。《论语·宪问》:“克、伐、怨、欲不行焉,可以为仁矣。”亦指关于四种恶德的理论。**追寻**:追随,跟随。

⑧**客气**:指侵害人体的邪气。汉张仲景《伤寒论·太阳证上》:“客气动膈,短气躁烦,心中恢。”方有执注:“客气,邪气也。”**转为主**:反客为主,谓邪气占据了首要位置。**隐现**:或隐或现。**浮沉**:忽上忽下。

⑨**“天地”句**:语出宋张载《西铭》:“天地之帅,吾其性。”意为引领统率天地万物以成其变化的,就是我的天然本性。**色声臭味**:古人认为天地万物是由五种元素构成的,那就是五行:水、火、木、金、土。天地万物都由五行的变化而生成。这五种处在运动中的元素各有自已的属性或其特殊的表征。可概括为时、位、材、气、性、形、事、情、色、声、臭、味等范畴。**有命**:由命运主宰。《论语·颜渊》:“死生有命,富贵在天。”

⑩**经营**:筹划营造。**皓首**:白头,白发。谓年老。**尘劳**:泛指事务劳累。**“人心”句**:二程(宋代理学家程颢、程颐兄弟)从人性论出发,把心区分为“人心”和“道心”,认为“‘人心惟危’,人欲也;‘道心惟微’,天理也”。**无权**:不能衡量轻重。

⑪**弦诵**:弦,弦歌;诵,诵读。古代读诗,有用琴瑟等弦乐器配合歌唱的,有只口诵而不用乐器的。后以弦诵称学校教学。**金石**:钟磬之类的乐器,声音清脆优美。比喻文辞优美,声调铿锵。**蛮触**:《庄子·则阳》:“有国于蜗之左角者,曰触氏;有国于蜗之右角者,曰蛮氏。时相与争地而战,伏尸数万。”后以“蛮触”为

典,常以喻指为小事而争斗者。此指战争。

⑫**“谁与”二句**:从宋理宗为书院御书的对联“智水仁山日日当前逞道体,礼门义路人人于此见天心”化出。**豁眼**:犹言开阔视野。**仁山智水**:《论语·雍也》:“子曰:‘知者乐水,仁者乐山;知者动,仁者静;知者乐,仁者寿。’”“知”,同“智”。

伍炤

伍炤(zhào),江西安福人。清乾隆乙酉(1765)岁贡。九江训导。

道心堂怀古

堂开洲畔俯江浔①,极目宏模长道心②。
两字危微悬指顾③,半生修省在登临④。
沿街草色香风古⑤,入梦葭思湛水深⑥。
角艺堂前浑似昨⑦,不堪岑寂发遥吟⑧。

题解

道心堂,为书院讲堂。详前李振裕《闻罗郡伯复修白鹭洲书院喜赋》注释。怀古:思念古代的人和事。

注释

①**江浔**:江边。宋曾巩《游麻姑山》诗:"遂登半岭望城郭,但见积霭萦江浔。"

②**"极目"句**:放眼远看这具有规模的大堂,就能增长道心。**宏模**:宏伟的规模。**道心**:《朱子全书·尚书》释:"道心是本来禀受仁义礼智之心。"朱熹认为,"道心"出于天理或性命之正,本来便禀受得仁义礼智之心,发而为恻隐、羞恶、

是非、辞让,则为善。

③**两字**:指“道心”二字。**危微悬指顾**:意谓两字的深意悬挂在人们触目可见的地方。危微,“危微精一”的省称。谓人心危殆,道心幽微,要精研专一,才能保持中道。宋明以来儒家把这看成是个人道德修养和治理国家的原则。语本《书·大禹谟》:“人心惟危,道心惟微,惟精惟一,允执厥中。”悬指顾,悬于指可触、目可顾的地方,即眼前,使人时刻不忘“道心”二字的妙理。

④**修省**:修身反省。**登临**:登山临水,也指游览。语本《楚辞·九辩》:“憭慄兮若在远行,登山临水兮送将归。”

⑤**沿街**:沿路。街,大路,非今所谓街道。

⑥**葭思**:“蒹葭之思”的省语。旧时书信中常用作对人怀念的套语。语本《诗·秦风·蒹葭》:“蒹葭苍苍,白露为霜。所谓伊人,在水一方。”

⑦**角艺堂前**:在堂前较量才能或武艺。**浑似昨**:全然像是在昨天。浑,完全,简直之意。

⑧**岑寂(cénjì)**:高而静,亦泛指寂静。《文选·鲍照〈舞鹤赋〉》:“去帝乡之岑寂,归人寰之喧卑。”李善注:“岑寂,犹高静也。”唐杜甫《树间》诗:“岑寂双柑树,婆娑一院香。”

卢崧

卢崧，奉天(今沈阳)镶黄旗人。副贡，先任莲花厅同知，有善政，清乾隆三十八年(1773)任吉安知府。性勤敏，力图振兴，修城池，葺庙学，以鹭洲书院十属肄业人众，增建逢原堂数楹，扩其号舍，并益膏饩，定课程，多士皆为感奋。府志历久未修，重加纂辑。

逢原堂落成口占示诸生

道无左右惟逢本①，水隔东西信有原②。

今日堂开期自得③，他年重报十三元④。

题解

这首诗是吉安知府卢崧于清乾隆三十九年(1774)，在书院增建的逢原堂落成之时所作，勉励诸生努力学习，取得更好成绩。逢原堂，书院讲堂之一。详前朱廷基《逢原堂落成宴集四首》题解。落成:《诗·小雅·斯干序》“《斯干》，宣王考室也”。汉郑玄笺:“宣王于是筑宗庙群寝，既成而衅之，歌《斯干》之诗以落之。”落，古代宫室筑成时举行的祭礼。后因称建筑物竣工为“落成”。口占:谓作诗文不起草稿，随口而成。示诸生:给众弟子看。

注释

①**道**:此指儒家思想的理论系统。左右逢本，即“左右逢源”。书院所在地

白鹭洲左右都是江水,故云。

②**“水隔”句:**字面意思是说白鹭洲东西二水共有同一个源头,以喻学之有源犹水。“原”,通“源”。

③**“今日”句:**大意为今日新讲堂落成,期望大家在今后的勤奋学习中各有心得。自得,自己有心得体会。《孟子·离娄下》:“君子深造之以道,欲其自得之也。自得之则居之安,居之安则资之深,资之深则取之左右逢其原,故君子欲其自得之也。”

④**十三元:**明代吉安共有13人考中状元。

赵佑

赵佑（1727—1800），字启人，号鹿泉，浙江仁和人。乾隆十七年（1752）进士，改庶吉士。散馆，授编修。历充主考官，诸道监察御史，督江西、安徽、福建、顺天学政。官终都察院左都御史。佑工制举业（八股文）及古文，著有《清献堂集》（一名《赵鹿泉全集》）传于世。

白鹭洲书院示诸生

作育难逢守令贤①，良工指授更精专②。
诸生变化今伊始③，圣泽涵濡久历年④。
杜老堂空诗有派⑤，庐陵集在学无偏⑥。
相看各负凌云气⑦，洁白应怀振鹭篇⑧。

题解

此诗作于清嘉庆初，是作者在任江西学政期间视察白鹭洲书院时所作，意在勉励诸生。

注释

①**作育**：培养造就人才。明李东阳《重建成都府学记》："虽道德勋业与时高下，而作育之效，磋切之益，皆不可诬。"**难逢**：难得遇到。**守令**：官名合称，指郡守及县令。郡守掌治其郡，县令掌治其县。

②**良工**:古代泛称技艺高超的人。《墨子·尚贤中》:"今王公大人有一衣裳不能制也,必藉良工。"**指授**:指导,传授。汉班固《白虎通·三教》:"立三教以相指授。"**精专**:精纯专一。作者自注:"时太守为陕西王君沛訔,大令(庐陵知县)为山西张君敦仁,院长为湖州丁进士杰,合志振策。"

③**诸生**:指书院众弟子。**伊始**:初始,事情的开端。

④**圣泽**:帝王的恩泽。**涵濡**:滋润,沉浸。宋苏辙《墨竹赋》:"今夫受命于天,赋形于地,涵濡雨露,振荡风气。"

⑤**杜老堂**:指杜司户祠。杜老,即杜审言,杜甫的祖父。唐初被贬来到吉州,任司户参军。他在西原相山(今吉州区高峰坡一带)修建一座简陋的学舍,亲自授课,百教不厌。他离开后,吉州人在其办学旧址建成相山诗社,薪火相传。南宋朝臣庐陵周必大还家后,改建相山诗社,匾其额"杜司户祠",作为祭祀杜审言的专祠。

⑥**庐陵集**:颜真卿,字清臣,京兆人。唐永泰中谪为吉州司马,著有《庐陵集》十卷。**无偏**:不偏颇。《后汉书·班固传下》:"将军宜详唐殷之举,察伊皋之荐,令远近无偏,幽隐必达。"

⑦**负**:恃,即依恃,凭仗。**凌云气**:直上云霄的豪迈意气。多形容志向崇高或意气高超。宋卫宗武《题张石山出行吟卷》诗:"峨峨章甫冠,飘飘凌云气。"元张埜《水龙吟·酹辛稼轩墓在分水岭下》词:"岭头一片青山,可能埋得凌云气。"

⑧**洁白**:品行清白纯正。《吕氏春秋·审分》:"誉以高贤,而充以卑下;赞以洁白,而随以污德。"**振鹭篇**:《周颂·振鹭》是中国古代第一部诗歌总集《诗经》中的一首诗。首两句为:"振鹭于飞,于彼西雍。"作者自注:"《韩诗章句》以《振鹭》言辟雍学士皆洁白之人也。"

姚颐

姚颐(？—1788)，字震初，号雪门，江西泰和人。少时英敏力学，太守王铭琮奇其才，课之署中，复入鹭洲书院肄业。清乾隆三十一年(1766)进士第二(榜眼)，改庶吉士，授编修，历贵州乡试同考官、侍读，充方略馆纂修，与修《四库全书》为总阅，转春坊侍值上书房，乾隆四十二年(1777)督学湖南，升湖南、甘肃按察使，卒于官。人称息斋先生。著有《新山草堂制艺》《雨春轩诗草》等。

春晚登云章阁二首

其一

三年曾此倚嵯峨①，春晚登临意若何②。
夹岸桃花到水尽③，隔江山色上楼多④。
烟霏细柳连银浦⑤，日落孤城澹碧萝⑥。
莫向风前追往事⑦，等闲芳草任蹉跎⑧。

题　解

作者本身是白鹭洲书院的学子，旧地重游，登阁望远。眼前的暮春风景，惹动无限思绪。第一首由春色依旧而追思往事；第二首因水后的荒凉而心生感慨和企望。

注 释

①**倚**:依也,即凭栏。**嵯峨**:山高峻貌。这里指高峻的云章阁。句意为:回忆曾在书院习业三年,常常到此登临望远。

②**春晚**:犹春暮。宋苏轼《李钤辖坐上分题戴花》诗:"帘前柳絮惊春晚,头上花枝奈老何。"**登临**:登高临水。

③**桃花到水尽**:桃花一直开到水的尽头。化用陶渊明《桃花源记》"忽逢桃花林,夹岸数百步……林尽水源"句意。

④**隔江山色**:指赣江东的山色。天玉山在江东。**上楼多**:意谓山色青翠,美景如画,而登楼看得最清楚,更美丽。唐张祜《题惠山寺》:"泉声到池尽,山色上楼多。"

⑤**烟霏细柳**:细柳笼烟,形容柳树枝叶之盛。霏,弥漫,笼罩。**银浦**:本指银河,此处借指赣江。

⑥**日落孤城**:孤城,孤立的城池,指吉安城。宋范仲淹《渔家傲·秋思》:"千嶂里,长烟落日孤城闭。"**澹碧萝**:青青的女萝在晚风中摇荡。碧萝,女萝,一种绿色的寄生攀缘植物,常在树梢、墙上悬垂,随风摇荡。澹,摇动。

⑦**追往事**:追念往事,与首联呼应。

⑧**"等闲"句**:意谓不能让好景在等闲中任其蹉跎。**等闲**:平常。**蹉跎**:虚度光阴。南朝齐谢朓《和王长史卧病》:"日与岁眇邈,归恨积蹉跎。"

其 二

江上冥冥暮雨来①,阁中临眺独徘徊②。
鄣城万竹插天直③,野渡孤舟冒险回④。
泮藻何年飞白鹭⑤,阑干无限长苍苔⑥。
只应前代风流在⑦,双水星槎傍月开⑧。

注 释

①**冥冥**:昏暗貌。《诗·小雅·无将大车》:“无将大车,维尘冥冥。”朱熹集传:“冥冥,昏晦也。”**暮雨**:傍晚的雨。

②**临眺**:登高远望。杜甫《登兖州城楼》:“从来多古意,临眺独踌躇。”

③**“欹城”句**:夹城而生的万竹挺直地插入云天。《通俗文》曰:“以箸取物曰欹。”

④**野渡**:荒落之处或村野的渡口,此指白鹭洲渡口金牛渡。**孤舟**:指鹭洲渡口的渡船。

⑤**泮藻**:泮水中的藻类植物,此指泮宫文藻。句意:学宫中的文采何年如白鹭直飞云天。指多出人才。

⑥**“阑干”句**:诗人来游时,当是书院被水淹尚未修复之际,见到的是栏杆上长满了苔藓,心生感慨,且有上句的企望。

⑦**前代风流**:前朝的流风余韵。宋文天祥《遣兴·其一》:“遥怜海上今尘土,前代风流不肯休。”

⑧**“双水”句**:谓终有一日双水间会有星槎从月边溯流而过。晋王嘉《拾遗记》:“尧登位三十年,有巨槎浮于西海,槎上有光,夜明昼灭,海人望其光,乍大乍小,若星月之出入矣。槎常浮绕四海,十二年一周天,周而复始,名曰贯月槎。”借以喻书院终会有修复之日。**星槎**:往来于天河的木筏。传说古时天河与海相通,汉代曾有人从海渚乘槎到天河,遇见牛郎织女。见晋张华《博物志》卷三。

徐联奎

徐联奎，字璧堂，山西山阴人。乾隆三十一年(1766)进士。任南昌府同知，乾隆三十八年(1773)署(代理)吉安知府。

鹭洲书院课士有作

晴皋开讲舍①，舆盖此经临②。
为向诸生道③，相期一片心④。
志须规远大⑤，文莫务艰深⑥。
居近欧阳里⑦，薪传尚可寻⑧。

题　解

此诗作于清乾隆三十八年(1773)，作者代理吉安知府，到白鹭洲书院主持学生课业的考核，赋诗勉励学生。课士：考核士子的学业。

注　释

①**晴皋**：晴明的水边泽地，指白鹭洲。**讲舍**：讲堂，讲学的堂舍。

②**舆盖**：车舆与车盖。盖，古时车上避雨遮日之具，形如伞。亦代指车。唐杨炯《群官寻杨隐居诗序》："方圆作其舆盖，日月为其扃牖。"**经临**：来到。

③**诸生**：指书院众生员。唐韩愈《太学生何蕃传》："岁举进士，学成行尊，自太学诸生推颂不敢与蕃齿，相与言于助教博士。"**道**：语也。

④**相期**:期望。句谓一片真心寄期望于诸生。

⑤**规**:规划。**远大**:高远宏大。句谓要自己树立远大的志向。

⑥**艰深**:深奥难懂。宋苏轼《与谢民师推官书》:"扬雄好为艰深之词,以文浅易之说,若正言之,则人人知之矣。"诗句意为作文章应舍弃古奥艰深、沉浸浓郁的文风,提倡平易自然、文从字顺的文风。

⑦**欧阳里**:指欧阳修故里,欧阳修以积极培养后进受人尊敬。

⑧**薪传**:"薪尽火传"之省。薪,柴樵也。言前薪虽尽,后薪以续,前后相继,故火不灭也。比喻师生传授,学问一代一代地流传。**尚可寻**:还可以寻求。

李锡

李锡，字品韩，清代江西永新人。以大学生游京师，屡试不第，日以读书著述自娱。居家兴办公益事，曾疏浚黄土滩柏文水利，筑堤遏涨。又筑石狮陂，凿巨石成堰，以资灌溉，里人受其益。著有《读史杂说》四卷、《读子语》二卷、《钟山堂诗草》二卷等。

云章阁晓望

高楼拔地枕长川①，独倚危栏兴渺然②。
沙岸纡回开獭径③，柳荫左右泊江船④。
千山叠影归晴照⑤，几处飞花带晓烟⑥。
如此风光真不恶⑦，轻云淡荡鸟翩翩⑧。

题　解

诗人拂晓时分来游鹭洲，登云章阁远望，白鹭洲周边美景尽收眼底。从所写景物如飞花、晓烟、柳荫、云淡荡、鸟翩翩来看，应在春夏之季。这首诗颇受人喜爱，曾由多名书法家写成书法作品。

注　释

①**高楼**：指云章阁。**拔地**：耸出地面。唐吴融《赴阙次留献荆南成相公三十韵》："拔地孤峰秀，当天一鹗雄。"**枕长川**：靠近长河（赣江）。枕，靠近，临近。

《汉书·严助传》:“会稽东接于海,南近诸越,北枕大江。”

②**危栏**:高栏。唐李商隐《北楼》诗:“此楼堪北望,轻命倚危栏。”**兴渺然**:兴致深广。

③**沙岸纡回**:沙滩曲折回环。**獭(tǎ)径**:水獭走出来的小路。獭,水獭,俗名水狗,哺乳动物,昼伏夜出,善游水。

④**江船**:指江上的渔船。唐杜甫《春夜喜雨》:“野径云俱黑,江船火独明。”

⑤**晴照**:晴明的阳光。隋炀帝《望江南》:“水殿春寒幽冷艳,玉轩晴照暖添华。”

⑥**飞花**:飘飞的落花。**晓烟**:拂晓时分的烟雾。

⑦**不恶**:不坏,不错。唐白居易《雪后早过天津桥偶呈诸客》诗:“紫绶相辉应不恶,白须同色复如何?”

⑧**轻云淡荡**:薄云轻松悠闲地飘荡。**鸟翩翩**:鸟儿自由自在地飞翔。

郭仪霄

郭仪霄（1775—1859），字羽可，江西永丰县人，《清史列传》有传。清嘉庆二十四年（1819）乡举，后九考进士而不中，援例授内阁中书。诗书画皆有盛名，时称三绝，最喜画竹。大学士潘世恩、王鼎堂皆敬礼之。朝鲜使臣权敦仁、李石友来朝，特乞所作以去。郭仪霄仕途蹇剥，后无意功名，历主河南夷山书院、山东琅琊书院、吉安白鹭洲书院、宁都梅江书院、南昌经训书院。著有《诵芬堂诗钞》《诵芬堂文钞》等。与状元刘绎同乡交好。

戈德庵太守其迈以次韵施愚山先生鹭洲书院壁间诗属和，即次原韵奉酬

五马翩来话绿阴[①]，使君好句琢冰心[②]。
大江绕户源流远[③]，高馆连云岁月深[④]。
炎气避人消水国[⑤]，清风送客转花林[⑥]。
穹碑合共愚山勒[⑦]，留取新诗镇古今[⑧]。

题　解

这首诗应作于清道光十九年（1839）前后，其时作者任白鹭洲书院山长，戈其迈任吉安知府。戈其迈，字德庵，直隶景州（今河北景县）人，嘉庆二十二年（1817）丁丑科进士，工书。官户部郎中，道光十八年（1838）任吉安府知府。曾留居京都，有京都名人的美誉，与交河（今泊头市）名人王化昭有着很深的交往。

次韵:见前万一贯《步甘雨韵》题解。施愚山:施闰章,愚山,其号也。本诗所和原诗是戈其迈《次韵施愚山先生鹭洲书院壁间诗》,而戈诗所和原诗为施闰章《云章阁》,见前。这三首诗所用韵字及其次序都是一样,惜戈诗未见。

注释

①**五马翩来:**谓戈其迈知府飘忽而来。五马,太守的代称。汉时太守乘坐的车用五匹马驾辕,因以五马借指太守的车驾。

②**使君:**对奉使之官的尊称。此指施愚山,他以湖西道身份巡行吉安。**好句:**好诗。**琢冰心:**出于冰心。琢,琢磨成诗之意。冰心,纯净高洁的心。

③**大江绕户:**谓书院为大江环绕。户,门也。**源流远:**源远流长,河流的源头很远,水流很长。常比喻历史悠久,根底深厚。语本唐白居易《海州刺史裴君夫人李氏墓志铭》:"夫源远者流长,根深者枝茂。"

④**高馆连云:**高大的馆舍与天空之云相连,形容高且多。**岁月深:**言岁月久远。

⑤**炎气:**暑气。**水国:**犹水乡。唐孟浩然《洛中送奚三还扬州》诗:"水国无边际,舟行共使风。"句谓白鹭洲地处水中央,暑气消退不能近人,即谓洲上气候凉爽。

⑥**"清风"句:**意谓有徐徐清风迎送游客浏览风光。

⑦**穹碑:**圆顶高大的石碑。元韦居安《梅涧诗话》卷下:"久无执贽求侯牧,空有穹碑立庙门。"句谓戈其迈的诗应与施愚山的诗一起刻在大碑上。**勒:**勒石,刻字于石。

⑧**留取:**犹留存。取,语助词。宋牟巘《木兰花慢·饯公孙倅》词:"留取去思无限,江蓠香满汀洲。"**镇古今:**为千秋所倚重,镇,重也。

鹭洲书院即目并勖及门诸同学

其　一

红尘两岸隔①，讲院一洲深②。
烟水远明灭③，江山仍古今④。
荡胸云满袖⑤，洗眼月窥林⑥。
静有鸢鱼趣⑦，三春乐共寻⑧。

题　解

这一组诗作于清道光间，作者任白鹭洲书院山长之时。即目：就目之所见的事物命题作诗曰即目。勖(xù)：勉励。及门：指到门受业的弟子。

注　释

①**红尘**：指繁华之地。南朝陈徐陵《洛阳道》诗之一："缘柳三春暗，红尘百戏多。"**两岸隔**：意指白鹭洲与市区被赣水分隔在两岸。

②**讲院**：指书院。**一洲深**：在洲的深处。

③**烟水**：迷蒙的雾霭。**明灭**：谓忽明忽暗，或忽隐忽现。宋李之仪《好事近》："暮山浓淡锁烟霏，梅杏半明灭。"

④**仍古今**：频仍地经古历今。

⑤**荡胸**：胸怀开荡。唐杜甫《望岳》："荡胸生层云，决眦入归鸟。"

⑥**洗眼**：谓观赏秀美的景色。宋苏轼《九日寻臻阇黎遂泛小舟至勤师院》诗之二："笙歌丛里抽身出，云水光中洗眼来。"

⑦**鸢鱼趣**：鸢飞鱼跃之妙趣。《诗·大雅·旱麓》："鸢飞戾天，鱼跃于渊。"后以"鸢飞鱼跃"谓万物各得其所。此喻探求学问，上下考察之乐趣。

⑧**三春**：春季三个月。农历正月称孟春，二月称仲春，三月称季春。俗谓春

天。汉班固《终南山赋》:“三春之季,孟夏之初,天气肃清,周览八隅。”

其 二

树密鸟声喜,野航人往还[①]。
侵袍余绿草[②],敞户纳青山[③]。
林谷便吾拙[④],乾坤着我闲[⑤]。
高风舒远眺[⑥],杰阁慰幽攀[⑦]。

注 释

①**野航**:村野渡口的小船,此指鹭洲渡船。唐杜甫《南邻》诗:“秋水才深四五尺,野航恰受两三人。”

②**侵袍**:沾着行人的衣袍。宋刘子翚《道中》:“鸟声时出树,花气欲侵袍。”

③**敞户**:敞开门。**纳青山**:迎入青葱的山岭。

④**林谷**:林木山谷。句谓深林幽谷利于养吾之拙。养拙,谓才能低下而闲居度日,常用为退隐不仕的自谦之辞。晋潘岳《闲居赋》:“仰众妙而绝思,终优游以养拙。”

⑤**“乾坤”句**:谓天地间特置我于闲境,清净寡欲之地。“着”,“著”的俗字,置之也。

⑥**高风**:指秋风。唐杜甫《奉送郭中丞充陇右节度使三十韵》:“斜日当轩盖,高风卷旆旌。”师尹注:“高风,八月风也。”**舒远眺**:放眼远望。

⑦**杰阁**:高阁。唐韩愈《记梦》诗:“隆楼杰阁磊嵬高,天风飘飘吹我过。”

其 三

六一风流古[①]，文山节义尊[②]。
后来森棫朴[③]，先正足渊源[④]。
书带香生几[⑤]，桃花水到门[⑥]。
青毡晨夕数[⑦]，好继十三元[⑧]。

注 释

①**“六一”**：宋欧阳修晚年的自号，详前尹直卿《贺周益公归休》注释。句谓欧阳修的文章风韵高古，不同凡响。

②**文山**：指文天祥，文山其号。句谓文天祥的节操与义行令人尊崇。

③**后来森棫朴（yùpǔ）**：《棫朴》是《诗・大雅》中的篇名。该篇诗序称诗是咏“文王能官人也”，故多以喻贤材众多。句谓欧阳修、文天祥之以后成长起来的人才众多。森，多也。棫朴，白桵和枹木。

④**先正**：前代的贤臣，泛指前代的贤人。**足**：满也。**渊源**：水的源头，比喻事物的本原。

⑤**书带**：束书的带。又，书带草是一种沿阶草，传说汉郑玄在康成书院讲学著述时，经常到书院附近的野地采集一些草叶用于编竹简。《三齐记》载：“郑康成教子处有草如薤，谓之‘郑康成书带’。”**几**：几席，书案。

⑥**桃花水**：春汛。《汉书・沟洫志》：“来春桃华水盛，必羡溢，有填淤反壤之害。”颜师古注：“《月令》：‘仲春之月，始雨水，桃始华。’盖桃方华时，既有雨水，川谷冰泮，众流猥集，波澜盛长，故谓之桃华水耳。”

⑦**青毡**：青色毛毯，指清寒贫困者，亦指清寒贫困的生活。**晨夕数**：经过无数个朝朝暮暮。数，屡。

⑧**十三元**：作者自注：“有明吉安得殿撰者其十三人。”殿撰：状元之别称。元代张起岩以进士第一名特授集贤院修撰，明清沿其制，只有状元（殿试第一）

才有资格任翰林院修撰一职,“殿撰”遂成为状元的通称。

其 四

老马岂云智,深惭未识途①。
读书怀利济②,吾道重廉隅③。
旧学功谁邃,新知德不孤④。
莫辜贤太守⑤,相勉是真儒⑥。

注 释

①**“老马”二句**:用“老马识途”典。《韩非子·说林上》:“管仲、隰朋从于桓公而伐孤竹,春往冬返,迷惑失道,管仲曰:‘老马之智可用也。’乃放老马而随之,遂得道。”后因以“老马识途”比喻对某事富有经验,能为先导。此处反其意而用之,做自谦语。

②**利济**:救济,施恩泽。五代齐己《送谭三藏入京》诗:“阿阇梨与佛身同,灌顶难施利济功。”

③**吾道**:指儒家的思想学说。**廉隅**:比喻端方不苟的行为、品性。《礼记·儒行》:“近文章,砥厉廉隅。”言儒者习近文章,以自磨砺,使成廉隅也。

④**“旧学”二句**:化用朱熹《鹅湖寺和陆子寿》诗句:“旧学商量加邃密,新知培养转深沉。”意为旧日所学经过研讨更精深;新知要不断培植才会深入。**邃(suì)**:精通,深晓。**德不孤**:互相研讨、砥砺之意。《论语·里仁》:“子曰:德不孤,必有邻。”朱注:“故有德者,必有其类从之,如居之有邻也。”

⑤**贤太守**:指有贤德的吉安知府。

⑥**真儒**:真正的儒者,犹大儒。汉扬雄《法言·寡见》:“如用真儒,无敌于天下。”

徐湘潭

徐湘潭(1783—1850),字睦堂,号东松,别号兰台,江西永丰人。嘉庆十八年(1813)选为拔贡。工诗及古文辞,相国王鼎堂言:“吾于古文见江西徐湘潭。”一时名流争相引重。暮年主讲湖南临湘莼湖书院。所著诗文一百六十卷,有《笃志堂古文稿》,刘绎为之序。

白鹭洲书院

文忠遗讲席①,胜地称藏修②。
孤屿冲波出③,双江夹岸流④。
树阴横羃历⑤,禽响落钩辀⑥。
徙倚不能去⑦,爱听弦诵幽⑧。

题　解

作者是著名的永丰才子,他与郭仪霄、刘绎都是同乡至交。徐、郭又同出张琼英门下。这首诗可能是郭仪霄任书院山长,徐湘潭来访时所作。诗写游览白鹭洲书院的感受。

注　释

①**文忠**:白鹭洲书院创始人江万里谥号。**讲席**:儒师讲经讲学的席位。

②**胜地**:名胜之地。南朝齐王中《头陀寺碑文》:“东望平皋,千里超忽,信楚

都之胜地。”**称藏修**：最好的潜身求学之所。称(chèn)，适宜。藏，屏居之谓。修，治学修行也。

③**孤屿**：孤立的岛屿，指白鹭洲。**冲波出**：冲破波浪，突出水面。

④**双江夹岸**：鹭洲中分赣水为二，故云。

⑤**横幂历**：如覆盖的大被。横，遮也。幂历(mìlì)，分布、覆盖貌。明文徵明《题画六首·其二》：“浓阴幂历森昼寒，虬枝拂空根束石。”

⑥**禽响**：鸟鸣。**落钩辀(gōuzhōu)**：发出“钩辀”之声。钩辀，鹧鸪鸣声，亦泛指鸟鸣声。宋欧阳修《送梅秀才归宣城》：“罢亚霜前稻，钩辀竹上禽。”

⑦**徙倚(xǐyǐ)**：犹徘徊，逡巡。《楚辞·远游》：“步徙倚而遥思兮，怊惝怳而乖怀。”**去**：离开。

⑧**弦诵幽**：幽雅的诵读之声。

冯询

冯询(1796—1871),字子良,广东番禺人。嘉庆二十四年(1819)举人,嘉庆二十五年(1820)庚辰科进士。道光十八年(1838)选授永丰知县,在任五年。后调署浮梁县,升南昌府吴城同知,兼署九江府知府,调署饶州府,委办赣防军务,晚年奏保擢升知府。后以年老请致仕归,在吉安试院主讲席,76岁时病逝于豫章觉园。有《子良诗存》二十二卷存世。

游鹭洲书院

其一

书生初愿渺难偿[①],老见书林暗自伤[②]。
辛苦未完求志地[③],渊源重问道心堂[④]。
谁能事业争千古[⑤],我已蹉跎愧一庄[⑥]。
今日再传称弟子[⑦],此邦犹有旧门墙[⑧]。

题解

此两首诗应作于道光二十三年(1843)前后,作者任永丰知县时。诗写游览白鹭洲书院的感想。

注　释

①**书生**:读书人,古时多指儒生。作者自称。**初愿**:宿愿,素来的愿望,旧日的心愿。

②**书林**:文人学者之群,此喻白鹭洲书院。

③**求志地**:作者自注:"谓永丰求志书院。"清道光二十三年(1843),时任永丰知县的冯询在县城葛溪河畔的百花洲复建求志书院,即今恩江小学的前身。

④**渊源**:水的源头,喻指学业上的相师承。**道心堂**:书院讲堂,详前李振裕《闻罗郡伯复修白鹭洲书院喜赋》注释。

⑤**事业千古**:千秋事业,能流传千年的功业。

⑥**蹉跎**:虚度光阴。**一庄**:一桩,一件。元关汉卿《裴度还带》第三折:"长老,小子相人多矣,未尝有这等一庄事。"

⑦**再传弟子**:学生的学生。

⑧**"此邦"句**:作者自注:"谓庐陵王霞九太夫子。"王霞九:王赠芳(1762—1849),字曾貽(yí),号霞九,庐陵县(今吉安县)鹤州人。嘉庆十六年(1811)进士,授编修,曾典试广西、福建、湖北,历福建道御史、山东曹州知府、济东道御史兼盐运使,补云南盐法道兼署按察使。以病足归,卒年八十八。祀乡贤,湖北祀名宦。著有《毛诗春秋纲领》《纲鉴要录》《慎其余斋文集》。太夫子:夫子是对老师的尊称,太夫子即太老师。**门墙**:《论语·子张》:"夫子之墙数仞,不得其门而入,不见宗庙之美,百官之富。得其门者或寡矣。"后因称师门为"门墙"。

其　二

能游便算许跻攀[①],却逊还乡学闭关[②]。
林谷自违猿鹤约[③],水云全让鹭鸥闲[④]。
纵能问字容登座[⑤],毕竟藏书要买山[⑥]。
眼见名区留不得[⑦],更从何处觅嫏嬛[⑧]。

注 释

①**跻攀（jīpān）**：犹攀登。唐杜甫《白水县崔少府十九翁高斋三十韵》："清晨陪跻攀，傲睨俯峭壁。"

②**"却逊"句**：但还不如还乡去闭门学道。**闭关**：闭门谢客，断绝往来。谓不为尘事所扰。《文选·颜延之〈五君咏·刘参军〉》："刘伶善闭关，怀情灭闻见。"

③**"林谷"句**：自咎未实践于猿鹤相约隐居陵谷的诺言。**猿鹤**：借指隐逸之士。

④**水云**：水云乡，水云弥漫，风景清幽的地方。多指隐者游居之地。宋苏轼《南歌子·别润守许仲途》词："一时分散水云乡，惟有落花芳草断人肠。"**鹭鸥**：以鸥鹭的自由自在比喻隐居生活。

⑤**问字**：据《汉书·扬雄传》载，扬雄多识古文奇字，刘棻曾向扬雄学奇字。后来称从人受学或向人请教为"问字"。宋黄庭坚《谢送碾壑源拣芽》诗："已戒应门老马走，客来问字莫载酒。"

⑥**藏书买山**：犹言归隐。据南朝宋刘义庆《世说新语·排调》载："支道林因人就深公买印山，深公答曰：'未闻巢由买山而隐。'"后以"买山"喻贤士的归隐。巢由：巢父和许由的并称。相传皆为尧时隐士，尧让位于二人，皆不受。因用以指隐居不仕者。诗句意：欲归隐却无钱买山，言归隐一时不能如愿。

⑦**名区**：指有名之地，名胜。指白鹭洲。**留不得**：不能居留。

⑧**觅琅嬛（lánghuán）**：寻找藏书隐读之处。琅嬛，神话中天帝藏书处。《字汇补·女部》："玉京琅嬛，天帝藏书处也，张华梦游之。"

徐盛持

徐盛持，字梦笙，江西奉新人。清道光三年(1823)进士，历官广西平乐知县、龙州同知。任过白鹭洲书院山长(据汪泰荣《吉安书院志》)。有《寸草轩诗存》。

白鹭洲书院留别诸友

其一

两载青毡共论文[①]，敢夸讲学溯河汾[②]。
虚声幸领科名记[③]，钝笔难收翰墨勋[④]。
百六良朋惭长尔[⑤]，三千蓬岛望诸君[⑥]。
名邦况是钟灵地[⑦]，莫让前贤独迈群[⑧]。

题　解

这一组诗是作者离开书院时所作，作为纪念文字留赠给同事和学生，故曰“留别”。从诗中内容来看，作者任书院山长约两年，具体时间无从查考。

注　释

①**青毡**：青色毛毯，指清寒贫困者，亦指清寒贫困的生活。《晋书·王献之

传》:“夜卧斋中,而有偷人入其室,盗物都尽。献之徐曰:偷儿,青毡我家旧物,可特置之。群偷惊走。”后乃以“青毡”喻儒士生活。**共论文**:共同评论文人及其文章。

②**河汾**:指河汾门下。隋代王通设教河汾之间,受业者达千余人。见《新唐书·隐逸传·王绩》。后以“河汾”指称王通及其学术流派。

③**虚声**:虚名,虚誉。《韩非子·六反》:“布衣循私利而誉之,世主听虚声而礼之,礼之所在,利必加焉。”**科名记**:又称登科记,科举时代及第士人的名录。详载乡、会试中式人数、姓名、籍贯、年岁以及考官以下官职姓名,并三场试题目。句意:我侥幸地名列在科名录的前面。领,领头也,说明作者考试中名列榜首。

④**钝笔**:谦词,谓才浅,文笔不利。**翰墨勋**:笔墨方面的成就。

⑤**惭长尔**:老师对学生的谦词。句意:在一百六十位良朋中我只惭愧地比你们大几岁。语出《论语·先进》:“子曰:以吾一日长乎尔,毋吾以也。”作者自注:“院中预课常百五六十人。”

⑥**“三千”句**:意为望白鹭洲的众弟子都成为玉堂仙。**三千**:三千弟子。孔子有弟子三千,后人常借以喻弟子之多。**蓬岛**:本为蓬莱仙岛,此指翰林院,待诏翰林院是古代儒士的最大愿望。宋以后,翰林院有玉堂之号,世称翰林院官为玉堂仙,以其职清务简,优游自如也。

⑦**“名邦”句**:谓白鹭洲既属文章节义之邦,又是得天独厚的名胜之地。**况**:又,更也。**钟灵地**:灵秀之气汇聚之地。钟,凝聚;灵,神灵。

⑧**前贤**:前代的贤人或名人。**迈群**:超群。句意:不能只有前贤超群,后人更要超群。

其　二

讲院宏开白鹭洲①，文忠遗迹亘千秋②。
词源倒涌双江合③，砥柱中分二水流④。
两岸烟霞容啸傲⑤，四朝人物盛遨游⑥。
名臣理学知多少⑦，高阁云章踞上头⑧。

注　释

①**讲院**：指白鹭洲书院。句意谓在白鹭洲上开办了这么大的一个书院。

②**文忠**：指江万里，白鹭洲书院的开创者。江万里谥号文忠。**遗迹**：前人活动遗留下来的痕迹。**亘千秋**：贯穿千年。句意谓江万里创建白鹭洲书院的功绩将千古流芳。

③**词源**：喻滔滔不绝的文词。唐杜甫《醉歌行》诗："词源倒流三峡水，笔阵独扫千人军。"**双江**：与下句的"二水"都是指赣江，赣江流至鹭洲被一分为二。

④**砥柱**：黄河中流的砥柱山，借指白鹭洲。

⑤**啸傲**：放歌长啸，傲然自得。形容放旷不受拘束。晋郭璞《游仙》诗之八："啸傲遗世罗，纵情在独往。"

⑥**四朝**：指白鹭洲自创建以来经过的宋、元、明、清四个朝代。元好问《郑州上致政贾左丞相公》："四朝人物推耆旧，万古清风在典刑。"**遨游**：漫游，游历，周游考察。方廷楷《寄寄尘》："我已十年甘隐遁，君犹千里事遨游。"

⑦**名臣**：有名的贤臣。**理学**：指程颐、程颢、周敦颐、张载、邵雍、朱熹等理学名儒。

⑧**"高阁"句**：作者自注："云章阁祀先贤主位。"主位：牌位，为祭神或祭祀先人而设的一种有底座的木牌，上面书有被祭祀者的名号。

其　三

一堂丝竹聚群英①，晓月寒灯味最清②。
花入文章生笔梦③，床连风雨读书声④。
道心静证鸢鱼妙⑤，经学穷研马郑精⑥。
秋桂春桃消息近⑦，好音听报上林莺⑧。

注　释

①**丝竹**：弦乐器与竹管乐器之总称，亦泛指音乐。在这里指生徒。东汉马融讲学，坐高堂，施绛纱帐，前授生徒，后列女乐。丝竹代女乐，用作授生徒之典故。**群英**：谓众贤能之士。

②**晓月寒灯**：拂晓的残月，寒夜里的孤灯。形容寒窗苦读的生活。

③**“花入”句**：“梦笔生花”一语的化用。五代王仁裕《开元天宝遗事·梦笔头生花》：“李太白少时，梦所用之笔头上生花，后天才赡逸，名闻天下。”后因以“梦笔生花”喻才情横溢，文思丰富。

④**床连风雨**：同“风雨对床”，唐韦应物《示全真元常》：“宁知风雨夜，复此对床眠。”后因以“风雨对床”指兄弟或亲友久别重逢，共处一室倾心交谈的欢乐之情。此处借指学生们在一起读书的欢趣。

⑤**道心**：作者自注：“讲堂颜曰‘道心’。”即道心堂。颜曰，指门额题匾上的文字。**鸢鱼（yuānyú）妙**：鸢飞鱼跃之妙趣。喻探求学问，上下考察之乐趣。

⑥**经学**：以儒家经典为研究对象的学问。**穷研**：深入研究。**马郑**：东汉马融与郑玄的并称。两人皆为经学大师。南朝梁刘勰《文心雕龙·序志》：“敷赞圣旨，莫若注经，而马郑诸儒，弘之已精；就有深解，未足立家。”郑玄师马融，游学十余年。

⑦**秋桂春桃**：借喻秋试春试。明清两代乡试（试举人）例于八月举行，故乡试又称秋试；会试（试进士）例于二月举行，故乡试又称春试。

⑧**上林**:上林苑,古宫苑名。秦旧苑,汉初荒废,至汉武帝时重新扩建。故址在今西安市西及周至、鄠邑区界。句意:且听京城传来捷报。

其　四

自笑齐竽本滥吹①,忝叨声誉竟交推②。
箪瓢几辈原同调③,文字三生有旧知④。
相聚惜如萍易散⑤,多情还赠草将离⑥。
片帆归向章门路⑦,惆怅橙黄绿橘时⑧。

注　释

①**“自笑”句**:用“滥竽充数”故事。《韩非子·内储说上》:“齐宣王使人吹竽,必三百人。南郭处士请为王吹竽,宣王说之,廪食以数百人。宣王死,湣王立,好一一听之,处士逃。”后以“滥竽”比喻没有真才实学的人,有时也表示自谦。

②**忝叨声誉**:惭愧地受此声望名誉。**交推**:交相推崇。

③**箪瓢(dānpiáo)**:盛饭食的箪和盛饮料的瓢,亦借指饮食。晋陶潜《癸卯岁十二月中作与从弟敬远》诗:“劲气侵襟袖,箪瓢谢屡设。”孔子曾赞美颜回说:“贤哉回也,一箪食,一瓢饮,在陋巷,人不堪其忧,回也不改其乐,贤哉回也。”(《论语·雍也》)**同调**:音调相同,比喻有相同的志趣或主张。《文选·谢灵运〈七里濑〉诗》:“谁谓古今殊,异世可同调。”亦喻指志趣或主张一致的人。

④**三生**:佛教语。指前生、今生、来生。唐牟融《送僧》诗:“三生尘梦醒,一锡衲衣轻。”**旧知**:犹故交。《三国志·魏志·袁术传》:“吾备旧知,故陈至情。”

⑤**“相聚”句**:“惜如萍踪易聚易散”的意思,喻朋友聚散离合,此处偏义“散”。

⑥**草将离**:将离是芍药的别名。唐苏鹗《苏氏演义》卷下:“牛亨问曰:‘将离

别，赠之以芍药者何？'答曰：'芍药一名将离，故将别以赠之。'"清钱谦益《德水送芍药》："莫作离骚香草看，楚臣肠断是将离。"

⑦**片帆**：孤舟，一只船。唐李颀《李兵曹壁画山水各赋得桂水帆》："片帆在桂水，落日天涯时。"**章门**：南昌和赣州都有别名曰章门。

⑧**惆怅**：伤感、懊恼。《楚辞·九辩》："廓落兮，羁旅而无友生；惆怅兮，而私自怜。"**橙黄绿橘**：指秋季景物。苏轼《赠刘景文》："一年好景君须记，正是橙黄橘绿时。"

刘绎

刘绎(1798—1879),字瞻岩,江西永丰人。道光十五年(1835)一甲一名进士,授翰林院修撰,入直南书房。道光十七年(1837),提督山东学政。事竣,温旨询问家世,命侍父母居直庐。寻以亲老乞归里。性至孝,主讲鹭洲书院,去家百余里,每月必一归省。咸丰初,廷臣交荐,诏入京,父已殁,召对,仍以母老陈情归。太平军陷郡邑,奉母避山中。朝命加三品衔,督办江西团练,不辞劳瘁,多所保全。旋丁母忧归。终制,召入京,以老疾辞。绎与祈寯藻相契,工诗文,著有《存吾春斋文钞》十二卷、诗钞十三卷、《崇正黜邪论》一卷,传于世。刘绎在鹭洲书院任职时间最长,写鹭洲的诗作也多,这里选录的仅为其中一部分。

鹭洲书院即事四首

其　一

遥从章贡抱潆洄[①],忽到中流异境开。
二水何人别泾渭[②],三山有路近蓬莱[③]。
文章波折须看势[④],风景流连也要才。
为忆师川题咏始[⑤],凭栏瞻瞩几徘徊[⑥]。

题 解

这组诗作于道光二十四年(1844),岁在甲辰,刘绎时年四十七岁。刘绎于道光二十二年(1842)被聘为白鹭洲书院山长。诗写白鹭洲周边的山水形胜,对白鹭洲书院的自然风光和悠久历史洋溢着赞誉之情,对先哲前贤无限缅怀。即事:见前孔兴浙《鹭洲即事》题解。作者自注:"以下甲辰。"

注 释

①**章贡**:章水和贡水的并称,乃赣江上游之二源,亦泛指赣江及其流域。**抱潆洄**:谓章贡二水合流后,洄旋而下。

②**二水**:指白鹭洲"二水中分"之二水,非指章、贡二水。**泾渭**:指泾水和渭水。《诗·邶风·谷风》朱传:"泾浊渭清,二水合而清浊益分。"这句是说赣水流至白鹭洲一分为二,并无清浊之分。

③**三山**:指白鹭洲北枕螺子山,南接神冈山,左拥青原山之三山。**蓬莱**:蓬莱山,古代传说中的神山名。亦常泛指仙境,借喻鹭洲。按,这一联化用唐李白《登金陵凤凰台》诗"三山半落青天外,二水中分白鹭洲"句。清人黄文成《白鹭洲书院赋》亦有"三山远合,二水中分"之语。

④**文章波折**:指文章的曲折、变化。清恽敬《与秦省吾书》:"侯君文清浏见底,波折皆出天然。"

⑤**师川**:人名。北宋徐俯,字师川,宋宣和间任吉州通判。**题咏始**:谓师川是最早题诗吟咏白鹭洲的诗人,有诗句曰:"不见飞凫舄,空看白鹭洲。"

⑥**瞻瞩**:专注而视。**几徘徊**:多次低徊,流连不能离去。作者自注:"白鹭洲始见于宋宣和间徐师川题咏,时徐判吉州,此洲尚为沙门所有,流连寄慨,盖先得古人之志而建置有待者也。"

其 二

到此欣逢左右原①,屹然斯道树吾藩②。
凭空楼阁思谁创③,不废江河赖尔存④。
明月清风光霁近⑤,天章云汉典型尊⑥。
如何正谊堂基在,转讶诸贤别有门⑦。

注 释

①**此**:指逢原堂。**左右原**:有二义,一谓白鹭洲左右逢源,“原”通“源”。二指书院之逢原堂。

②**斯道**:斯文。道之显者谓之文,即儒家之传统学说。**藩**:地域。吾藩,我们这个地方。

③**凭空楼阁**:凌空楼阁,言其高。明王守仁《化城寺六首·其一》:“化城高住万山深,楼阁凭空上界侵。”

④**不废江河**:犹言长江、黄河永远长流。化用杜甫诗句:“尔曹身与名俱灭,不废江河万古流。”**赖尔存**:就因为有书院的存在。

⑤**明月清风**:指白鹭洲之风月楼。作者自注:“楼名风月。”**光霁**:“光风霁月”之省。喻人品高洁、胸襟开阔。宋黄庭坚《濂溪诗序》:“舂陵周茂叔,人品甚高,胸中洒落如光风霁月。”这里暗指书院中所奉祀的儒家先贤。

⑥**天章云汉**:指白鹭洲之云章阁。作者自注:“阁名云章。”**典型**:典范。

⑦**“如何正谊”二句**:是诗人即事生感的点睛之笔。作者自注:“书院几经重修,而正谊堂已非,旧六君子祠竟废,前任戈太守始补建于门外,殊失江文忠创立书院之本意。”故有“转讶诸贤别有门”之叹。**讶**:惊异。**别**:另也,另立六君子祠于门外。

其 三

道脉微茫亦可嗟[①],渊源洄溯正无涯[②]。
须知伊洛承洙泗[③],直下姚江对白沙[④]。
君看双流原合派,从来六籍统诸家[⑤]。
主持前后惟贤守[⑥],不独名山胜水夸[⑦]。

注 释

①**道脉微茫:**谓儒家道统的传授,统绪不明。《宋史·朱熹传》:“尝谓圣贤道统之传,散在方册,圣贤之旨不明,而道统之传始晦。”方册,指各种版策。

②**洄溯正无涯:**追溯源流正无边无际。**洄溯:**逆流而上。唐刘希夷《江南曲》之五:“洄溯经千里,烟波接两乡。”

③**伊洛承洙泗:**伊洛,伊水与洛水。两水汇流,多连称。这里指宋程颢、程颐的理学。程氏兄弟为洛阳人,讲学伊洛之间,故称。**洙泗:**洙水和泗水。孔子在洙泗之间聚徒讲学。后因以“洙泗”代称孔子及儒家。意谓二程学派是继承孔子学说而来。

④**姚江对白沙:**姚江,经余姚市到宁波市与鄞江汇合后称甬江,余姚(原属绍兴府)为王阳明的故乡,故阳明学派亦称姚江学派。白沙,指广东兴会白沙里人陈献章,亦明代大儒,世称白沙先生。

⑤**六籍统诸家:**六籍,即六经,指《礼》《乐》《书》《诗》《易》《春秋》。统纪百家之说。

⑥**主持前后:**承前启后之意。**贤守:**贤太守。篇末作者自注:“太守李公于培植鹭洲外,又修复阳明书院于青原山,一以讲学,一以治经,吾吉之承先启后者有所藉矣。”按,太守李公即李镕经,字子畲,号刚峰。山西定襄人。嘉庆二十二年(1817)进士,道光十九年(1839)授江西建昌知府,二十一年调任吉安知府。倡修青原书院,其振文教之功良多。

⑦**不独**:不仅。

其　四

几曾隔岸望贤关①,今日登临愧仰攀②。
何处古香来草木③,此中真意在云山④。
乘时正好偕童冠⑤,寻乐谁能到孔颜⑥。
独对春风亭上坐⑦,置身疑是舞雩闲⑧。

注　释

①**贤关**:学行陶冶之地,亦指进入仕途的门径。语本《汉书·董仲舒传》:"太学者,贤士之所关也,教化之本原也。"颜师古注:"关,由也。"此处指吉安古城兴贤门,与白鹭洲隔河相望。

②**仰攀**:犹言高攀。《初刻拍案惊奇》卷二十:"只是母子孤寒如故,未敢仰攀。"

③**古香**:指图书、藏画、法帖等发出的书香。宋陆游《小室》诗:"窗几穷幽致,图书发古香。"

④**云山**:云物山川之美。南朝梁吴均《同柳吴兴乌亭集送柳舍人》诗:"云山离晻暧,花雾共依霏。"

⑤**偕童冠**:意为趁着良好的春时,偕同孩子和大人们去及时游乐。童冠,指青少年。语出《论语·先进》:"莫春者,春服既成,冠者五六人,童子六七人,浴乎沂,风乎舞雩,咏而归。"冠(guàn),古代男子二十岁而冠。

⑥**孔颜**:孔子与其弟子颜回的并称。句谓寻找真正乐趣,谁能达到孔子和颜回那种高尚的境界。按,孔颜所乐者,道也。

⑦**春风亭**:作者自注:"亭名浴沂。"按,浴沂亭系白鹭洲古迹之一,今不存。

⑧**舞雩(yú)**:古鲁国祭天祈雨之坛,多树木,是乘凉的好地方。借以喻浴沂亭的风凉。

留别鹭洲

其 一

回首韶光总不堪①，萧萧风雨满窗南②。
眼看原草枯荣一③，身似堤杨眠起三④。
鹭白惊霜欺鬓黑⑤，螺青映水逼衣蓝⑥。
故山依恋曾何补，每对归云只自惭⑦。

题 解

此两首诗作于道光二十四年(1844)冬。任山长聘期已满，刘绎回乡省亲，明年仍有续聘。留别：多指以诗文做纪念赠给分别的人。

注 释

①**“回首韶光”句**：作者自注：“上巳起馆。”按，上巳：旧时节日名。汉以前以农历三月上旬巳日为“上巳”；魏晋以后，定为三月三日，不必取巳日。起馆：谓塾师授馆开学。

②**窗南**：南窗，向南的窗子。因窗多朝南，故亦泛指窗子。晋陶潜《问来使》诗：“我屋南窗下，今生几丛菊。”

③**原草枯荣一**：化用白居易《赋得古原草送别》诗句：“离离原上草，一岁一枯荣。”意谓又过了一年。

④**眠起三**：作者自注：“到馆后三次归省(回家探望父母)。”

⑤**鹭白**：指白鹭洲，白鹭洲书院所在地。

⑥**螺青**：指螺子山，山在吉安城北，为古代吉安的标志。

⑦**归云**：犹行云。**自惭**：自己感到惭愧。

其　二

烟波喜结鹭鸥群①，文字交深更赏欣②。
十日重论今旧雨③，一年几逐去来云。
燕怀故垒留春信④，鸿印新泥话夕曛⑤。
愿得岁寒心共励，庭前落叶任纷纷。

注　释

①**鹭鸥**：与鹭鸥为伴，比喻在白鹭洲书院淡泊的教学生活。

②**文字交**：以诗文相交的朋友。《宋史·陆游传》："范成大帅蜀，游为参议官，以文字交，不拘礼法。"

③**今旧雨**：谓新朋友与老朋友。唐杜甫《秋述》："常时车马之客，旧，雨来，今，雨不来。"谓过去宾客遇雨也来，而今遇雨却不来了。后以"旧雨"作为老友的代称。

④**"燕怀故垒"句**：作者自注："太守再订明年之聘。"

⑤**鸿印新泥**：飞鸿印雪。宋苏轼《和子由渑池怀旧》："人生到处知何似，应似飞鸿踏雪泥。泥上偶然留指爪，鸿飞那复计东西。"后用"鸿爪"比喻往事留下的痕迹。**夕曛**：落日的余晖。

喜晤何根云太仆、龙翰臣殿撰，兼柬蒋矩亭、沈槐卿二明府（并序）

甲辰冬十月二十八日，广东典试何根云太仆、龙翰臣殿撰差旋路出吉州，泰和沈槐卿明府、庐陵蒋矩亭明府送迎驿次。二君以两典试与余有旧，又值余主讲鹭洲书院，因假馆焉。舄凫双至，为东道之主人；汀鹭齐飞，有西雍之嘉客。问何逊吟诗之处，梅窗本是故乡；记龙起登第之名，芸馆又叨同列。枌榆话旧，千里共明月之思；芹藻流香，一堂欣德星之聚。蓬山此会，疑有前缘；萍水相逢，且留佳话。聊赋长句以志岁时[①]。

珠江遥接使星驰[②]，千里文光望气知[③]。
春意乍回梅岭路[④]，秋香都附桂林枝[⑤]。
槎边牛斗双凫引[⑥]，江上烟波一鹭窥[⑦]。
肯为山斋慰岑寂[⑧]，寒毡清茗话多时[⑨]。

题解

此诗作于道光二十四年（1844）。何根云即何桂清（1816—1862），字丛山，号根云，云南昆明人。道光十五年（1835）进士出身。历任编修、内阁学士、兵部侍郎、江苏学政、礼部侍郎与吏部侍郎等职。咸丰四年（1854）任浙江巡抚。太仆：官名。为九卿之一，掌皇帝的舆马和马政。龙翰臣：龙启瑞（1814—1858），字辑五，号翰臣（一说是字）。广西临桂（今桂林市）人，清代音韵学家、文字学家、文学家、目录学家，广西桐城派五大古文家之一。道光二十一年（1841）状元。授翰林院修撰。道光二十三年（1843），出任顺天乡试同考官。道光二十四年（1844），出任广东乡试副考官。殿撰：明清为状元的通称。蒋矩亭：名予俭，字矩亭，生卒年不详，河南睢州人。道光二年（1822）举人，曾官永丰、吴城，历官庐陵、宜春、峡江知县，清江知事，景德镇同知，晚年居住于济南。清朝书画家。沈槐卿（1813—1853）：名衍庆，字子符，号槐卿，安徽石埭人。道光十五年（1835）进士，以知县发江西，署兴国。道光二十三年（1843），补泰和。道光二十六年（1846），调任鄱阳知县。至咸丰三年（1853）七月十四日因死守鄱阳城，被太平军毙命于卸任之际。为清代道光、咸丰年间长期担任江西地方县令的廉吏。赠道衔，立祠鄱阳。

注释

①**路出**:路过。**假馆**:借用馆舍。**舄凫双至**:传说东汉明帝时叶县令王乔有神术,尝化两舄为双凫,乘之至京师。**西雍**:古代位于都邑西郊的泽宫。指周天子四门之学的辟雍。《诗·周颂·振鹭》:“振鹭于飞,于彼西雍。”毛传:“雍,泽也。”**何逊吟诗**:南朝梁诗人何逊八岁时就能吟诗作赋,二十岁左右州里举荐他为秀才。备受当时文坛名流称赞。**龙起登第**:唐朝的龙起,相传曾在梦中乘龙腾空而起,回头见有骆驼在身后。后来登第,排在他后面的人叫驼起。**枌榆**:汉高祖故乡的里社名。亦泛指故乡。《南齐书·沈文季传》:“惟桑与梓,必恭敬止,岂如明府亡国失土,不识枌榆。”**芹藻**:此指书院。语本《诗·鲁颂·泮水》:“思乐泮水,薄采其芹……思乐泮水,薄采其藻。”芹藻本义指水芹与水藻。朱熹《集传》:“泮水,泮宫之水也。诸侯之学,乡射之宫,谓之泮宫。”后因以“芹宫”指学宫、学校。**长句**:指七言古诗。后兼指七言律诗。唐杜甫《苏端薛复筵简薛华醉歌》:“近来海内为长句,汝与山东李白好。”此指本诗。

②**珠江**:粤江,为我国南方大河西江、北江、东江的总称。以在广州市内一段中有一沙洲名“海珠”,故名。这里代指广东,两位客人来自广东。**使星**:使者。这句意为从广东来了两位尊贵的客人。

③**文光**:绚烂的文采。**望气**:古代方士的一种占候术。观察云气以预测吉凶。这句意为从看到的一路绚烂云气就知道来客的身份非同一般。

④**“春意乍回”句**:作者自注:“何祖籍吉州。”

⑤**“秋香都附”句**:作者自注:“龙桂林人。”按,龙启瑞还是一位状元,与桂字巧合。

⑥**槎边**:用“浮槎”典故。槎,木筏。传说中来往于海上和天河之间的木筏。晋张华《博物志》卷十:“旧说云:天河与海通,近世有人居海渚者,年年八月,有浮槎去来,不失期。”宋李清照《行香子·七夕》:“纵浮槎来,浮槎去,不相逢。”**牛斗**:指牛宿和斗宿(均为星宿名)。传说吴灭晋兴之际,牛斗间常有紫气。**双凫**:两只水鸟。《后汉书·方术传上·王乔》载:王乔,河东人。显宗时,做了叶县县令。王乔有神仙之术,每月初一、十五,常从叶县到朝廷禁省朝见皇上。皇帝看

他来得很快，但未见到他的车马，很觉奇怪，便秘密叫太史侦察伺望他的行踪。太史报告说，王乔到来时，常有两只水鸟从东南飞来。于是皇上叫人张开罗网，捕捉水鸟，只得到一只鞋。检查那只鞋，是四年中赐给尚书官属的鞋。后以“双凫”为地方官的故实。这句写的是客人。

⑦**江上**：指赣江。**一鹭**：白鹭洲，代指鹭洲的师生。这句写的是主人。

⑧**山斋**：山中居室，这里指书院的书斋。**岑寂**：高而静，亦泛指寂静。

⑨**寒毡**：清苦读书人的毡毯。**清茗**：清茶。

何、龙两典试过访鹭洲，少年贵显，人争艳之，子畲太守因题楹以勖诸生，感而有赋

萍踪偶尔聚芳洲，争羡神仙李郭舟①。
士为文翁都雀起②，人因卢肇识龙头③。
升堂试仰前贤在，题柱须看太守留。
更有一言质吾党④，勋名要向古人求⑤。

题　解

此诗作于道光二十四年(1844)。记叙何、龙两典试访问白鹭洲书院的盛况，勉励诸生向榜样学习。何、龙两典试：指何根云、龙翰臣两位广东典试官。子畲太守：指吉安知府李镕经，见前《鹭洲书院即事四首 · 其三》注释。典试，官名，即主考。勖(xù)：勉励。

注　释

①**李郭舟**：李，东汉李膺，字元礼，颍川襄城人，青州刺史，迁河南尹，官至司隶校尉；郭，东汉郭太，字林宗，太原介休人，周游列国，后闭门教授。郭太出身贫寒，但他积极好学，游学到洛阳见到河南尹李膺。李膺十分喜欢与他交往，一时传为佳话。后来郭太要回家，京师很多学者来送行，郭太只与李膺两人乘船而

行,送行的人说他们像一对神仙。后遂以“李郭舟”等指高朋雅会所乘之舟。喻知己相处,亲密无间。事见《后汉书·郭太传》。此处借喻鹭洲诸生羡何、龙两典试之少年显贵。

②**文翁**:汉景帝末为蜀郡太守,因重视教化而著名。详前《示萧汤二童子》注释。句意:儒生因有文翁而振奋。

③**卢肇**:字子发,宜春人。唐会昌二年(842)与黄颇同举,郡牧独饯颇。明年,肇以状元及第归,郡牧迎接,因观竞渡,肇赋诗曰:“向道是龙人不信,果然夺得锦标归。”**龙头**:状元之别称。在此,借指典试龙翰臣,亦状元出身。

④**质**:质言,诚实相告之意。

⑤**“勋名要向”句**:劝诸生莫羡人之显贵,应学古人之刻苦求学精神。勋名,功名。

鹭洲雨夜与钟问渠茂才话旧有感

往事追思百感生,与君重话卅年情。
青灯好共寻余味[①],浊酒何堪问旧盟[②]。
触我悲欢如昨梦,误人生死是浮名[③]。
茫茫此意从谁说,坐听打窗风雨声。

题　解

此诗作于道光二十六年(1846),在白鹭洲书院。钟问渠:永丰秀才,余事不详。诗人共青灯浊酒,雨夜话旧,感慨人生。

注　释

①**余味**:留下的耐人回想不尽的意味。

②**浊酒**:用糯米、黄米等酿制的酒,较混浊。低质的酒。三国魏嵇康《与山巨源绝交书》:“时与亲旧叙阔,陈说平生,浊酒一杯,弹琴一曲,志愿毕矣。”**何**

堪:岂可,哪里能。用反问的语气表示不可。**旧盟**:旧时许下的约定。

③**浮名**:虚名。作者自注:“君述醉白事。”按,醉白:指钟奕涵,字醉白,永丰阆田人,岁贡生,岁科试辄高等。屡荐弗售,晚年以诗酒自娱,科名得失毫不介意。

浴沂亭晚眺

其 一

南风送顺流,千里势一往[①]。
沙迹露微痕,潮落已十丈。
滩急交萦回[②],狂浪迫余响。
远山对岸横,暝色虚演漾[③]。
新月淡无辉,四顾何莽莽[④]。
忽闻深柳湾,渔舟逐波上。

题 解

此两首诗作于道光二十六年(1846),在白鹭洲书院。浴沂亭:白鹭洲书院古迹之一,今不存。浴沂,语出《论语·先进》:“浴乎沂,风乎舞雩,咏而归。”谓在沂水洗澡,后多用“浴沂”喻一种怡然处世的高尚情操。

注 释

①**一往**:犹“一往直前”,一直向前,无所阻挡。陶成章《浙案纪略》第四章第二节:“其行事也,常鼓一往直前之气,而不虑其他。”

②**萦回**:潆洄,水流回旋的样子。宋朱熹《精舍闲居戏作武夷棹歌》之九:“八曲风烟势欲开,鼓楼岩下水潆洄。”

③**暝色**:暮色。**演漾**:水波荡漾。三国魏阮籍《咏怀》之七五:“泛泛乘轻舟,演漾靡所望。”

④**莽莽**:无涯际貌。《楚辞·九辩》:“蹇充倔而无端兮,泊莽莽而无垠。”

其　二

众木绿如帷,鸟声互啁哳[①]。

牧童晚不归,学弄南蛮舌[②]。

独坐悄无言,天籁静中得[③]。

笑看争渡人[④],群喧尚未息。

注　释

①**啁哳**(zhāozhā):形容声音烦杂而细碎。《楚辞·九辩》:“雁廱廱(yōng)而南游兮,鹍鸡啁哳而悲鸣。”

②**南蛮舌**:南蛮鴂舌。鴂,即伯劳。原为孟子讥讽楚人许行说话如鸟语。后用以讥笑操南方方言的人。明释函可《即事》:“从他唾面从他笑,不改南蛮鴂舌人。”

③**天籁**:自然界的声响,如风声、鸟声、流水声等。《庄子·齐物论》:“女闻人籁而未闻地籁,女闻地籁而未闻天籁夫!”

④**争渡**:争着划船过渡或争着乘船过渡,这里解为争着乘船更合适。宋李清照《如梦令》:“争渡,争渡,惊起一滩鸥鹭。”

黄寿泉学博之永宁任,过访鹭洲赋赠

其　一

空谷跫然响足音[①],此番风雨慰孤吟[②]。

年年葭水怀同切[3]，草草萍踪话转深[4]。
阿阁巢中寻雪爪[5]，仙人石上感苔岑[6]。
相逢欲语茫无绪，不尽倾筐倒箧心[7]。

题解

此两首诗作于道光二十六年(1846)，在白鹭洲书院。黄寿泉：名生芝，字寿泉，湖南澧州人。举人，道光间任永宁知县。按，永宁为宁冈县旧名，宁冈县已于2000年5月并入井冈山市而撤销。学博：唐制，府郡置经学博士各一人，掌以五经教授学生。后泛称学官为学博。

注释

①**跫然(qióngrán)响足音**：指足音跫然，形容久处寂寞，听到人的脚步声，便感到欢欣。

②**孤吟**：独自吟咏。唐刘沧《洛阳月夜书怀》："孤吟此夕惊秋晚，落叶残花树色中。"

③**葭水**：蒹葭野水。明卢龙云《答钱虞伯二首有引·其一》："怀人葭水露初白，感物枫林叶尽丹。"**怀同切**：切怀，急切想念。

④**草草**：匆忙仓促的样子。**萍踪**：浮萍的踪迹，常比喻行踪漂泊无定。宋丘葵《初六日过江古愚兄送至渡口》："茅屋亦云好，萍踪不自由。"

⑤**阿阁巢**：阿阁，四面都有檐溜的楼阁。《艺文类聚》卷九九引《尚书中候》："尧即政七十载，凤皇止庭，巢阿阁欢树。"**雪爪**：比喻往事留下的痕迹。作者自注："宜黄别名凤冈，余司铎五年。"

⑥**仙人石**：作者自注："君所居地名。"**苔岑**：晋郭璞《赠温峤》诗："人亦有言，松竹有林。及余(尔)臭味，异苔同岑。"后世因以"苔岑"指志同道合的朋友。

⑦**倾筐倒箧(qiè)**：谓全部倾倒出来。清曾国藩《琐琐行戏简何子敬乞腌菜》："今我与子俱不材，怀抱倾筐倒箧开。"

其　二

满船书画万山迎，亲奉安舆快此行[①]。
苜蓿果能馨夕膳[②]，菊花正好助诗情。
苍茫云水深遐思[③]，旷荡霜天趁晓晴[④]。
翻羡荒陬城斗大[⑤]，一时坛坫望峥嵘[⑥]。

注　释

①**安舆**：指安车，可以坐乘的小车。古车立乘，此为坐乘，故称安车。供年老的高级官员及贵妇人乘用。高官告老还乡或征召有重望的人，往往赐乘安车。安车多用一马，礼尊者则用四马。

②**"苜蓿果能"句**：苜蓿，植物名。豆科，一年生或多年生，可供饲料或做肥料，亦可佐餐。故曰"果能馨夕膳"。

③**遐思**：深长的思念。唐王勃《倬彼我系・其九》："静言遐思，中心是愧。"

④**旷荡**：辽阔，宽广。汉张衡《南都赋》："上平衍而旷荡，下蒙笼而崎岖。"

⑤**荒陬**：荒远的角落。**斗大**：大如斗。对小的物体，形容其大。南朝宋刘义庆《世说新语・尤悔》："今年杀诸贼奴，当取金印如斗大系肘后。"用于对大的物体，形容其小。清陈康祺《郎潜纪闻》卷八："斗大一城，尚如海上神山之可望不可即。"这里是形容城池很小。

⑥**坛坫(tándiàn)**：指讲坛或文坛。**峥嵘**：卓越，不平凡。

暮春白鹭洲有怀彭芷生

目极沧波远，心随柳絮纷。
莺花怜老态[①]，风雨怅离群[②]。
浅渚新盟鹭[③]，空江不隔云[④]。

惜春诗思苦，遥念瘦休文[5]。

题 解

此诗作于道光二十八年(1848)，在吉安白鹭洲书院。作者自注："时主讲云江书院。"按，指万安云江书院。彭芷生：彭光澧，字雅丹，号芷生，后改号止翁，庐陵县油田人。道光十一年(1831)乡举，与刘绎同榜。咸丰二年(1852)，选得德化教谕，因足疾辞免。著有《咬根山房诗集》。

注 释

①**莺花**：莺啼花开，泛指春日景色。唐杜甫《陪李梓州王阆州苏遂州李果州四使君登惠义寺》诗："莺花随世界，楼阁倚山巅。"**老态**：衰老的形容，衰老的样子。

②**离群**：离开众人。唐皇甫曾《送元侍御充使湖南》诗："离群复多病，岁晚忆沧洲。"

③**浅渚**：指白鹭洲。此句嵌"鹭渚"二字，写作者自己。

④**空江**：浩瀚寂静的江面。唐张泌《洞庭阻风》诗："空江浩荡景萧然，尽日菰蒲泊钓船。"此句嵌"云江"二字，写彭芷生。

⑤**瘦休文**：沈约，字休文。南朝梁文学家。清赵翼《题沈既堂前辈〈载书移居图〉》："只愁撑满便便腹，难作东阳瘦沈腰。"

喜阮侯亭明府至，走邀寿泉学博，席间同出近作，即题明府古文卷

廿年未溷风尘吏[1]，一卷犹携冰雪文[2]。
何幸萍踪重聚会，并教兰谱共殷勤[3]。
柴桑径为羊求辟[4]，荀令香还班马熏[5]。
似与松涛相响答[6]，琅琅仙韵满山闻[7]。

题　解

此诗作于道光二十八年（1848），在白鹭洲书院。阮侯亭：阮文藻，字侯亭，江西安福人，道光二年（1822）恩科进士，历官安徽、湖南、贵州诸州县，曾参与修撰《道光泾县续志》，著有《宛上同人集》《听松涛馆诗选》。《江西通志》有传。走邀：派人邀请。寿泉：黄寿泉，见前《黄寿泉学博之永宁任，过访鹭洲赋赠》题解。

注　释

①**未溷（hùn）**：没有混日子过。**风尘吏**：奔波辛劳的官吏。指阮侯亭。

②**冰雪文**：形容文章辞意高雅清新，指阮侯亭的近作。唐孟郊《送豆卢策归别墅》："一卷冰雪文，避俗常自携。"

③**兰谱**：旧俗结拜盟兄弟时互换的谱帖。又科举时代，同时登科的，也叫同兰谱。清赵翼《重游泮宫诗纪事》之四："先后同年例可循，一般兰谱谊相亲。"

④**"柴桑径为"句**：谓陶渊明庭院中的小路是为高雅之士所开。羊求，汉高士羊仲、求仲的并称。《文选·谢灵运〈田南树园激流植援〉诗》："唯开蒋生径，永怀求羊踪。"李善注引《三辅决录》："蒋诩，字符卿，隐于杜陵。舍中三径，惟羊仲、求仲从之游。二仲皆挫廉逃名。"后以"开径"指只接待少数高人雅士，决不与官场的俗人来往。

⑤**荀令香**：《太平御览》卷七〇三引晋习凿齿《襄阳记》："荀令君至人家，坐处三日香。"按，荀令君即荀彧（yù），字文若，为侍中，守尚书令。传说他曾得异香，用以熏衣，余香三日不散。后以"荀令香"指奇香异芳。**班马**：汉班固与司马相如的并称。唐清昼《讲古文联句》："屈宋接武，班马继作。"《醒世恒言·苏小妹三难新郎》："吟诗与李杜争强，作赋与班马斗胜。"**熏**：熏香，形容文辞华美。

⑥**"似与松涛"句**：作者自注："明府有《听松涛馆集》。"

⑦**琅琅**：象声词。形容清朗、响亮的声音。**仙韵**：高雅的韵味。

次寿泉《鹭洲宴集》韵

空斋自吟咏,日夕鸟知还[①]。
忽得故人聚,相邀一水间。
鸿谈空宦海[②],别绪满家山[③]。
年少风云气,依然上醉颜。

题解

此诗当与前一首作于同时同地。黄寿泉作有《鹭洲宴集》,刘绎次韵唱和,诗写聚会感想。

注释

①**“日夕”句:**化用晋陶潜《饮酒》诗之五:“山气日夕佳,飞鸟相与还。”日夕,傍晚。

②**鸿谈:**大谈。**宦海:**指官场。因仕宦升沉无定,多风波险阻,如处海潮之中,故称。**空:**广阔,空旷。

③**别绪:**离别的情思。**家山:**谓故乡。

寒食浴沂亭晓望

东风三日夜[①],吹雨过前山。
春事七分外[②],归心百里间[③]。
寒留花不尽,云待鸟同还。
帆影看来往,江亭我独闲[④]。

题　解

此诗作于道光二十九年（1849）春，在白鹭洲书院。诗写清明时节思归情怀。寒食：节日名，在清明前一日或两日。相传春秋时晋文公重耳负其功臣介之推。之推愤而隐于绵山。文公悔悟，烧山逼令出仕，之推抱树焚死。人们同情介之推的遭遇，相约于其忌日禁火冷食，以为悼念。以后相沿成俗，谓之寒食节。浴沂亭：白鹭洲古迹之一，详前《浴沂亭晚眺》题解。

注　释

①**东风**：指春风。**三日夜**：三昼夜。

②**春事**：春色，春意。唐徐晶《同蔡孚〈五亭咏〉》："幽栖可怜处，春事满林扉。"**七分外**：七分开外，十分中的七分以上。意为春色很浓了。

③**归心百里间**：当时作者在白鹭洲书院，离家乡永丰有百里之遥。

④**江亭**：指浴沂亭。**独闲**：寂寞清闲。

自鹭洲归，北风大作，夜泊梅林渡，示子鸿并寄寿泉学博、芷生孝廉

鼓棹冲波未半里①，鹭洲回首犹尺咫。
江神知我恋故山②，逆风苦为留顺水③。
故人惜别话临岐④，云情客意俱迟迟⑤。
悬知今夜孤吟罢⑥，烟雨应回两地思。
狂风自南已十日，上水有船行不得。
忽见云帆幅幅开，乾坤旋转只顷刻⑦。
人生通塞亦偶然⑧，快意何必定争先。
掩篷笑语同舟客，前路茫茫总信天。

题解

此诗作于道光三十年庚戌(1850),刘绎从白鹭洲回永丰,船经梅林渡遇风夜泊。梅林渡:赣江吉安段之古渡口,在东门外三里地,对岸渡口在河东梅林秦家村。因两岸多梅,故名。1970 年井冈山大桥建成后,此渡已废,《徐霞客游记》有记。芷生:见前《暮春白鹭洲有怀彭芷生》题解。

注释

①**鼓棹:**划桨。《晋书·陶称传》:"鼓棹渡江二十余里。"**冲波:**冲破波浪,谓行船。

②**江神:**江水之神。**故山:**旧山,喻家乡。汉应玚(chàng)《别诗》之一:"朝云浮四海,日暮归故山。"

③**逆风:**船往北行,北风为逆风。**顺水:**赣江水北流。

④**临岐:**本为面临歧路,后亦用为赠别之辞。《文选·鲍照〈舞鹤赋〉》:"指会规翔,临岐矩步。"李善注:"岐,岐路也。"

⑤**云情客意:**指惜别之情意。**迟迟:**眷念貌,依恋貌。

⑥**悬知:**料想。**孤吟:**独自吟咏。

⑦**乾坤旋转:**指局面的扭转。元上官伯圭《上秦王伯颜太师右丞相》:"作为霖雨三农望,旋转乾坤万国宗。"**只顷刻:**只在顷刻之间。

⑧**通塞:**通畅与阻塞。唐杜甫《归梦》诗:"道路时通塞,江山日寂寥。"**偶然:**偶然因素,突然的、未预料到的因素。

浴沂亭叙别,次寿泉韵并柬芷生

今夕重论岂偶然,一樽相对月娟娟。
袖中诗本添囊锦①,座上余香袅篆烟②。
浮世升沉原有数③,良朋聚散岂无缘。
柳荫亭外看流水,茗碗风清百虑捐④。

题　解

此诗作于道光三十年庚戌(1850),与黄寿泉叙别于白鹭洲浴沂亭。黄寿泉:见前《黄寿泉学博之永宁任,过访鹭洲赋赠》题解。芷生:彭芷生,见前《暮春白鹭洲有怀彭芷生》题解。

注　释

①**囊锦**:用锦制成的袋子叫锦囊,古人多用以藏诗稿。

②**余香**:余留的香气。**袅**:缭绕。**篆烟**:盘香的烟缕缭绕弯曲如篆字纹般,故名。

③**浮世**:人间,人世。旧时认为人世间是浮沉聚散不定的,故称。三国魏阮籍《大人先生传》:"逍遥浮世,与道俱成。"**有数**:有定数,有因缘。旧谓命中注定。唐李绅《题法华寺》诗:"色尘知有数,劫烬岂无年。"

④**茗碗**:茶碗。**百虑**:各种思虑。**捐**:捐弃,抛开。宋刘敞《泛舟三首·其一》:"一醉捐百虑,念子勿相违。"

重至白鹭洲书院感事

其　一

七度春风久抗颜①,缁衣载咏重回环②。
却惭竽滥縻南郭③,差幸文移恕北山④。
萍水有缘离又合⑤,岫云何意去仍还⑥。
自怜反哺忙如许⑦,不及洲前白鹭闲⑧。

题解

此两首诗作于咸丰元年(1851),刘绎去年奉诏入京,秋去冬回,鹭洲书院山长之席仍虚留以待,现在终于重返鹭洲,颇多感慨。

注释

①**春风**:比喻教益,教诲。汉刘向《说苑·贵德》:“吾不能以春风风人,吾不能以夏雨雨人,吾穷必矣。”**抗颜**:犹正色。谓态度严正。后亦指为人之师。清黄景仁《赠程生人中》诗:“抗颜已弥载,无术相蒸陶。”

②**缁衣**:指《诗经》中《郑风》的《缁衣》篇。全诗三章,每章四句。郑武公爱贤,贤者朝服破旧,武公重做新衣送给他。**重回环**:作者自注:“去岁应诏入觐,此席承当道虚留以待。”

③**“却惭竽滥”句**:用“滥竽充数”典。比喻没有真才实学的人,冒充有本领,混在行家里充数。这是作者自谦语。

④**差幸**:所幸、侥幸的意思。**文移**:指移文,是用于同级官吏之间的一种官府文书。**北山**:钟山,在建康城(今南京市,南朝京都)北,故名北山。据《文选》之臣注说,南齐周彦伦,临隐钟山,后应诏出为海盐县令,欲过钟山。热爱山水、不乐世务的孔稚圭借山灵的口吻,写了一篇《北山移文》,拒绝周彦伦再到钟山来,对那些贪图官禄的假隐士们进行了辛辣的嘲讽。作者去年入觐,今又重返书院,故以此典自嘲。

⑤**萍水**:萍草随水漂泊。因其聚散无定,故以喻人之偶然相遇。**有缘**:有机缘,有缘分。

⑥**岫云**:缭绕峰峦的云雾。**何意**:为什么,何故。

⑦**自怜**:自我怜惜。**反哺**:乌雏长成,衔食喂养其母。后比喻报答亲恩。**如许**:像这样。

⑧**不及**:不如,比不上。

其　二

重启南窗万绿滋[1]，天恩雨露感芳时[2]。
生徒功课烦宸念[3]，定省臣私荷主知[4]。
负米勉期循子职[5]，论文仍恐愧师资[6]。
读书学古诚何事[7]，仰对先贤试静思[8]。

注　释

①**南窗**：向南的窗子。因窗多朝南，故亦泛指窗子。晋陶潜《问来使》诗："我屋南窗下，今生几丛菊。"**万绿滋**：形容绿而鲜润。

②**天恩雨露**：指帝王的恩泽。唐张嘉贞《恩敕尚书省僚宴昆明池应制》："地脉山川胜，天恩雨露饶。"**芳时**：良辰，花开时节。

③**生徒功课**：学生按照规定学习的课业。**宸念**：皇帝的关心挂念。作者自注："召对时蒙上问书院课程、庭闱定省。"

④**定省**：《礼记·曲礼上》："凡为人子之礼，冬温而夏凊（qìng），昏定而晨省。"郑玄注："定，安其床衽也；省，问其安否何如。"后因称子女早晚向亲长问安为"定省"。宋范成大《次韵陈融甫见赠》："归骖不可驻，晨昏思定省。"

⑤**负米**：谓外出求取俸禄钱财等以孝养父母。《孔子家语·致思》："子路见于孔子曰：'负重涉远，不择地而休；家贫亲老，不择禄而仕。昔由也，事二亲之时，常食藜藿之实，为亲负米百里之外。'"宋司马光《送伯淳监汝州酒》诗："惟知负米乐，不觉抱关卑。"**子职**：儿子对父母应尽的职责。《孟子·万章上》："我竭力耕田，共为子职而已矣。"

⑥**论文**：评论文人及其文章，亦泛指谈论文章。**师资**：《老子》："善人者，不善人之师也；不善人者，善人之资也。"后因以"师资"指教师。

⑦**读书学古**：学习研究古代典籍。

⑧**先贤**：先世的贤人。**静思**：沉静地思考、省察。

云章阁晓晴

开窗延曙色①，屋角逗晴光②。
露叶梧桐润③，风花橘柚香④。
莺鸣感乔木⑤，鱼乐悟濠梁⑥。
平旦饶清景⑦，书声出两厢⑧。

题　解

此诗作于咸丰元年（1851），在白鹭洲书院。云章阁：书院楼阁名，详前陈谟《云章阁》题解。

注　释

①**延**：迎也。**曙色**：拂晓时的天色。南朝梁简文帝《守东平中华门开》诗："薄云初启雨，曙色始成霞。"

②**晴光**：晴朗的日光。唐杜审言《和晋陵陆丞早春游望》："淑气催黄鸟，晴光转绿蘋。"

③**露叶梧桐润**：晓露湿润了梧桐树叶。

④**风花橘柚香**：晨风吹送着橘柚花香。

⑤**莺鸣、乔木**：《诗·小雅·伐木》："伐木丁丁，鸟鸣嘤嘤。出自幽谷，迁于乔木。"嘤嘤为鸟鸣声。自唐以来，常以嘤鸣出谷之鸟为黄莺，故以"莺迁""迁乔"指登第，或为升擢、迁居的颂词。

⑥**濠梁**：《庄子·秋水》："庄子与惠子游于濠梁之上。庄子曰：'鲦（tiáo）鱼出游从容，是鱼之乐也。'惠子曰：'子非鱼，安知鱼之乐？'庄子曰：'子非我，安知我不知鱼之乐？'"本谓鱼游水中，悠然自得。后亦以喻纵情山水，逍遥游乐。

⑦**平旦**：清晨。**清景**：清丽的景色。

⑧**两厢**：两面的厢房，为士子读书之所。

浴沂亭八咏

二流交汇

二水中分句[①],金陵白鹭洲。
那知双派合[②],章贡有源流。

题 解

这组诗作于咸丰元年(1851),在白鹭洲书院。矗立在白鹭洲尾的浴沂亭,极目远眺四周风景,可见八大景观。诗人一一咏唱,盛赞庐陵之美,饱含乡土深情。浴沂亭:见前《浴沂亭晚眺》题解。

注 释

①**二水中分句**:指李白的“二水中分白鹭洲”。此诗句乃是李白咏金陵秦淮河口的白鹭洲之作。

②**双派**:二支分流。唐郑谷《少华甘露寺》:“饮涧鹿喧双派水,上楼僧蹋一梯云。”

双塔对瞻[①]

石屋标江界[②],东城露笋尖[③]。
遥遥映文笔,双管一齐拈[④]。

注 释

①**双塔**:位于白鹭洲下游的赣江西岸,一名石屋塔,在距城二十里的石屋村;

一名文塔，因建于古城东门旁，俗名东门塔，位于今吉安一中正门北侧，濒临赣江。文塔于1958年修路时被毁弃，现只石屋一塔犹存。

②**标江界**：耸立于江的尽头。标，本意木末，此做动词，耸立。

③**笋尖**：形容东门塔的秀姿。

④**双管**：言如两支笔。

螺山晓岚

仰瞻螺岭云[①]，俯映螺川水[②]。

河岳炳英灵[③]，万古此流峙[④]。

注释

①**仰瞻**：仰望。**螺岭云**：螺山岭头云。螺山，俗谓螺子山，位于城北赣江西岸。据《庐陵县志》载："昔有人在此掘地深一尺，拾金螺无数，大者如拳，小者如珠，因形夺真，故名螺峰。"

②**螺川水**：赣江流经吉安的一段，当地俗称螺川。螺川水，指此一段江水。

③**河岳**：泛指山川。**炳英灵**：左思《蜀都赋》："江汉炳灵，世载其英。"江汉明灵，代出贤者。喻庐陵的山川是孕育贤者的神灵之地。

④**万古**：犹万代、万世，形容经历的年代久远。**流峙**：水长流，山屹立。

梅林晚渡[①]

日暮客子情[②]，夕阳隔江路[③]。

昨宵春水生，添得渡旁渡[④]。

注　释

①**梅林**:渡口名,当地人称梅林渡。古为市区通河东郊区的水上要津,在今井冈山大桥下游二三里远的赣江边。

②**日暮**:傍晚。**客子**:离家在外的人。

③**江路**:江河航道。

④**渡旁渡**:因春水涨,原来的渡口被淹没,旁边另辟新渡口。

浦外渔舟①

小艇聚如村②,鳇鱼大于豚③。

得钱多买酒,烂醉绿杨根④。

注　释

①**浦外**:湖滨水滩外。

②**聚如村**:洲两岸河滩古多渔舟,渔人世代在此生息繁衍,族居如村。

③**鳇鱼**:又称鳣,江南人称黄鱼,长六七尺至两丈不等。**豚(tún)**:小猪。

④**烂醉**:犹言大醉,醉之甚也。唐杜甫《杜位宅守岁》诗:“谁能更拘束?烂醉是生涯。”句意:大醉后便在系于绿杨根的渔舟上酣卧。

城中鼓角

营门画角声①,鼙鼓壮升平②。

欲起闻鸡舞③,城楼正五更④。

注　释

①**营门**:军营之门。**画角**:古管乐器,传自西羌。形如竹筒,本细末大,以竹

木或皮革等制成，因表面有彩绘，故称。发声哀厉高亢，古时军中多用以警昏晓，振士气，肃军容。

②**鼙鼓**：小鼓和大鼓，古代军中所用。句意：军营中号角声和隆隆鼓声，使人感到太平盛世的壮美。

③**“欲起”句**：为“闻鸡欲起舞”的倒装。语出《晋书·祖逖传》：“（祖逖）与司空刘琨俱为司州主簿，情好绸缪，共被同寝。中夜闻荒鸡鸣，蹴（cù）琨觉曰：‘此非恶声也。’因起舞。”后以“闻鸡起舞”为志士仁人及时奋发之典。

④**城楼**：城门上的瞭望楼。**五更**：天将明时。旧时自黄昏至拂晓一夜间，分为甲、乙、丙、丁、戊五段，谓之“五更”。亦云一更、二更、三更、四更、五更。句意：本欲中夜闻鸡起舞，等听到鸡鸣却已天亮了。亦有歌太平盛世之意。

柳岸春莺

柳色嫩于丝，春风浓似酒。

流莺自往来[①]，何必携柑斗[②]。

注释

①**流莺**：见前孔兴浙《白鹭洲书院杂韵·桃溪》注释。

②**柑斗**：双柑斗酒的省语。唐冯贽《云仙杂记》卷二：“戴颙春携双柑、斗酒，人问何之，曰：‘往听鹂声。此俗耳针砭，诗肠鼓吹，汝知之乎？’”后遂用为春日雅游的典故。明刘泰《春日湖上》诗：“明日重来应烂漫，双柑斗酒听黄鹂。”句意：此地春光明媚，莺声婉转，已经十分醉人，毋须携带双柑斗酒了。

芦汀秋雁

雁阵排沙际[①]，云光接水隈[②]。

芦花风瑟瑟[③]，何处带秋来。

注　释

①**雁阵**:排成队列的雁群。唐王勃《滕王阁诗序》:“雁阵惊寒,声断衡阳之浦。”**沙际**:沙洲边。

②**云光**:云层缝隙中漏出的日光。**水隈**:水角、水湾。宋王柏《题山桥十首·其三》:“石磴斜蹊下水隈,玉虹喷雪挂崔嵬。”

③**芦花**:芦絮,芦苇花轴上密生的白毛。**瑟瑟**:风声,风吹芦花发出的声响。白居易《琵琶行》:“浔阳江头夜送客,枫叶荻花秋瑟瑟。”

鹭洲晓涨

隔岸忽喧渡①,开窗疑在舟②。
江潮潜泛夜③,夏气暗浮秋④。
沙鸟时依树⑤,居人半上楼⑥。
遥知城外望⑦,一鹭水中洲⑧。

题　解

此诗作于咸丰元年(1851)春夏之交,在白鹭洲书院。诗写鹭洲涨水时的亲身感受。白鹭洲地处赣江江心,每年春夏之交汛期来时,水势汹涌,险象环生。但据传有白鹭仙子奋力托洲,白鹭洲水涨洲高,自然浮起而不被淹没。

注　释

①**隔岸**:指河的对岸。**喧渡**:渡口喧哗。

②**“开窗”句**:因为夜晚水位猛涨,睡中不知。清晨开窗,水已涨到窗前,让人误以为自己昨晚是睡在船上。

③**“江潮”句**:意为江水是在夜里暗暗涨起来的。

④**“夏气”句：**意为虽是夏天，却有点秋凉的感觉。按，赣江每年春夏涨水时，气温都偏低，故云。

⑤**“沙鸟”句：**沙滩被淹，平时在沙滩上的鸟都飞到树上避水了。

⑥**“居人”句：**大水浸到了房屋，人们只好转移到楼上。

⑦**遥知：**谓在远处知晓情况。**城外望：**城中的人们都来到城外的江边看水，同时担心洲上人的安全。

⑧**“一鹭”句：**“水中一鹭洲”的倒装句。意接上句，写人们看到的景象：汹涌的江水中，白鹭洲沉浮漂荡不定。

彭芷生寄诗约入城避水，次韵答之

其　一

寒雨山窗夜未央[①]，潮声初起漏声长[②]。
忽惊舣岸呼喧急[③]，不觉开门浪涌狂[④]。
万亩新秧连麦陇[⑤]，中流一瓠仗鱼航[⑥]。
平生利济思舟楫[⑦]，独坐江亭望远冈[⑧]。

题　解

此两首诗的写作时间紧接上首。诗人被大水所困，朋友关心，以诗代信请其进城避水，特和诗酬答。彭芷生：见前《暮春白鹭洲有怀彭芷生》题解。

注　释

①**夜未央：**夜未尽，谓夜深还未到天明。《诗·小雅·庭燎》：“夜如何其？夜未央。”

②**漏声：**铜壶滴漏之声。古代计时，用铜壶盛水，滴漏以计时刻。句意为夜

晚涨水。

③**舣岸**:泊船岸边。宋孙应求《次季和宿龙泉寺遇雪韵》:"舣岸投僧话,欢迎势若归。"**呼喧**:喧闹呼喊。

④**浪涌狂**:形容浪涛翻涌,这是早晨起来看到的情形。

⑤**新秧**:新插的稻秧。**麦陇**:麦田。句意为远处的农田被淹,已是一片汪洋。

⑥**"中流一瓠"句**:江水中间的白鹭洲就像一个葫芦漂浮着,与岸上的交通只能靠渔舟。**瓠(hù)**:瓢也。《诗·小雅·瓠叶》:"幡幡瓠叶,采之亨之。"**鱼航**:渔船。

⑦**平生**:平素。**利济**:顺利渡水。句意为平常洲上是有专门的渡船过渡,现在渡船不见了。

⑧**"独坐江亭"句**:意为因洪水阻隔,只能遥望对岸,万般无奈。

其　二

感君问讯水中央①,郑重关心语更长②。
自笑此身如宅泛③,独惭无力挽澜狂。
诗人志愿千间厦④,浮世生涯一苇航⑤。
我欲过江频唤渡,茫茫烟树隔螺冈⑥。

注　释

①**问讯**:问候,慰问。《后汉书·清河孝王庆传》:"庆多被病,或时不安,帝朝夕问讯,进膳药,所以垂意甚备。"**水中央**:指被洪水困在赣江中间之人。

②**郑重关心**:殷勤切至的关心。

③**宅泛**:"泛宅",谓以船为家。明末清初陆求可《齐天乐·中秋泛舟》:"茶灶烟轻,笔床墨淡,泛宅浮家风景。"

④**千间厦**:化用唐杜甫《茅屋为秋风所破歌》:"安得广厦千万间,大庇天下

寒士俱欢颜。”

⑤**浮世**:见前《浴沂亭叙别,次寿泉韵并柬芷生》注释。**生涯**:人生。**一苇**:《诗·卫风·河广》:“谁谓河广,一苇杭之。”孔颖达疏:“言一苇者,谓一束也,可以浮之水上而渡,若桴筏然,非一根苇也。”后以“一苇”为小船的代称。

⑥**茫茫烟树**:云烟缭绕的树木、丛林。**螺冈**:指隔河相望的螺子山。

至鹭洲见诸生乡捷,既为得者喜,复为失者勖

文章命达欲重论①,满院秋香桂子繁②。
二水往来争彼岸③,八元名姓烂吾门④。
遇风莫羡鸿毛顺⑤,接翅终期凤羽骞⑥。
惭愧年年人树计⑦,相看桃李岂无言⑧。

题解

这首诗作于咸丰元年辛亥(1851)秋闱后,刘绎主讲的白鹭洲书院取得了惊人的成绩,一次乡试八人中举,鹭院风光大显。刘绎欣喜赋此诗,赞扬夺魁者,勉励未中者和后学辈。按,秋闱即乡试,在各省省城举行。明清乡试每三年例于八月举行,故又称秋闱(闱,考场)。乡捷:乡试捷报。勖(xù):勉励。

注释

①**文章命达**:语本杜甫《天末怀李白》诗句“文章憎命达”,这里为秋试失利者言,意谓文章既工,还须命达。

②**秋香**:秋日开放的花,此指桂花,喻今年秋试胜利。**桂子繁**:暗喻来年将更加秋香满院。

③**二水往来**:白鹭洲位于二水之间,往来者皆为求学者。**争彼岸**:争先到达胜利的彼岸。

④**八元**：古代传说中的八个才子。《左传·文公十八年》："高辛氏有才子八人：伯奋、仲堪、叔献、季仲、伯虎、仲熊、叔豹、季狸，忠肃共懿，宣慈惠和，天下之民，谓之'八元'。"作者自注："隽者八人皆榜于门。"谓有八人秋试中选。**烂**：光耀。**吾门**：我的门下。

⑤**"遇风莫羡"句**：这是个倒装句，可按"莫羡鸿毛遇顺风"理解。

⑥**接翅**：翅膀碰着翅膀，形容禽鸟多。**终期**：总是盼望。**凤羽**：凤凰的羽毛，借指凤凰，仙鸟。**骞（xiān）**：鸟向上飞的样子。句意：总是盼望更多的鹭洲学子能够高中。

⑦**人树计**：指树人之计，指国家培育人才的谋虑。《管子·权修》："一年之计，莫如树谷；十年之计，莫如树木；终身之计，莫如树人。"**惭愧**：在此应作"多亏"解，多亏年年谋虑树人，勉励秋试未中者不可灰心，培选人才是当局的长远谋虑。

⑧**"相看桃李"句**：化用"桃李无言，下自成蹊"，谓面对诸生不同处境，不能无言。桃李，喻所教育的学生。《资治通鉴·唐则天后久视元年》："仁杰又尝荐夏官侍郎姚元崇等数十人，率为名臣。或谓仁杰曰：'天下桃李，悉在公门矣。'"

鹭洲云章阁后东偏新拓小室，江帆云岫都入窗间，颜曰"洗心藏密"，因成二律

其　一

新启东窗似野航[①]，水光无际接山光。
室中虚白生朝爽[②]，槛外遥风入暮苍。
高树过帆横度鸟，丛篁绕涧暗鸣根[③]。
分明一帧营丘画[④]，坐对烟峦笔砚旁[⑤]。

题解

此两首诗作于咸丰二年(1852),在白鹭洲书院。东偏:东边。颜曰"洗心藏密":谓小室的门额上题着"洗心藏密"四字。洗心藏密:语出《易·系辞》:"圣人以此洗心,退藏于密。"句意:圣人因之澄清内心疑虑烦忧,继而深藏密室不露。密室:隐居之深屋。

注释

①**野航**:农家小船。元王祯《农书》卷十七:"野航,田家小渡舟也。或谓之舴艋,谓形如蚱蜢,因以名之。"

②**室中虚白**:谓人在室中,能清虚无欲,纯白独生。语出《庄子·人间世》:"瞻彼阕者,虚室生白,吉祥止止。"止止:止之。白,光明。**朝爽**:早晨的爽气。

③**丛篁**:从生的竹子。**鸣榔(mínglánɡ)**:敲击船舷使作声,用以惊鱼,使入网中。榔,拴在船舷上敲打船舷作响以赶鱼入网的长木棍。《文选·潘岳〈西征赋〉》:"纤经连白,鸣榔厉响。"

④**营丘**:宋代著名画家李成别号。李成所作山水,烟景万状,为世所珍。

⑤**烟峦**:云雾笼罩的山峦。崔致远《临镜台》:"烟峦簇簇水溶溶,镜里人家对碧峰。"

其二

昼长无客叩柴荆①,时听前村鸡犬声。
芳草绿迷沿岸涨②,晚樵红带隔江晴③。
收筒闲羡渔知足④,趁路忙怜渡起争⑤。
我已斋居还退步⑥,不妨斗室独盱衡⑦。

注　释

①**柴荆**：指用柴荆做的简陋门户。唐白居易《秋游原上》诗："清晨起巾栉，徐步出柴荆。"

②**涨**：涌起、弥漫之意。

③**晚樵**：傍晚的谯楼。"樵"通"谯"。谯楼：城门上的瞭望楼。

④**收筒**：渔民收拾鱼筒取鱼。宋苏轼《夜泛西湖五绝·其三》："渔人收筒及未晓，船过惟有菰蒲声。"筒，今读上声，古读平声，音同，东韵。

⑤**趁路**：赶路。宋王质《送清坚老人宰辰阳四首·其二》："逢村宜早住，趁路莫宵行。"**渡起争**：舟子摆渡如竞争。

⑥**斋居**：闲居。**退步**：指供休息的附属房屋。《红楼梦》第十七回："（后园）有一株梨花，阔叶芭蕉，又有两间小小退步。"

⑦**斗室**：狭小的房间。宋王明清《玉照新志》序："因揭寓舍之斗室，屏迹杜门，思索旧闻，凡数十则，缀缉之，名曰《玉照新志》。"**盱衡**（xūhéng）：扬眉举目，观察，纵观。盱，睁大眼睛；眉上曰衡。句意：室虽小，但不妨放眼远眺。

小楼观涨

楼俯川流气欲吞，汪汪巨浸赴章门①。
长江上下波如沸，半壁东南浪不翻②。
家住斗城忧四海③，济无舟楫望中原④。
五湖何日同清晏⑤，容我溪湾钓石温⑥。

题　解

此诗作于咸丰三年（1853）秋。时局动荡，战乱频仍。诗人在白鹭洲书院的小楼上观看赣江涨水，心随波浪翻腾，为天下的安危担忧。

注 释

①**巨浸**:大水,指大河流。唐骆宾王《夏日游德州赠高四》诗:“鬲津开巨浸,稽阜镇名都。”**章门**:章江门为南昌城门之一,在赣江边。借指南昌。吉安在南昌上游,江水都是涌往南昌方向。

②**半壁**:半壁江山。元郑光祖《王粲登楼》:“区区借得荆襄地,撑住西南半壁天。”此联写景真切。

③**斗城**:小城,言城如斗大也。宋王圭《普净院避暑呈陆子履学士》诗:“向晚斗城趋禁直,恍疑身不在尘寰。”

④**济**:济川,渡河,比喻辅佐帝王。**舟楫**:船只。唐杜牧《赠别宣州崔群相公》:“尽将舟楫板桥去,早晚归来更济川。”**中原**:地区名。广义指整个黄河流域,狭义指今河南一带。三国蜀诸葛亮《出师表》:“当奖帅三军,北定中原。”亦泛称中国。

⑤**五湖**:其说不一。近代多指洞庭湖、鄱阳湖、巢湖、洪泽湖和太湖。**清晏**:清平安宁。《三国志·魏志·钟会传》:“拓平西夏,方隅清晏。”

⑥**溪湾**:指溪水弯曲处。**钓石**:钓鱼时坐的岩石。南朝梁王筠《东阳还经严陵濑赠萧大夫诗》:“钓石宛如新,故态依可想。”

四月九日集于鹭洲浴沂亭,同座者陈柳平郡守、柏仰峰参戎、王湘舟别驾、匡俞臣比部、张雨农广文、王少湘孝廉

旌旗小队出城来,弦诵声中笑语陪①。

时雨一番先客过②,荒斋今日为君开③。

百年风景宜文宴④,四座山光入酒杯。

剑佩雍容瞻瞩远⑤,凭栏怀想济时才⑥。

题解

此诗作于咸丰五年(1855)春,在白鹭洲书院浴沂亭。诗记一次文人诗酒雅会,参加的是吉安本地的官员、文士共七人,可谓“七君子”文宴。陈柳平:陈宗元,字柳平,江苏吴江人。道光十三年(1833)进士,吏部主事,历郎中。咸丰四年(1854),由吏部郎出守吉安。咸丰五年(1855)冬,太平军扑城,宗元激励士卒,昼夜防御。咸丰六年(1856)正月二十五日,城陷,死之,子世济亦与难。柏仰峰:柏英(? —1856),字仰峰。咸丰初擢吉安参将,五年冬,太平军突至吉安,英与知府陈宗元率兵勇,登陴固守,被围七十余日,援军不至。六年正月城陷,英力战死之。参戎:明清武官参将,俗称参戎。王湘舟:王保庸(? —1856),字湘舟,直隶榆林人。增贡生,吉安通判,咸丰三年(1853)署吉安知府。咸丰六年(1856)正月吉安城破骂敌被肢解死。别驾:指州刺史的佐史。匡俞臣、张雨农、王少湘,履迹不详。

注释

①**弦诵**:弦歌诵读,泛指吟哦诵读。宋姚述尧《赋青田》:“簇簇鱼盐喧贾市,声声弦诵半儒家。”

②**时雨一番**:一场应时的雨水。明顾清《送苏伯诚太史提学江西》:“有待一番时雨遍,归来东观理风骚。”

③**荒斋**:荒僻的屋舍,指浴沂亭。

④**文宴**:赋诗论文的宴会。

⑤**剑佩**:宝剑和垂佩。南朝宋鲍照《代蒿里行》:“虚容遗剑佩,实貌戢衣巾。”**雍容**:舒缓,从容不迫。**瞻瞩**:观看,注视。

⑥**凭栏**:身倚栏杆。**怀想**:怀念。**济时才**:能够拯救时世,治理国家的人才。唐杜甫《奉待严大夫》:“殊方又喜故人来,重镇还须济世才。”

罗子璋

罗子璋,字峨士,江西庐陵人。为咸丰五年(1855)太平军围攻吉安城时为保卫郡城而战死的庐陵举人罗子璘之弟,兄弟俩均为白鹭洲书院学生。子璋幼负至性,十四岁母殁,欲庐墓,父以年幼阻之。年十八父殁,寝苫枕块,独居三年,忌日捧主哭泣。学政张芾奖以“孝子不匮”额,同治九年(1870)请旌。

云章阁夜话

西风杰阁坐云章①,蟋蟀声喧夜气凉。

谈久不知更漏促②,碧梧移影上东墙③。

题　解

此首诗选自《庐陵诗存》卷九,诗写与友人在云章阁夜坐谈心的感受。云章阁,见前陈谟《云章阁》题解。夜话:晚间叙谈。

注　释

①**西风**:西面吹来的风,多指秋风。**杰阁**:高阁。唐韩愈《记梦》诗:“隆楼杰阁磊嵬高,天风飘飘吹我过。”**云章**:指云章阁。

②**更漏**:漏壶,计时器。古代用滴漏计时,夜间凭漏刻传更,故称。此借指夜晚的时间。唐戎昱《长安秋夕》诗:“八月更漏长,愁人起常早。”**促**:短促。

③**移影**:移动映影。元杨维桢《宫词》之八:“十二琼楼浸月华,桐花移影上窗纱。”

孔衍晟

孔衍晟(shèng),清人,生卒里居不详。

兴贤渡

缥缈云章阁①,芳菲白鹭洲②。
贤关从此渡③,先上木兰舟④。

题解

兴贤渡,即金牛渡,见前胡俨《金牛渡》题解。

注释

①**缥缈**:高远隐约貌。《文选·木华〈海赋〉》:"群仙缥眇,餐玉清涯。"李善注:"缥眇,远视之貌。"**云章阁**:书院楼阁名,详前陈谟《云章阁》题解。

②**芳菲**:花草盛美。南朝陈顾野王《阳春歌》:"春草正芳菲,重楼启曙扉。"

③**贤关**:此指兴贤门,吉安古城门,在兴贤渡旁。

④**木兰舟**:用木兰树造的船。南朝梁任昉《述异记》卷下:"木兰洲在浔阳江中,多木兰树。昔吴王阖闾植木兰于此,用构宫殿也。七里洲中,有鲁般刻木兰为舟,舟至今在洲中。诗家云木兰舟,出于此。"后常用为船的美称,并非实指木兰木所制。唐罗隐《秋晓寄友人》:"更见南来钓翁说,醉吟还上木兰舟。"

刘建极

刘建极，清庐陵人，履迹不详。

同诸子宴集云章阁

云章高阁集贤流①，得与登临兴转幽②。
落日千山供锦帐③，澄波两派静沙鸥④。
残霞归鸟翻成霁⑤，小雨凉风始作秋。
遥听城头更漏急⑥，旷怀此夕更淹留⑦。

题　解

这首诗录自《(同治)庐陵县志》第六卷，《吉安府志》《白鹭洲书院志》均未载。诗写初秋的一个傍晚，云章阁上的一次朋友聚会。诸子：犹诸君。宴集：宴饮集会。

注　释

①**贤流：**才德兼备的名流。明张诩《送曹时卿赴湖广乡试》："贤流素志非温饱，文士填胸有甲兵。"

②**得与登临：**谓能够和众位贤流共同登高临水。**兴转幽：**谓兴味变得更为幽雅。明边贡《十六日再至寺》诗："十日重来此，登临兴转幽。"

③**千山**:极言山多。**锦帐**:锦制的帷帐,亦泛指华美的帷帐。汉伶玄《赵飞燕外传》:“为婕好作七成锦帐。”此用以形容山似帡帷。

④**澄波两派**:指白鹭洲中分赣江而形成的两道清波。按,三、四句化用黄庭坚《登快阁》:“落木千山天远大,澄江一道月分明。”

⑤**“残霞”句**:天色晴朗,残余的晚霞映衬着鸟雀归林。**霁**:雨后转晴。

⑥**更漏**:漏壶,计时器。古代用滴漏计时,夜间凭漏刻传更,故称。句谓宴会一直进行到夜晚。

⑦**旷怀**:襟怀开阔,心境愉悦。**淹留**:犹相聚。唐赵嘏《自遣》:“久客转谙时态薄,多情只共酒淹留。”宋司马光《沉阴欲雪与同列会饮南斋》:“淹留勿轻散,待取雪花飞。”

参考文献

《白鹭洲书院志》(清·刘绎)

《(光绪)吉安府志》(清·刘绎)

《(同治)庐陵县志》(清·陈汝祯、匡汝谐)

《江西诗征》(清·曾燠)

《庐陵诗存》(清·胡友梅)

《学余堂诗集》(清·施闰章)

《运甓漫稿》(明·李昌祺)

《子良诗存》(清·冯询)

《白鹭洲书院诗存》(刘炎生、郭石山)

《吉安书院志》(汪泰荣)

《白鹭洲书院的办学特色及启示》(黄年凤)

后记

1990年，为纪念南宋江万里创建白鹭洲书院750周年，白鹭洲中学选编了《白鹭洲书院诗存》一书，由校长刘炎生先生从《白鹭洲书院志》中挑选百余首诗，委托精于诗词古文的语文教师郭石山先生作注，并请江西师大教授胡守仁先生作序。此书编好后，却因学校经费困难而没有正式出版，只是以小册子形式内部印行。且因当时郭石山先生病重住院，学校又未组织得力人员校稿，致使书中舛误较多，令人深感遗憾。那时我在学校任教高中毕业班，没有参与此事。

数年后，新一届的校领导有意重新组织力量编注《白鹭洲书院志》中的诗作，我也忝列其中，并且做了一些准备和注释工作。但不知是何原因，此事有头无尾，最终没有进行下去。

转眼又过了20多年，我已退休，在吉安市老年大学任教诗词。今逢白鹭洲书院创建780周年即将来临之际，重编《白鹭洲书院诗选注》，自是意义非凡。我利用退休后充裕的时间，查阅了大量的书籍、史料，在《诗存》的基础上，尽可能扩大范围收集从宋朝至清末整个书院历史期间诗人们咏赞书院及其周边景物的诗作，共得83位诗人的作品共220余首，逐一编写作者简介、题解、注释，集成《白鹭洲书院诗选注》一书，再现书院昔日风光和辉煌。书中宋元明清四个朝代的文人骚客、名师大儒在白鹭洲这块胜地上留下的乐章，尽管风格各异，但都凝聚了一股文章节义之邦的独特的文采和风骨，典雅而又刚正。正如胡守仁先生原序所云："观诗人所咏，于为学之要，言之谆谆；而于风物之美，亦形容曲尽。故感人也弥深，盖有符兴观群怨之旨矣。"

在祖国的传统诗词中，有田园诗歌、边塞诗歌、庙堂诗歌、宫廷诗歌等，而未闻"书院诗歌"者。如果有人把藏在各地书院石屋中的书院诗词发掘、整理出来，将在我们的精神生活中增添一份丰富的食粮，对于大力推进文化强国，会起到重要的作用。这正是发掘、整理书院诗词的意义之所在，也是本书编注的目的之一。

本书的出版，得到中共吉安市委宣传部的大力支持与资助，在编注过程中，得到庐陵诗词学会及康泰、汪泰荣、刘宗彬先生和刘黎霞女士的关心和指导，在此表示感谢！由于编者自身水平有限，书中必有疏漏，恳请方家和读者不吝指正！

龚希健

2019 年 12 月 15 日